अँधेरे की आत्मा

(कहानी-संग्रह)

अँधेरे की आत्मा

एम.टी. वासुदेवन नायर

अनुवाद

वी.डी. कृष्णन नम्पियार

वाणी प्रकाशन ग्रुप

भारतीय ज्ञानपीठ

वाणी प्रकाशन : भारतीय ज्ञानपीठ की पुस्तकों के एकमात्र प्रकाशक एवं वितरक

Email : sales@vaniprakashan.in

सजिल्द तीसरा संस्करण : 2016
सजिल्द चौथा संस्करण : 2024

लोकोदय ग्रन्थमाला : ग्रन्थांक 765

प्रकाशक
वाणी प्रकाशन ग्रुप
4695, 21-ए, दरियागंज, नयी दिल्ली-110 002
फ़ोन : 011-23273167, 23275710
ईमेल : sales@vaniprakashan.in

ISBN : 978-81-263-1514-7

अँधेरे की आत्मा
(कहानी-संग्रह)
एम.टी. वासुदेवन नायर
अनुवाद : वी.डी. कृष्णन नम्पियार

ANDHERE KEE ATMA
(Malayalam Short-stories)
by M.T. Vasudevan Nair

मुद्रक : आर. टेक ऑफ़सेट प्रिंटर्स, दिल्ली-110 032
आवरण-चित्र : माधव भान

Price : INR. 395

अनुवादक की ओर से

एम.टी. वासुदेवन नायर की कहानियों का यह हिन्दी संकलन 'अँधेरे की आत्मा' प्रस्तुत करते हुए मुझे बेहद खुशी एवं गर्व का अनुभव हो रहा है। वैसे उनके अधिकांश उपन्यास हिन्दी में अनूदित होकर प्रकाशित हो गये हैं। पर कहानियों का यह दूसरा संकलन है। आज तो एम.टी. भारतीय भाषाओं के सर्वश्रेष्ठ कथाकारों में से एक हैं। भारत के बाहर भी उनके प्रशंसक हैं।

'वानप्रस्थ' का विमोचन ज्ञानपीठ पुरस्कार समर्पण समारोह के अवसर पर (मार्च 1996 में) हुआ था। इस संकलन में वासुदेवन नायर की चुनी हुई ग्यारह कहानियाँ दी गयी हैं। इस बार उनकी दस कहानियों का यह विशिष्ट संकलन भारतीय ज्ञानपीठ द्वारा ही प्रकाशित हो रहा है। इसमें दीदी (ओप्पोल, 1956), अँधेरे की आत्मा (1957) और दार-एस-सलाम (1960) को छोड़कर अन्य सात कहानियाँ अपेक्षाकृत नयी हैं; जैसे छोटे-छोटे भूकम्प (1989), भारी वर्षा के अगले दिन (1990), शिलालिपि (1995), शेरलक (1996), कल्पान्त (1997), कडुगण्णव : एक यात्रा-वृत्तान्त (1998) और दृष्टि (2000)। इनमें से अधिकांश कहानियाँ हिन्दी की स्तरीय पत्र-पत्रिकाओं में प्रकाशित हो चुकी हैं।

इन कहानियों के सम्बन्ध में चयनकर्ता और अनुवादक की हैसियत से मैं कुछ नहीं कहूँगा। ये कहानियाँ स्वयं अपने बारे में बताएँगी। इनमें से दीदी, अँधेरे की आत्मा, छोटे-छोटे भूकम्प जैसी कहानियों पर मलयालम में फिल्में भी बन चुकी हैं, जिन्हें राष्ट्रपति द्वारा पुरस्कृत भी किया गया। एम.टी. वासुदेवन नायर को चार बार सर्वोत्तम पटकथा-लेखक का पुरस्कार मिल चुका है। यह उनकी सामाजिक चेतना एवं साहित्य को फिल्मी-माध्यम से प्रस्तुत करने की

दायित्वपूर्ण भूमिका का परिचायक है। उनकी पहली निर्देशित फिल्म 'निर्माल्यम' को राष्ट्रपति का स्वर्ण कमल (सर्वश्रेष्ठ फिल्म पुरस्कार 1973) प्राप्त हुआ था।

एम.टी. वासुदेवन नायर सभी प्रकार के पुरस्कार—ज्ञानपीठ पुरस्कार से लेकर वयलार एवार्ड, साहित्य अकादेमी पुरस्कार, केरल साहित्य अकादेमी पुरस्कार (तीन बार— कहानी, उपन्यास एवं नाटक को) जैसे दर्जनों पुरस्कारों से सम्मानित हैं। वे केरल साहित्य अकादेमी के अध्यक्ष रह चुके हैं। अभी तुंचन स्मारक ट्रस्ट, तिरूर के अध्यक्ष हैं, साहित्य अकादेमी की कार्यकारिणी के सदस्य एवं मलयालम भाषा के संयोजक भी हैं।

भारतीय ज्ञानपीठ से 'वानप्रस्थ' संकलन के तीन संस्करण निकल चुके हैं। आशा है, 'अँधेरे की आत्मा' को भी उसी प्रकार पाठकों का प्यार मिलेगा।

वी.डी. कृष्णन नम्पियार

अनुक्रम

दीदी

दीदी रो रही थी।

दीदी को रोते देखना अप्पू को अच्छा नहीं लगता। पिछवाड़े वाले कमरे की खिड़की की चौखट पर माथा टेके दीदी रो रही थी। वह तो हमेशा रोती ही रहती है। शायद नानी ने उसे गाली दी हो। वैसे नानी अप्पू को भी डाँटती रहती है। लेकिन अप्पू को रोना नहीं आता। गुस्सा आता है। अगर वह भी दीदी जैसा बड़ा होता तो दिखा देता।... इतनी बड़ी होने पर भी दीदी डाँट-फटकार क्यों सहती है। उसका चेहरा उतर जाता है। आँखें भर आती हैं... यह देखकर अकसर अप्पू वहाँ से बाहर निकल जाता।

दीदी को रोते देखकर अप्पू से उसके पास रहा नहीं जाता। कभी रोते-रोते दीदी उसे गले लगा लेती। दीदी से प्यार से लिपटना उसे अच्छा लगता है। लेकिन जब 'बेटा' कहते हुए सिर और माथे पर बार-बार चुम्बन लेती तो गरम-गरम आँसू अप्पू के बदन पर टपक पड़ते। तब वह भी रुआँसा हो जाता।

नानी की फटकार को वह अक्सर अनसुनी कर देता। बहुत गालियाँ सुन चुका। सुबह उठते ही गालियों की बौछार शुरू हो जाती— 'दुपहरिया होने पर ही छोकरा उठता है। देखा न रे, तेरे जनमते ही घर का सत्यानाश हो गया कि नहीं?'

बरामदे के कोने में सिल के पास बैठे, दातून करते वक्त फर्श पर थोड़ा पानी गिर जाए तो बस काफी है, नानी शुरू कर देती— 'बदतमीज, अपनी हड्डी-पसली तोड़कर फर्श की लीपा-पोती की है मैंने।'

आँगन में कोई कूड़ा डाल दे, कुएँ में कोई कंकड़ी फेंक दे या ताँबे के घड़े पर ताल बजाये तो नानी गालियाँ देने लगती। अब स्कूल जाने लगा है तो उसे थोड़ी राहत मिली है। कम से कम दिन में तो छुटकारा मिल जाता है।

क्यों नहीं दीदी नानी को फटकार देती? लेकिन अप्पू से ज्यादा दीदी ही नानी से डरती है।

अप्पू को गालियाँ देने पर कभी-कभी दीदी कहती, "उसे कोस-कोसकर मार डालेंगी माँ।"

"थू..."

उसके जवाब में एक डाँट पिलाती। उससे भी बस नहीं करती, "ऐसे ही शक्कर समझकर क्यों नहीं चाट लेती?"

"जब अपना ही खून हो..."

तब अपने बछड़े को कोई छूने जाए तो जैसे कजरी गाय सींग तानकर आगे बढ़ती है उसी तरह नानी उछलती हुई आती।

"अरी...किसी ऐरे-गैरे से... हाय राम! मुझसे ज्यादा कहलवाना नहीं री!"

बातें जब यहाँ तक पहुँच जातीं तो अप्पू चुपचाप आँगन की तरफ निकल जाता। वह अहाते में चक्कन को साथ लेकर घूमता रहता। कभी-कभी कद्दू की बेल के बीच लुकाछिपी करते लाल पूँछवाले पतंगे को पकड़ने की कोशिश करता। लेकिन कभी भी वह उसके हाथ न लगता। बाहर काफी देर बिताकर अप्पू घर लौटता। इस बीच उसे खयाल आता, दीदी पिछवाड़े के कमरे की खिड़की पर माथा टेके सिसक रही होगी।

सन्ध्या समय नाम जपने का काम अप्पू को तकलीफदेह लगता था। गलियारे में बैठकर ही यह काम करता। कई बार नमः शिवाय रटना पड़ता। फिर नक्षत्रों की नामावली रटनी पड़ती। इन सबमें उससे कोई गलती नहीं होती थी। देशी महीनों के नाम भी उसे गिनना आता था। लेकिन इसके बाद उसे अँग्रेजी के महीने और वन, टू, थ्री...गिनने के काम में दीदी की मदद की जरूरत पड़ती थी।

दीदी को अँग्रेजी आती थी। पौर की दीवार पर टँगी कान्हा की तस्वीर वाले कैलेण्डर में छपी अँग्रेजी दीदी पढ़ लेती थी। आखिर दीदी की पढ़ाई आठवीं तक हुई थी।

सब कुछ रटने के बाद वह दीदी के पास चुपचाप जा बैठता। दीदी उसके बालों पर उँगलियाँ फेरने लगती। तभी पड़ोस के बड़े घर से गाने की आवाज आती। वह कभी उधर नहीं गया। बाड़े के इस तरफ से देखा भर है। वहाँ काफी लोग रहते थे।

वहाँ से गाने की आवाज आ रही थी। गानेवाली और बातें करनेवाली एक पेटी वहाँ आयी थी। यह पेटी गाती और बोलती कैसे है? चक्कन कहता है कि उसके अन्दर कोई बैठा होगा। चक्कन को कुछ भी नहीं आता। वह तो स्कूल भी नहीं जाता। कजरी गाय सिर्फ उसी को सींग नहीं मारती। यह तो उसके बड़प्पन से नहीं, उसके हाथ की लकुटी देखने से है।

वे सारे गीत शायद सिनेमा के थे। अप्पू ने अभी तक कोई सिनेमा नहीं देखा।

स्कूल के उसके साथी यशोदा और मणि ने सिनेमा देखा है। सिनेमा की तस्वीरों से बनी एक थैली उसने जरूर देखी थी।

गाना सुनकर, दीदी पर अक्सर एक पागलपन सवार होता। फिर कुछ पूछा जाए तो जवाब नहीं देती। पता नहीं वह क्यों इस तरह नाराज़ रहती थी? कभी-कभी दीदी इसी तरह चुप्पी साधे बैठ जाती थी। यह दीदी भी कितनी अजीब है।

फिर भी उसे दीदी पसन्द थी। सवेरे स्कूल जाने के पहले दीदी ही उसे नहलाती। सूखी तुरई के रेशे से शरीर रगड़-रगड़कर नहाना उसे पसन्द नहीं। अँगोछे की नोक से कान के अन्दर साफ करते वक्त उसे गुदगुदी होती। दीदी ही कंजी परोस देती। कंजी पी लेने के बाद गीले अँगोछे से छाती से पानी पोंछ लेती, और पिछले दिन धोकर रखी कमीज और धारीदार जाँघिया पहनाती। बालों पर कंघी करके चेहरे से तेल की चिकनी परत एक बार और पोंछ देती। इसके बाद वह स्कूल रवाना हो जाता।

रात को वह खाने बैठता तो दीदी भी पास बैठ जाती। दीदी का कौर बनाकर खिलाना उसे पसन्द था। लेकिन नानी के सामने दीदी उसे कौर बनाकर नहीं खिलाती थी। क्योंकि एक बार नानी ने डाँटा था, ''यह क्या दुधमुँहा बच्चा है जो तू कौर बनाकर खिलाती है...''

दीदी कभी-कभार ही नानी को जवाब देती। दीदी की बातें सुनने पर नानी पर भूत सवार हो जाता। फिर कोहराम मच जाता, नानी की जली-कटी बातें सुनने के बाद दीदी रोने लगती। कभी-कभी नानी भी रो उठती।

नानी के रोने से उसे कोई फर्क नहीं पड़ता था। लेकिन सिर्फ एक बार नानी को रोते देखकर उसे भी रोना आया था।

वह घटना अप्पू भूला नहीं था। नानी को रुलाने वाले उस आदमी को भी वह नहीं भूल पाया।

चक्कन के बनाये नारियल के पत्ते की गेंद से वह आँगन में खेल रहा था। तभी फाटक से किसी ने बुलाया।

''माँ!''

देखा, तो एक आदमी बाड़े के पास खड़ा था। लम्बी, आस्तीनवाली कमीज और बगल में एक थैली। नानी आँगन से होकर बाड़े की तरफ गयी। पता नहीं, नानी क्या बड़बड़ा रही थी।...

''तेरी माँ ही तो कह रही है! तुम यहाँ तक आ गये हो तो घर के अन्दर क्यों नहीं आते कुमारन?''

अप्पू को भी लगा कि नानी ने ठीक ही कहा था। यह कौन है इतना गरूरवाला? अगर उसे नानी से बातें करनी हों तो उसे उधर बुलाने की क्या जरूरत

है? वह क्या इधर आ नहीं सकता?

वह आदमी बोला, ''मुझे यह कहकर निकले पाँच साल हो चुके कि अब इस घर में पैर न रखूँगा। वह तो कभी नहीं होगा माँ।''

नानी उसे डाँट क्यों नहीं रही? हमेशा गरजनेवाली नानी उस गरूरवाले के सामने गिड़गिड़ा रही थी, ''मेरे पेट की जनमी है? मैं कैसे उसे मार डालूँ?''

उसका जवाब अप्पू की समझ में नहीं आया।

नानी ने कहा, ''और जब तक मैं जिन्दा हूँ कम से कम तब तक...''

''उसके बाद इतना भी नहीं होगा।'' उसका चिल्लाना जारी रहा, ''ये सब सीख तुम्हें बेटी को पहले से देनी चाहिए थी।''

इस बीच उसने अप्पू की तरफ देखा। अप्पू को उसकी नजर जरा गड़बड़-सी लगी। मौका पाकर बच्चों का गला घोंटकर थैली में बाँधकर ले जाने वाले उस साधु की नजर से भी वह इतना नहीं डरा था। यह भी गला घोंटनेवाला है क्या?

वह चुपके से बरामदे की ओर बढ़ा। दीदी अन्दर चली गयी थी। रसोई के पिछवाड़े के दरवाजे पर खड़ी दीदी केले के बाग की ओर देख रही थी। आँचल थाम कर अप्पू ने पूछा, ''दीदी, फाटक पर खड़ा आदमी कौन है?''

शायद दीदी ने उसकी बात नहीं सुनी।

''फाटक पर कौन खड़ा है दीदी?''

दीदी कुछ कहने जा रही थी। लेकिन बोली नहीं।

''बोलो, कौन है दीदी...''

''वह...''

''गला घोंट देगा क्या?''

''कौन?''

''वह आदमी...बच्चों का गला घोंटनेवाला तो नहीं है?'' लगा कि दीदी का दम घुट रहा है।

''वह...तो, तेरे मामा हैं रे।''

यह तो नया तमाशा हुआ। मामा होकर क्या ऐसा ही करना चाहिए था उसे? फाटक पर आकर धीरे से नानी को बुलाना, फिर डराने के लिए अप्पू की ओर घूरना... अजीब मामा है यह।

शायद दीदी ने यों ही कहा हो।

''क्या यह सच है दीदी?''

''हाँ!''

''मामा इधर क्यों नहीं आते?''

दीदी ने उसका जवाब नहीं दिया।

"मामा नहीं आएँगे क्या?"

और भी कुछ पूछना चाहता था। लेकिन उसने देखा कि दीदी आँखें पोंछ रही थी।

यह दीदी तो पागल है...

तब नानी अन्दर आयी। नानी को देख अप्पू घबरा गया। नानी रो रही थी। साथ-साथ कुछ बड़बड़ा भी रही थी। अप्पू को भी गम हुआ। कितनी ही गालियाँ क्यों न दे वह, है तो उसकी अपनी नानी।

हिम्मत बाँधकर वह बाहर निकला और फाटक की ओर नजर दौड़ायी। मामा जा चुके थे।

एक मामा का होना अच्छा है। लेकिन इस तरह घूरकर डराना नहीं चाहिए। फाटक तक आकर नानी को भला-बुरा कहकर रुलाना नहीं चाहिए।

पछाँही के घर की जानू के भी एक मामा थे। वे सात समुन्दर पार दूर कहीं रहते थे। वहाँ रेशमी कपड़े और खूबसूरत छाते बहुत थे। वे जब आये थे तो जानू को ये दोनों चीजें मिलीं। छाता बहुत अच्छा था और बहुत हल्का भी। अपनी माँ के साथ मन्दिर जाते समय वह उसे साथ ले लेती। कमीज बड़ी थी इसलिए पेटी में ही रखी थी।

जानू के जो मामा घर पर पड़े रहते थे, उन्होंने उसे अब तक कुछ नहीं दिया है। सात समुन्दर पार के मामा ही उसे ज्यादा पसन्द थे। वे शायद अगले साल भी आएँगे।

अप्पू को अफसोस हुआ कि उसके मामा ऐसे गड़बड़ निकले। दीदी ने बताया कि वे इधर नहीं आएँगे। उनके यहाँ भी वैसा ही छाता मिलेगा क्या? मिले तो भी वे नहीं लाएँगे। देखा न कैसे घूर रहे थे वह? नानी तक को रुला दिया। रूठने से ही घर नहीं आते होंगे। लेकिन वे रूठे किससे थे?

अब की बार आने पर उनसे पूछने की ठान ली थी। लेकिन मामा नहीं आये।

यह मामा रहते कहाँ हैं? दीदी तो बताती नहीं। जानू भी ऐसे एक आदमी को नहीं जानती। जानू को यकीन ही नहीं होता कि अप्पू के भी एक मामा हैं। चक्कन थोड़ा-बहुत जानता है—नदी किनारे उनकी घर-जायदाद है।

चक्कन कहता है कि उसने देखा है। वह जब उधर से होकर गुजर रहा था उसी समय नये घर पर खपरैल छाया जा रहा था।

"मामा इधर क्यों नहीं आते रे?"

"वे झगड़ा करके जो गये हैं।"

चक्कन भी नहीं जानता ये झगड़ा किस बात पर हुआ है?

सोचने पर उसे कुछ भी नहीं सूझता। उसके मन में कई तरह की शंकाएँ हैं जिन्हें वह सुलझाना चाहता है। मगर पूछे किससे?

अकसर दीदी ही उसकी शंकाएँ दूर करतीं, रात को सोने के लिए लेटते वक्त।

जब तक वह खाना खाता तब तक दीदी उत्तरवाली कोठरी में बिछौना बिछा देती। बिछौने पर लाल रंग की बड़े-बड़े सफेद फूलों वाली पुरानी साड़ी बिछा देती। उस पर लेटना उसे पसन्द है। वह दीदी की साड़ी है।

दीदी की और एक साड़ी है। वह सन्दूक में करीने से रखी हुई है। उसे पहने दीदी को नहीं देखा। सन्दूक खोलने पर खुशबू आती है, केतकी की खुशबू। केतकी की खुशबूदार साड़ी दीदी पहने तो खूब मजा आएगा।

खाना खाते ही अप्पू लेट जाता। लेकिन जब तक दीदी न आती, वह न सोता। रसोई साफ कर बर्तन माँजकर ही दीदी आती थी। दीदी से लिपटकर सोते वक्त वह अपनी शंकाएँ एक-एक करके दीदी के सामने रखता। अकसर वह जानना चाहता कि जानू ने जो कुछ कहा, वह सब झूठ है कि नहीं।

कभी-कभी वह कितनी झूठमूठ की बातें बनाती है। कह रही थी कि उसके घर के दक्खिन के सर्प देवता के झुरमुट में एक ऐसा साँप है जो नौ बच्चों को निगल चुका है। वह तो निरा झूठ है न! एक साँप के पेट में इतने सारे बच्चे कैसे समा जाएँगे!

एक बार जानू ने कहा कि उसने ईश्वर को देखा है।

अप्पू को यकीन नहीं हुआ। अप्पू ने तो ईश्वर को नहीं देखा; न चक्कन ने देखा है और न दीदी ने।

जानू कहती है कि उसने रात को ही ईश्वर को देखा। पूजा के लिए आये पाँडे से भी लम्बी ईश्वर की दाढ़ी-मूँछ है। यह जानने के लिए कि वह झूठ तो नहीं बोल रही, अप्पू ने पूछा, ''सिर पर क्या था?''

''काहे के सिर पर?''

''ईश्वर के?''

जानू ने खूब सोच-समझकर जवाब दिया, ''बाल।''

''फू-फूय...'' अप्पू चिल्लाया।

''ईश्वर के सिर पर तो मुकुट रहता है।''

वह तो जानू ने नहीं देखा था। वह झेंप गयी। झूठ बोलने पर भी जानू उसे अच्छी लगती थी। जब वह यहाँ थी तो साथ खेलती थी, अब वह भी चली गयी। जानू को उसके पिता ले गये। वह एक जंगली इलाके में गयी है। समुन्दर पार करना तो नहीं है। समुन्दर पार तो उसके मामा रहते हैं। पिता के साथ जाने पर वह रेलगाड़ी में बैठ सकती है। एक भारी पहाड़ का पेट चीरती हुई रेलगाड़ी चलती है।

जाने के पिछले दिन जानू अप्पू के यहाँ आयी थी। साथ में उसकी माँ भी थी।

"हम कल रेलगाड़ी से जाएँगे।"

उसने जब यह कहा तो अप्पू के मन में थोड़ी-सी जलन हुई। वह तो बहुत कुछ देख सकेगी। जहाँ वह जा रही है वहाँ शायद रबड़ का गेंद और साइकिल मिलते होंगे।

अप्पू भी कहीं जाना चाहता है। वह जाए तो कहाँ जाए? कोई ले चले तभी न ?

बड़े टीले पर जहाँ सप्तपर्णी का पेड़ खड़ा था, उसके आगे वह कभी नहीं गया। सात समुन्दर पार के देश, ऊँची पहाड़ियों के सुरंगों से होकर जाने वाली रेलगाड़ी...सुन्दर छाते, रेशमी कपड़ों से भरे उन जगहों के बच्चों को कितना मजा आता होगा।

जानू की माँ ने दीदी से विदा ली। वे दोनों साथ-साथ पढ़ी थीं। जानू की माँ के पास कई साड़ियाँ हैं। वे जानू के पिताजी के साथ कई जगहों पर गयी हैं! एक और भी मजेदार बात है, जानू के पिताजी को उसकी माँ 'मुन्नी के पिताजी' कहती हैं।

जब जानू की माँ चली गयी तो दीदी की आँखें भर आयीं थीं। शायद दीदी भी पहाड़ी सुरंगों को पार करने वाली रेलगाड़ी में कहीं जाना चाहती हो।

दीदी कहीं नहीं जाती। यहाँ तक कि मन्दिर के तालाब पर भी नहीं। घर के कुएँ पर ही नहाती है। फाटकवाले भगवती के मन्दिर का मेला देखने नानी गयी। अप्पू भी गया। फिर भी दीदी नहीं गयी।

"दीदी नहीं चलेगी नानी?"

तब नानी बौखला उठी, "ए, छोकरे, चुप रह..."

पिछले जेठ के महीने से वह स्कूल जाने लगा था। अब दो महीने के बाद परीक्षा शुरू होगी। उसमें पास होने पर वह दूसरे दर्जे में बैठेगा।

जानू अपने पिताजी के पास पहुँचने के बाद शायद वहीं किसी स्कूल में भर्ती हो जाएगी। वहाँ भी तो स्कूल होंगे। वहाँ हमारे केलू मास्टर जैसे मास्टर लोग भी होंगे क्या? न होना ही अच्छा। पिटाई से तो बच सकती है।

क्लास में अप्पू का एक दोस्त है—कुट्टिशंकरन। खेत के उस पार उसका घर है। दोनों साथ-साथ स्कूल जाते हैं। केलू मास्टर कभी-कभी कुट्टिशंकरन को 'कुट्टिच्चातन' पुकारते थे। यह सुनकर सब हँसते थे। उसके साथ यह नाम ठीक ही लगता था। लेकिन केलू मास्टर की मार बर्दाश्त के बाहर थी।

कुट्टिशंकरन ने एक बार उसे एक नीबू दिया।

वह अपने घर से लाया था। उसके यहाँ पिछले दिन कुछ नीबू खरीदे गये थे, उसकी मँझली दीदी की शादी थी।

"शादी में नीबू का क्या काम?"

"बेवकूफ, तुम यह भी नहीं जानते क्या?"

"वह इस तरह बोल रहा था जैसे उसने बहुत शादियाँ देखी हों। शादी के बारे में कुट्टिशंकरन ने सारा ब्यौरा उसको दिया। बहुत से लोग घर आएँगे। पण्डाल में बैठनेवाले बारातियों पर गुलाब जल छिटकते हैं। गुलाब जल खूब खुशबूदार है। बाद में चन्दन और नीबू सबको दिया जाता है।"

अप्पू को इन बातों पर यकीन नहीं हुआ। अगर साफ कह दे कि यह सब झूठ है तो शायद वह पूछता, "क्या तुमने शादी देखी भी है?"

तब मानना पड़ता कि नहीं देखी है।

कुट्टिशंकरन को तसल्ली देने के लिए अप्पू ने कहा, "मेरे यहाँ जब दीदी की शादी होगी तब तुझे भी नीबू दूँगा।"

मगर कुट्टिशंकरन कह रहा था, "तुम्हारी कोई दीदी कहाँ है?"

यह सुनकर अप्पू को काफी गुस्सा आया। उसे चार बार 'कुट्टिच्चातन' कहकर कनपटी पर तमाचा लगाने का मन हुआ। कुट्टिशंकरन उससे भी मोटा-तगड़ा है। इसलिए ऐसा नहीं किया।

"मेरी दीदी फिर कौन है रे?"

"अरे बुद्धू! वह तो तेरी माँ है।"

तब कुट्टिशंकरन की मूर्खता पर उसे हँसी आयी। इस उल्लू को केलू मास्टर ने 'कुट्टिच्चातन' सही नाम दिया है।

"जा, तुझको खाक आता है।"

"फिर तू आया बड़ा जाननेवाला—मेरी माँ कह रही थी।"

"तेरी माँ क्या जाने!"

फिर दोनों में झगड़ा शुरू हुआ। कुट्टिशंकरन ने नीबू वापस माँगा। नीबू उसके सामने फेंककर अप्पू ने नाक-भौं सिकोड़ी।

स्कूल से लौटते वक्त उसने सोचा, दीदी मेरी माँ कैसे हो सकती है? उसके कोई माँ-बाप नहीं हैं। उसके तो दीदी और नानी हैं, बस। नानी की क्या बिसात? छोकरे ऐसा मत कर...वैसा मत कर—तेरे जनमते ही...

उसे बस दीदी काफी है। फिर उस अच्छी दीदी को माँ कहने वाले कुट्टिच्चातन को क्या किया जाए?

उसे माँ नहीं चाहिए।

माँ होती है तो क्या-क्या मुसीबतें झेलनी पड़ती हैं, ये सब वह देखता रहता

था। दीदी की माँ है न नानी? क्या दीदी को वह कभी चैन से बैठने देती है?

पिछले चार-पाँच दिनों से दीदी दिन-रात रोती रहती है। नानी अब गाली नहीं देती।

दीदी भी कैसी पगली है...

दीदी अप्पू से नाराज नहीं होती। रात को सटकर लेटते समय दीदी ने बहुत कुछ कहा। कोई कहानी तो नहीं। कहानी सुनना ही अप्पू को पसन्द है। दीदी को कई कहानियाँ आती हैं। रत्न ढूँढ़ निकालने वाले राजकुमार की कहानी। उसको सुनने के बाद ही रत्न मिलने पर उसे छिपाने की तरकीब उसे सूझ पड़ी। रत्न को गोबर से ढँका जाय तो उसकी चमक बाहर दिखाई नहीं पड़ती। फिर पत्थर बन जाने वाली राजकुमारी की कहानी। जिन्दा करने के लिए बच्चे की बलि चढ़ाकर पत्थर पर खून डालने की बात सुनकर उसे रोना आया।

अब दीदी कहानियाँ नहीं सुनाती। चुपचाप पड़ी रहती। थोड़ी देर बाद पूछती, "सो गया बेटे...?"

"नहीं तो।"

"बेटा, तू खूब पढ़ाई करना।"

"जी!"

"बड़ा होकर दीदी का खूब खयाल तो करेगा कि नहीं?" यह कैसी बेतुकी बात है? फिर भी 'हाँ' भरता।

"दीदी का तो एक तू ही है रे!..."

दो-तीन दिनों से दीदी की तबीयत खराब है। वह चुपचाप अप्पू को नहलाती, खिलाती और बाल सँवारती और योंही उसके चेहरे की ओर ताकती रहती। फिर एकदम गुमसुम बनी रहती।

यह दीदी पागल जो ठहरी...दुपहर बीच वाले कमरे के फर्श पर नानी और दीदी लेटीं तो नानी को कहते हुए सुना, "उसकी बात सोचकर तुम्हें मन मारने की कोई जरूरत नहीं।" दीदी कुछ भी नहीं बोली।

"जो हो गया सो हो गया। इधर-उधर की बातें सोचने से कहीं पहुँच नहीं पाओगी। अगर यह ठीक हुआ तो बस बेड़ा पार ही समझो..."

वह सुनकर भी दीदी चुप रही।

"वह सब शंकरन नायर ठीक कर देगा। वह बड़ा नेक आदमी है।"

"तुम क्या कह रही हो माँ?"

"तुम..." नानी कुछ ऊँची आवाज में बोली, "यों ही सब कुछ बरबाद न करो। अगर यह भी हाथ से निकल गया तो बस जिन्दगी भर पछताओगी।"

"यह धोखाधड़ी है न?" दीदी पूछती है।

"यह सब तुम्हें जानने की जरूरत नहीं है।"

"फिर उसका नतीजा भी मुझे ही तो भुगतना पड़ेगा।"

"वह सब शंकरन नायर को मालूम है।"

"माँ, अप्पू के..."

"अप्पू...शिप्पू—मालू! तुमसे मैं कह रही हूँ। जब मैं इस बला से छुटकारा पाना चाहती हूँ तब तो तू...।"

दीदी चुप बनी रही।

फिर नानी ने कहा, "शंकरन नायर सब कुछ सँभाल लेगा।"

यह शंकरन नायर कौन है? इतने बड़े होशियार आदमी को कभी देखना भी चाहिए। इस बीच एक दिन सुना कि शंकरन नायर घर आने वाला है।

देखने में तो शंकरन नायर एक नेक आदमी लगा। ओसारे पर बैठे जब वह नानी से बातें कर रहा था तो अप्पू उसके पापड़नुमा सफेद बालों को देखता रहा।

वह आदमी नानी से बातें किये जा रहा था।

लेकिन उन सब बातों में उसकी दिलचस्पी नहीं थी। वयनाड़ की पहाड़ी में शादी होनेवाली है, होने दो...यही खयाल रखना कि बच्चा होने की भनक तक कान में न पड़ने पाए...ठीक है। अप्पू बार-बार उस पापड़नुमा बाल को देखने में ही मजा ले रहा था। वह सोच रहा था कि उसके सिर पर एक लम्बी चोटी भी होती तो अच्छा लगेगा। स्कूल के बाग में गमले में रखा घोड़े की पूँछनुमा पौधा जैसा लगेगा।

उसने एक बार फिर झाँककर देखा।

शंकरन नायर ने आवाज और धीमी कर दी।

नानी ने मुड़कर देखा तो अप्पू पर नजर पड़ी।

"अप्पू, आँगन में जाकर खेलो..."

वह अन्दर चला गया, "थू...उनकी पंचायत।"

वयनाड़ की शादी से उसको क्या लेना-देना। एक नीबू तक नहीं मिलेगा। कोई चाहे शादी कर ले। अप्पू का क्या बिगड़ता है।

अन्दर के कमरे का चावल का बक्सा उसने खोलकर जोर से बन्द किया। उसके अन्दर से एक नन्हा-सा तिलचट्टा झाँक रहा था। खिड़की पर चढ़कर दीवार के कीले पर टँगी टोकरी यों ही टटोली। उसमें सरसों है।

रसोई से पीतल का गिलास गिरने की आवाज आयी। रसोई में दीदी है।

नानी ने पुकारा, "मालू!" शायद गिलास गिराने से डाँटने के लिए बुलाया हो।

"अरी, मालू!"

दीदी बरामदे के दरवाजे पर आकर खड़ी हुई।

पता नहीं अब दीदी को क्या-क्या सुनना पड़ेगा? अप्पू ने डर से कान खड़े किये।

"माँ ने सब कह दिया है न?" शंकरन नायर पूछ रहा था।

"बेफिक्र रहो, सब कुछ मैं ठीक कर लूँगा। वह एक नेक आदमी है, एकला। वह यह सब जान नहीं पाएगा।"

दीदी बोलती नहीं।

"शादी वहीं पर होगी। दो-चार मेहमानों को बुलाना है।"

"लोग क्या कहेंगे?"

नानी को शक था।

"तुम लोग मेरे सगे-सम्बन्धी हो। तुम्हारा और कोई नहीं है। मैं तो बीस बरस से वहीं रहता हूँ। तो बात समझ में आयी न बहन जी?"

"कौन-सी बात?"

"हाँ, हाँ...वही तो मैंने कहा—तब मेरे यहाँ छोटे पैमाने पर शादी की रस्म पूरी की जाए तो इसमें बुराई क्या है?"

"ठीक है भैया। तुम्हीं तो मेरा सहारा हो।"

"इसलिए ही तो मैं उसे पटाकर लाया हूँ। वह लड़की को देखना चाहता है। तब क्या करे?"

नानी ने धीमी आवाज में कुछ फुसफुसाया।

"उसकी भनक तक कान में पड़ने नहीं दूँगा..."

"सब कुछ ठीक हो जाने पर गाँव के मन्दिर में खीर चढ़ाने की मनौती की है।"

"सब कुछ ठीक हो जाएगा। बिटिया को कोई तकलीफ न होगी। उसके पास सरकार से मिली चार एकड़ जमीन जो है। मेहनत करने पर आराम से गुजारा हो सकता है।"

तब मोरी के नीचे रखे खाली डिब्बे में छिपी सींगवाली कोई चीज दिखाई पड़ी। यह तिलचट्टा नहीं था। यह तो अप्पू के लिए एक नया शिकार मिल गया। इसे छोड़ना नहीं चाहिए। वक्त पर झाड़ू भी नहीं दिखती। नारियल के पत्ते की एक मोटी तीली चाहिए।

ओसारे में तब भी बातचीत चल रही थी। नानी और शंकरन नायर के बीच। दोनों कानाफूसी कर रहे थे।

जो भी हो। झाड़ू कहाँ गयी? छिपकर बैठे सींगवाले को एक मार लगानी है।

झाड़ू ढूँढ़ते हुए रसोई पहुँचने पर वहाँ दीदी मिली। अभी-अभी तो दीदी शंकरन नायर की पंचायत सुनने गयी थी। जब दीदी से पूछा कि झाड़ू कहाँ है तो उसने अप्पू को गोद में उठा लिया। फिर सिर पर, माथे पर चूमती रही। दीदी के आँसू उसके चेहरे पर और सिर पर टपक पड़े।

शंकरन नायर दीदी को कुछ गाली तो नहीं दे रहे थे। नानी भी नाराज नहीं हुई थी। फिर दीदी रो क्यों रही है?

यह दीदी भी कैसी पागल है।

रात को दीदी ने पूछा, ''अगर दीदी नहीं हो तो बिटुआ नानी के पास सोएगा न?''

''मैं तो दीदी के पास ही सोऊँगा।''

''अगर दीदी भी चली जाए तो?''

''दीदी किधर जा रही है?''

दीदी चुप रही। बार-बार पूछने पर जवाब मिला, ''कहीं भी नहीं। दीदी ने यों ही कहा था।''

''सच!'' अप्पू ने तसल्ली की साँस ली।

एक दिन वह स्कूल से आया तो उसे मीठा-सा पकवान—अटा मिला। वह हमेशा नहीं बनता है। ऐसी कोई खास चीज मिलने पर चक्कन के सामने खड़े होकर खाने की जिद अप्पू करता है। उस छोकरे का लालच देखते ही बनता है। दीदी ने कहा है कि वह बहुत लालची है। इसलिए उसके देखते हुए खाना नहीं चाहिए। लेकिन वह लकुटिया बना सकता है। कजरी सिर्फ उसी पर सींग नहीं मारती। वह चाहे तो कजरी को गले लगा सकता है!

अटा छिपाये दीदी की नजर बचाकर वह आँगन की ओर निकला। चक्कन फूस के ढेर से फूस निकाल रहा था। हमेशा की तरह आज उसने एक टुकड़े के लिए विनती नहीं की।

''अपुन को बड़ी मालकिन ने दिया है।''

''झूठ।''

''मैं ही उनके आने पर चाय की पत्ती और चीनी ले आया।''

''किनके आने पर?''

''मेहमान लोगों के। देखिए छोटे मालिक''—चक्कन ने गाँठ खोलकर दिखाया—बीड़ी के तीन टुकड़े।

''जो साहब आये थे, उन्होंने पीकर फेंके थे।''

अगर बीड़ी पीते हैं तो जरूर बड़े आदमी ही होंगे। शंकरन नायर के पापड़ जैसे बाल होने पर भी वह बीड़ी नहीं पी सकता। पिछले हफ्ते जब वह आया तो नानी की तरह पान चबाता रहा। बहुत बुरी बात!

"मेहमान लोग कहाँ हैं?" दीदी से पूछने के लिए अन्दर दौड़ा। दीदी अहाते में ही थी। नानी रतालू छील रही थी।

"नानी, मेहमान कहाँ हैं?"

"कौन-से मेहमान...यहाँ कौन मेहमान आएगा रे...यमराज है क्या?"

चक्कन ने नाम नहीं बताया था। अगर यमराज ही है तो वह है कहाँ? मैं यही जानना चाहता हूँ।

"ए छोकरे, बदतमीजी दिखाओगे तो तुम्हारी हड्डी तोड़ दूँगी।"

अरे रहने दो। एक मेहमान जो आ गया तो पाँव जमीन पर पड़ते नहीं नानी के!

उसने फिर कुछ नहीं पूछा। रात में कुछ देर सोने के बाद आँखें खुलीं। बिस्तर पर दीदी नहीं थी। कमरे में दीया जल रहा था। दीदी सन्दूक खोलकर सामान करीने से रख रही है।...केतकी की खुशबू आ रही थी। जब वह सोने लेटा था तब दीदी पास थी तो फिर उठी क्यों? रात को दीया जलाकर सन्दूक में धोती और ब्लाउज क्यों ठूँस रही है?

चुपके से उठकर दीदी के गले से लिपटकर उसे डराना चाहा। लेकिन उठ नहीं पाया... आँखें धीरे से मुँद गयीं... राजकुमार ने जिस जंगल से रत्न ढूँढ़ निकाला था, उसकी याद आ रही है...केतकी की हल्की-सी खुशबू...उसने फिर आँखें मूँद लीं।

सुबह अप्पू को दीदी ने जगाया। कुएँ पर जाकर नहलाया। और फिर कंजी पी लेने के बाद दीदी ने उसे कपड़े पहनाये। बाल सँवारते वक्त दीदी ने कहा, "बिट्टू, स्कूल जाते समय सँभल के जाना। ढोरों से बचकर निकलना...।"

यह तो दीदी अक्सर कहा करती है।

उसने मान लिया।

"बच्चों से झगड़ा मत करना..."

"हूँ।"

"नानी जो है, तेरा पूरा ध्यान रखेगी"

"हूँ।"

"नानी का कहना मानना और नखरे मत दिखाना।"

"नानी बुरी है, मुझे तो सिर्फ़ दीदी ही चाहिए...।"

"बिट्टू..."

हाँफते हुए अप्पू को छाती से लगाकर दीदी ने टूटी-सी आवाज में पुकारा, 'मेरे बेटे।'

अप्पू को डर था कि कहीं दीदी रो न पड़े। अबकी बार दीदी नहीं रोयी। इसलिए उसे हैरानी नहीं हुई।

तब उसे कुछ कहने का मन हुआ।

"सुनो दीदी!"

"बेटे, मुझे एक दफे 'माँ' कहकर पुकार..."

वह उसे अच्छा नहीं लगा।

"क्यों दीदी?"

"कुछ नहीं, यों ही!"

"दीदी कैसे माँ होगी?"

दीदी ने उसका जवाब नहीं दिया। दीदी के हाथ ढीले हो गये। वह मुँह मोड़ कर चुप खड़ी रही। कुछ देर बाद कीले पर टँगी थैली अप्पू के हाथ में दी और बोली, "बेटा, जा..."

अप्पू ताड़ के पत्ते से बना छाता कन्धे पर रखकर उसकी रंगीन डण्डी पर थैली लटकाये आँगन से चल पड़ा। फाटक पार करने पर फिसलकर गिरने को हुआ, लेकिन गिरा नहीं। मुड़कर देखा कि किसी ने देखा तो नहीं। ओसारे के दरवाजे के सहारे खड़ी दीदी उसे ही एकटक देख रही थी...यह डरानेवाली आँखें दीदी को कैसे मिलीं। जब उसने मुड़कर देखा तो दीदी ने कछुए की तरह सिर अन्दर खींच लिया।

"दीदी भी कैसी पगली है।..."

खेत के उस पार कुट्टिशंकरन जंगली अण्डी का पत्ता तोड़कर उसके रस के बुलबुले उड़ाता हुआ खड़ा था। उसकी थैली में दो आँवले थे। छोटा आँवला उसने अप्पू को दिया। छोटा होने पर भी खूब मीठा था।

एक सूखा नाला, पगडण्डी और छोटा-सा टीला पार करके उसे स्कूल जाना था।

टीला पार करते डर लगता था। बहुत-सी गायें भी होंगी। कोई बात नहीं। कभी पास के बड़े घर का साँड भी वहाँ होगा...अप्पू ने उसे नहीं देखा है।...न दीख पड़े...।

दोपहर को नारायण की पेंसिल उसके हाथ से टूट गयी। नारायण रोया। मास्टरजी से शिकायत करने जा रहा था कि कुट्टिशंकरन बीच में पड़ा। केलू मास्टर

के पास मामला पहुँचे तो अप्पू को भी मुसीबत होगी। इससे बचने के लिए कल चवन्नी नारायण को देनी होगी। अप्पू को तसल्ली हुई।

दीदी से पूछने पर चवन्नी जरूर मिलेगी। शाम को घर पहुँचा। किताबों की थैली बरामदे में फेंककर उसने दीदी को पुकारा।

"अप्पू?"

दीदी ने नहीं, नानी ने जवाब दिया था। नानी रसोई से बाहर आकर पूछने लगी।

"आज इतनी जल्दी कैसे आ गया?"

मन में आया कि पूछूँ—क्यों इतना प्यार जता रही हो?

लेकिन पूछा नहीं। अगर मार पड़ेगी तो।

"दीदी कहाँ है?"

"कंजी परोस दी है। कपड़ा बदल के आ जा।"

उसे कंजी नहीं चाहिए। दीदी चाहिए। कल तक चवन्नी नहीं मिले तो नाक कट जाएगी।

"दीदी कहाँ है?"

वह उत्तर वाले कमरे में गया। वहाँ दीदी नहीं थी। केतकी की हल्की-सी खुशबू कमरे में टिकी हुई थी।

"नानी, दीदी कहाँ है?"

"दीदी... यहाँ नहीं है।"

"फिर कहाँ है?"

"वह...हाँ, एक जगह गयी है।"

"किधर?"

"दीदी आ जाएगी। अप्पू के लिए गेंद लाएगी..."

गेंद-वेंद वह लाए। ठीक है। फिर भी उसे साथ लिये बिना, बिना बोले वह गयी क्यों?

उसे गुस्सा आया। अजीब दीदी है। दीदी ने ऐसा किया न? अप्पू बात तक न करेगा...इस दीदी को क्या करे?

दीदी के सन्दूक में चवन्नी होगी। एक नहीं दो चवन्नी लूँगा। उसके लिए डाँटने आये तो दिखा दूँगा।

लेकिन सन्दूक कहाँ थी।

उसको रोना आया।

नानी ने फिर पुकारा, "अप्पू, खाना नहीं खाएगा?..."

वह आँगन में निकल आया। बिल्व के चबूतरे से एक पत्थर लेकर फेंका। फिर पछाँही की ओर चल पड़ा।

"अप्पू को नानी ने कंजी परोसी है...।"

अप्पू को नानी का प्यार नहीं चाहिए...

दीदी को आने दो। रबड़ की गेंद लाकर दोगी तो दूर फेंक दूँगा—हाँ।

नानी ने फिर पुकारा।

अप्पू को कुछ नहीं चाहिए। उसे लगा कि जी भर रोये। दीदी से जो गुस्सा है उसे आँसुओं में उतारकर जोर से रोये...

अगर दीदी बढ़िया गेंद और मिठाई लायी तो? तब क्या करना चाहिए?

तो भी दीदी बिना बताये चली गयी न!

अजीब है दीदी...

यह दीदी भी कैसी पगली है।...

अँधेरे की आत्मा

वेलायुधन डरते-सहमते बाहर आया। देहरी पर कदम पड़ते ही वह ठिठक गया, और दालान की तरफ झाँका—वहाँ अच्युतन नायर गहरी नींद में सोया पड़ा था। वह पल-भर उसकी तरफ ताकता रहा। अच्युतन नायर के नींद में खर्राटे लेते समय गले का कौआ जो कुलाँचें मारता था, उसे देखते रहने में उसे बड़ा ही मजा आया। उसकी अण्टी में खोया सुपारी का पका फल खुलकर बाहर फिसलना चाह रहा था। उसकी रोयेंदार हथेलियों और मोटी-मोटी घिनौनी अँगुलियों पर नजर पड़ी तो वेलायुधन गुस्से से भर गया।

इसी हाथ से ही तो कल शाम को...कल या और भी कुछ दिन पहले?

वेलायुधन ने गला सहलाया, वहाँ दर्द अभी बाकी था।

एक दिन चुपचाप किसी के अनजाने ही, वह हाथ काट डालना होगा। एक बड़ा-सा चाकू इसके लिए कहीं से हथियाना होगा। फिर जब अच्युतन नायर अपना रोयेंदार खुरदरा हाथ फर्श पर पसारकर सोया पड़ा होगा तो चुपके से, दबे-पाँव, दबी-साँस जाकर एक बार ऐसा कि...

बस, उसे यही सजा दी जानी चाहिए। दूसरों के सताने की भी कोई सीमा होनी चाहिए।

इधर कुछ दिनों से अच्युतन नायर ही उसे नहलाता था। यह उसे बिलकुल पसन्द नहीं। आखिर इसका मतलब क्या है? वह कोई दूध पीता बच्चा तो नहीं कि कोई दूसरा आकर उसे नहलाने-धुलाने लगे। अब वह बड़ा हो गया है—काफी सयाना। जब वह गोपी जितना बड़ा हो गया था तो वह भी काली के मन्दिर के सामने वाले नदी-घाट में स्नान करने जाता था। उन दिनों उसे उसकी माँ ही नहलाती थी।

मगर अब वह बड़ा हो गया है। नानी अकसर कहा करती, ''बीस-पचीस साल का हो गया है, अपने पैरों खड़ा होने लायक एक सयाना मर्द। सुकृतक्षय (बदकिस्मती) और क्या?''

वेलायुधन को मालूम है कि नानी किसके 'सुकृतक्षय' पर मातम कर रही है।

घर के पिछवाड़े जो चौतरा बना है, उस पर रोज अच्युतन नायर उसे जबरदस्ती पड़कर ले जाता है। वहाँ तीन बड़े-बड़े कड़ाहों में पानी भरा रहता है। एक 'चेंपु' से जिसका उपरीला किनारा टूटा हुआ है, पानी ले-ले सर पर लगातार उँड़ेलता रहता है।

अभी परसों की बात है। या उससे भी कुछ दिन पहले की बात—

पानी भरे कड़ाहों के पास तख्ते पर बिठाकर अच्युतन नायर 'चेंपु' लाने गया तो वेलायुधन के दिमाग में एक योजना सूझ पड़ी। क्यों न एक नहर बनायी जाए इस चौतरे के सामने से? पाल लगी बड़ी-बड़ी नावों और मछियारों की छोटी-छोटी किश्तियों को उस पर तैरते हुए वह अपने सोने के कमरे की खिड़की पर खड़ा होकर देख पाएगा। बरसात के मौसम में मछलियाँ उछलती-कूदती फिरेंगी। और उस वक्त चाहे तो डोरी-काँटे से मछलियाँ भी पकड़ी जा सकती हैं, खिड़की पर ही खड़े-खड़े।

उसने गँदले पानी की निकासी के लिए चौतरे के सामने से खोदी गयी मोरी पर तीनों कड़ाहों का पानी उँड़ेल दिया। मटमैले पानी को बहते वह बड़े मजे से देख ही रहा था कि पीछे से अच्युतन नायर की पुकार सुनाई पड़ी, "वेलायुध!"

पुकार नहीं थी वह, दहाड़ थी, दहाड़!

वेलायुधन ने सहमी-सहमी-सी आँखें ऊपर उठायीं।

"गुस्ताखी कर रहे हो?"

अच्युतन नायर की आँखों से जैसे अंगारे निकल रहे थे। तैश में आकर वेलायुधन इस ख्याल से एक कड़ाहा उठाना ही चाहता था कि इससे अभी इस जालिम को ढक देता हूँ, कि तभी गाल पर जोर का एक थप्पड़ पड़ा।

"मार डाला, मुझे मार डाला!" मारे दर्द व घबराहट के वेलायुधन चिल्लाने लगा। शोर-शराबा सुन नानी आयी। पीछे-पीछे मौसी और गोपी भी आ पहुँचे।

नानी ओढ़ी हुई चादर के पल्ले से आँखें पोंछती हुई बोली, "अच्युता! ऐसा न करो। 'दैव दोष' (ईश्वर का कोप) होगा तुम पर। बुद्धि भ्रष्ट हो जाने से ही तो..."

"इसकी करतूत तो देखिए न नानी!" अच्युतन नायर ने नानी से कहा।

मौसी बुदबुदायी, "लात का भूत बात से नहीं मानता। यह सब बदमाशी है इसकी।"

नानी ने फिर एक बार आँखें पोंछते हुए किस्मत को कोसा, "सुकृतक्षय! सुकृत...!"

वेलायुधन ने गर्दन पर हाथ फेरा—अभी दर्द कुछ-कुछ बाकी था।

हलवाहा अयप्पन के पास एक तेज हँसिया है। वह जब खेत का काम करने के बाद अगवार लेने खलिहान वाले घर के फाटक पर आएगा तो उस हँसिये को उससे लेना होगा।

एक दिन जब अच्युतन नायर के गले का कौआ इसी तरह चौकड़ियाँ भरता रहेगा और खुद अच्युतन नायर मौत से बाजी लगाकर इसी तरह सोया रहेगा तो चुपके से जाकर एक हाथ ऐसा साफ और किस्सा खतम...

सवेरे उठने पर बड़ा मजा आएगा, ज्यों ही अच्युतन नायर यों दहाड़ते हुए कि 'यह सब वेलायुधन की बदमाशी है, पागलपन नहीं' मारने के लिए हाथ उठाएगा तो पाएगा कि हाथ नदारद...।

और हाथ ढूँढ़ता-ढूँढ़ता जब वह घर का कोना-कोना छानने लगेगा तो मारे हँसी के पेट फट जाएगा।

वेलायुधन दालान से उत्तर की तरफ के बड़े कमरे में आया। वहाँ खुली खिड़की के पास नानी सन की चटाई पर सिमटी सो रही थी। नानी का बदन बड़ा घिनौना लगता था, जैसे बदन-भर में मछली की चुईं लगी हो।

बेचारी नानी! उससे वेलायुधन की कोई शिकायत नहीं। नानी ने उसे कभी बुरा-भला नहीं कहा। न कभी डाँटा, और न थप्पड़ लगाया। घर के बाकी जितने जीव हैं, सबने उसे पीटा है, गोपी और शंकरनकुट्टी तक ने, जो अभी उससे छोटी उम्र के हैं। लड़के अपने से बड़ों पर हाथ नहीं उठाते।

मौसी कहीं दिखाई नहीं दी, अच्छा ही हुआ। मौसी का कमरा दुमंजिले पर है, मौसी, गोपी और गोपी का बाप दोपहर खाने के बाद अपने-अपने कमरे में चले जाते थे तो सूरज ढलने के बाद ही उतरते थे।

दक्षिण की तरफ जो बड़ा-सा कमरा था, उसमें घुप्प अँधेरा था। दोपहर के वक्त भी इसमें कोई अन्तर नहीं पड़ता। हाँ, घर के बीच वाले आँगन से थोड़ी गोल-गोल सी रोशनी घुसपैठ करती थी जरूर। चारों कोनों पर अनाज भरने के बड़े-बड़े सन्दूक और बीजों से भरे कोठर थे। उस अँधेरे में कहीं कोई शैतान तो नहीं छिपा बैठा हो। और यह भी हो सकता है कि वहाँ खुद मामा ही छिपा बैठा हो। ऐसी हालत में उसके हाथ में नारियल के पेड़ के पत्तों का डण्ठल जरूर होगा, क्योंकि उससे मारने में मामा को बड़ा मजा आता है न! मगर वहाँ शैतान हो तो मामा कैसे छिपा रह सकता है?

बरामदे पर कदम रखना ही चाहता था कि वेलायुधन को फिर मामा याद आया—अगर मामा बरामदे पर नारियल के पेड़ की डण्डी लेकर बैठा हो तो?

एक दिन मामा को भी ठिकाने लगाना होगा।

क्योंकि वेलायुधन ज्यों ही घर के अगवाड़े जाता, वह चिल्लाने लगता था—'वेलायुधन!' सुनकर सारा घर काँप उठता।

फिर अच्युतन नायर लपक पड़ता। क्योंकि वेलायुधन पर यह पाबन्दी लगाई गयी थी कि घर के अगवाड़े कभी कदम न रखना। जब अच्युतन नायर आकर अपनी मोटी-बदरंग बदसूरत अँगुलियों से हाथ पकड़ लेता, तो मारे घृणा के वेलायुधन का कलेजा मुँह को आने लगता—मेढक पर पैर पड़ने की-सी घृणा। अगर अगवाड़े नानी बैठी हो तो अच्युतन नायर कुछ नहीं करता था। मगर ज्यों ही घर के उत्तरी तरफ पहुँचता, वह अपनी बहादुरी दिखाने लगता था।

दरवाजे की आड़ में खड़ा, वेलायुधन उसके सूराख से झाँका—नहीं, बरामदे पर कोई नहीं था। मामा की नजरों से बचना तो जरूरी था ही। शंकरनकुट्टी की नजर में भी नहीं पड़ना चाहिए, क्योंकि देखते ही वह कमबख्त भी चिल्ला-चिल्लाकर जमीन-आसमान एक कर डालता था, "पिताजी! वह रहा वेलायुधन भैया!"

मामी की नजर पड़ने पर भी यही किस्सा दुहराया जाता। मगर एक बात, वह तो मामा को नहीं पुकारती, अच्युतन नायर को पुकारकर कहने लगती (भले ही अच्युतन नायर बाहर कहीं गया हुआ है, यह मामी भली-भाँति जानती हो क्योंकि मामा का ध्यान आकृष्ट करने से मामी का मतलब) "अरे अच्युतन नायर! जरा देखना कि यह कौन बाहर निकल आया है।"

कभी-कभी तो खुद उससे ही पूछ बैठती, "किधर चले, साहब?"

चर्म रोग से पीले पड़े ओठों की तरफ देखते ही वेलायुधन को जैसे उल्टी होने लगती थी। एक दिन उस टीले के कुछ कंकड़ उठा लाना होगा कि मामी जब तरन्नुम के साथ 'अच्युतन नायर!' कहकर पुकारना शुरु करे तो तुरन्त उन कंकड़ों से उसकी हलक भर दे।

वेलायुधन बहुत दिनों के बाद आँगन में कदम रख रहा था। इसलिए बाहर देखने पर आँखें चौंधिया-सी गयीं। आसमान जैसे आग उगल रहा था। धूप फीकी पड़ जाने पर शाम को मामा रोज आँगन में टहलता था। फिर साँझ तक यह मटरगस्ती जारी रहती थी।

आँगन में एक जगह गोबर लिपा था। जहाँ 'ओणम्' (केरल का सबसे बड़ा त्यौहार) के दिनों में जो अल्पना बनीं थी, अभी पुँछी नहीं थी। अल्पना जो 'तृक्काकरा अप्पन' (महाबली की मिट्टी से बनी पिरामिडनुमा बेढंगी मूर्ति) के चारों ओर खींची गयी थी।

'तृक्काकरा अप्पन' को देखने के लिए एक दफा उस तरफ आया था, तो अच्युतन नायर ने उसे धक्का देकर निकाल दिया था, क्योंकि वहाँ मामा कुछ शरीफ लोगों के बीच बैठ गप्पें लड़ा रहा था। भला, उनके सामने यह अभागा सरफिरा कैसे जा सकता है!

उसने आँगन में पड़ा एक गिल्टीदार कागज का टुकड़ा उठा लिया और वह

खलिहान वाले घर के पिछवाड़े चला गया। वहाँ दीवार से लगी दौरी पर वह मजे से तबला बजाने लगा। चारों तरफ से छायादार कलमी आम के नीचे नानी की गाय बैठी जुगाली कर रही थी।

उस ठण्डे छायेदार परिवेश में यूँ थोड़ी देर खड़ा रहा तो उसके मन में सन्देह उठा—

तो वह क्या सोच रहा था?

हाँ, यही कि जरा टहलना है, यों ही। अच्युतन नायर गहरी नींद में है और मामा खलिहान वाले घर में। अच्छा मौका है।

अहाते के उस तरफ जो दरीचा है, वहाँ से थोड़ी दूर चलने पर 'मना' (नम्पूतिरि ब्राह्मणों का घर) मिलेगा। मगर वहाँ जाने से वह डरता था। क्योंकि 'मना' के अहाते में जहाँ 'पुल्लानी' (एक किस्म की घास) की झाड़ियाँ हैं, उनके बीच 'करिनीलि' (एक कल्पित भूतिनी) बाल खोले जू चुनने में मगन बैठी होगी।

—माँ! दुर्गे, 'करिनीलि' से अभी सामना न हो!

बच्चों का खून चूस-चूसकर उनकी लाश कुएँ में फेंक देना—यही तो 'करिनीलि' का पेशा है। क्या वह सयानों को भी खाएगी? वह खुद सयाना हो गया है। ड्योढ़ी पार करते समय अब उसे सर झुकाना पड़ रहा था। वरना सर चौखट पर टकरा जाने का अन्देशा था। इतना बड़ा हो गया था अब वह। और फिर चेहरे पर खुजली-सी पैदा करते हुए घने बाल निकल आये थे। उसने चेहरे पर हाथ फेरा। ओह! यह कैसी खुजली है।

बड़ा तो हो गया। मगर, अगर अचानक 'करिनीलि' से सामना हो गया तो? सुना जाता है कि 'करिनीलि' एक थन अपने कन्धे पर थामे, छाती पीटती हुई आँधी की तरह आती है और किसी को देखते ही उसके पास पहुँच जाती है। अगर सामना न हो तो जान बचे।

अकेला खड़ा हो और वह आ गयी तो? अगर केले के काण्ड (केले के तने के भीतर का भाग) का एक टुकड़ा हाथ में हो, तो फिर बिलकुल डरने की जरूरत नहीं। केला-काण्ड मारने पर करिनीलि ड़रकर भाग जाती है। यह भेद उसे किसने बताया था? दीदी ने? या माँ ने? माँ उसकी, अब नहीं रही। उस ताड़ के पेड़ों के झुरमुट के भी उस तरफ, मिट्टी के भीतर माँ सो रही है, जहाँ अब झाड़ियाँ उग आयी हैं। कन-फटी मीनाक्षी दीदी और माँ दोनों ने चौपाल पर बैठी उसे करिनीलि की कहानी और उसे भगाने का भेद बताया हो, यह भी सम्भव है।

अगर इन दोनों ने न बताया हो तो शायद अम्मुकुट्टी ने बताया होगा...

इतने में गाय की पीठ पर एक कौआ उड़कर आ बैठा। कौआ बड़ा बदमाश होता है। आँख तो सिर्फ एक ही है कम्बख्त की...यह सब वेलायुधन खूब जानता

है। लड़कपन में पढ़ाया गया—'कौआ भी तो काला है, उसको किसने पाला है' वाला सबक भी उसे याद था। वह बहुत-सी बातें जानता है। तिस पर भी अगर वह कुछ करने-कहने जाए तो सब एक ही बात कहते थे—"इसकी अकल ठिकाने नहीं, अभागा कहीं का।...अच्छा हुआ कि अब इसकी माँ नहीं रही। वरना बेचारी को कितना दु:ख होता।"

वेलायुधन समझ गया था कि सब लोग उसके दुश्मन बन गये हैं। उसकी खैर कोई भी नहीं चाहता।

गाय की पीठ पर बैठकर कीड़ों को चुन-चुन कुरेदने वाले कौए को एकटक देख ही रहा था कि अचानक किसी की धीमी कण्ठ-ध्वनि सुनाई दी।

"भैया!"

सुनकर पहले तो वह चौंक पड़ा। कहीं करिनीलि तो नहीं? नहीं, करिनीलि नहीं होगी। करिनीलि 'भैया' कहकर उसे नहीं पुकारती। वाह रे वाह! यह भी कैसी बेवकूफी की...

मुड़कर देखा तो खलिहान वाले घर की खिड़की खुली थी। खिड़की के सींखचे पकड़े अम्मुकुट्टी वहाँ खड़ी थी।

तो उसने करिनीलि की नहीं, अम्मुकुट्टी की कण्ठ-ध्वनि सुनी थी। तिस पर भी वह अचानक क्यों चौंक पड़ा? इसका ख्याल आते ही उसे हँसी आ गयी। हद हो गयी बेवकूफी की।

मेहँदी लगाने से लाल-लाल उँगलियों पर पहले उसकी नजर पड़ी। पके-पके टमाटर जैसी लाल! पीले-चमकीले रेशमी कुर्ते पर बाल बिखरे हुए थे। अम्मुकुट्टी की तरफ वह अपलक देखने लगा।

अम्मुकुट्टी ने फिर पुकारा, "भैया!"

वेलायुधन चुपचाप अम्मुकुट्टी की ओर ताकता रहा। 'ओलोर' (केरल में बहुतायत से पाये जाने वाला आम) जैसे दमकते उसके गालों से आँखें उखड़ती ही नहीं।

"भैया! इस तरह क्यों ताक रहे हो?"

"ऊँ हूँ।"

"भैया बाहर क्यों निकले हो?"

उसने गालों से नजर हटायी तो वह अम्मुकुट्टी की आँखों से जा टकरायी। वह घबरा गया।

"भैया, इस तरह बाहर मत घूमा करो।"

पीले मलमली ब्लाउज के नीचे अम्मुकुट्टी का थोड़ा-सा पेट दिखाई पड़ रहा था। उस पर दृष्टि पड़ी तो वेलायुधन झेंप गया।

"अच्युतन नायर देख पाये, इसके पहले..." अम्मुकुट्टी एकदम रुक गयी। जाने वह आगे क्या कहना चाहती थी। मगर वेलायुधन इस बीच अच्युतन नायर की रोयेंदार हथेली भूल-सा गया था। सोच रहा था—खिड़की के सींखचों से लिपटी लाल उँगलियों को जरा छू लूँ तो...

"घुटने का चमड़ा कैसे छिल गया, भैया?"

वह चुप रहा।

वह लाल-लाल उँगलियाँ, पके-पके टमाटर जैसी...

"कल मार क्यों पड़ी थी?"

वेलायुधन ने इसका भी कोई जवाब नहीं दिया।

"क्या सोच रहे हो?"

अम्मुकुट्टी ने सर जरा पीछे मोड़कर कान खड़े किये कि कहीं माँ तो नहीं आ रही है।

वेलायुधन तब भी यही सोच रहा था। जरा छू लूँ...इन उँगलियों को...लाल-लाल...पके-पके...

"भैया, तुम जल्दी अच्छे हो जाओगे, सारी बीमारी दूर हो जाएगी।"

"हाँ।"

"अच्युतन नायर का कहना कभी न टालना।"

"हाँ।"

"नहीं तो नाहक मार खानी पड़ेगी।"

"हाँ।"

"परसों रात को क्यों जोर से रो रहे थे?"

अम्मुकुट्टी ने खिड़की से अचानक हाथ हटा लिये तो उसे दु:ख हुआ। वह पीठ फेरकर खड़ी हुई, धोती खोलकर झटका दिया और फिर कसकर पहन ली। इसके बाद फिर मुड़कर खिड़की पर हाथ रखा तो वेलायुधन की जान में जान आयी।

डरते-डरते उसने पूछा भी, "जरा छू लूँ?"

अम्मुकुट्टी के होठों पर हँसी की कली खिल उठी।

जब वह कुछ कहने लगता है तो अकसर गोपी और शंकरनकुट्टी हँस पड़ते हैं। मगर उनकी हँसी और इस हँसी में फर्क है। यह उपहास की हँसी नहीं। लेकिन अम्मुकुट्टी की यह हँसी देखकर पता नहीं क्यों उदास हो गया।

उसने धीरे से अम्मुकुट्टी की उँगलियों को छुआ।

अम्मुकुट्टी उदास आँखों से उसे देखती रही।

"भैया, अब जाओ। अच्युतन नायर या और कोई देख लेता तो..."

वह हिला नहीं।

''जाओ न!''

वह जैसे रूठ गयी।

फिर भी वेलायुधन गया नहीं।

सीढ़ियों पर किसी की पद-चाप सुनकर अम्मुकुट्टी खिड़की से हट गयी। और अन्दर चली गयी। बेलायुधन थोड़ी देर वहीं खड़ा रहा।

पश्चिम की ओर अहाते की सीमा पर जो अडानी थी, उसे फाँदकर वेलायुधन कूचे में पहुँचा और एक गीत गुनगुनाता हुआ चलने लगा। उसका मन अम्मुकुट्टी की मूर्ति पर ही अटका हुआ था। पीले रंग का चमकता ब्लाउज उस पर छितरे हुए घुँघराले बाल, 'ओलीर' आम जैसे गाल! कितनी सुन्दर है अम्मुकुट्टी!

तहमत-बँधी अपनी धोती पर नजर गयी तो उसे शरम-सी लगी। गँदले पानी का-सा रंग था उसका। कैसी गन्दगी! बदन पर मिट्टी लगी है। चेहरे पर हाथ फेरा तो लगा, जैसे वहाँ बालों की झाड़ी-सी उगी हुई है। अब नाई गोविन्दन जब आएगा तो उसके सामने उकड़ू मारे बैठने में आनाकानी नहीं करनी चाहिए।

इधर एक अम्मुकुट्टी का बदन है कि कितना साफ और कैसा सुथरा! मैल का नाम नहीं। काले किनारे वाले कपड़े से केवड़े के फूल और लोबान की खुशबू आ रही थी। वेलायुधन ने अपनी हथेली नाक से लगायी—हाय! मुर्गी के बीट की-सी बदबू! उल्टी हुआ चाहती है।

तो क्या उँगली छू लेने पर मैली हो जाएगी? अम्मुकुट्टी को घिन लगी होगी? छूते समय मामी ने देख नहीं लिया, अच्छा हुआ। वरना किन-किन से मार खानी पड़ती!

सबका सर फूट जाए! मामा, मामी, अच्युतन नायर—सबका! शंकरनकुट्टी का भी, जो बात-बात पर हँसी उड़ाता था, और ठहाका मारकर हँस पड़ता था। और आसपास के लड़कों से जोर-शोर से कहता था—''पागल हो गया है हमारा वेलायुधन भैया!''

उसका सर भी फूट जाए।

अम्मुकुट्टी कभी हँसी नहीं उड़ाती, कभी मन को दुख नहीं पहुँचाती। दुर्गा माई! अम्मुकुट्टी का भला करना!

कूचे के दोनों तरफ बाँस के झाड़ हैं। जरा नीचे 'सर्पकाबु' (साँपों की मूर्तियाँ जहाँ रखी होती हैं) जहाँ तरह-तरह की बेलें साँपों की तरह आपस में उलझी-लिपटी पड़ी हैं। दिन का समय ठहरा, इसलिए डरने की कोई बात तो है नहीं। मगर रात को वहाँ शैतान अंगारे चबाते नाचते-कूदते दिखाई देते हैं।

कूचा एक टीले की ढलान पर जाकर गायब हो गया था। ढलान पर एक आम का पेड़ था और पास ही एक कुआँ। कुएँ से 'चेरुमी' (खेत मजदूरिनें) पानी

भर रही थीं। वेलायुधन ने उस तरफ ध्यान ही नहीं दिया।

"छोटे तम्प्रान! मालिक! कहाँ चले?"

वह चुप रहा। आखिर यह 'चेरुमी' यह जानकर क्या करेगी? यही न कि चुपके से जाकर मामा की मुखबरी करे या फिर अच्युतन नायर को बुला लाये।

रास्ते के किनारे लाल पत्थर काटकर निकालने से बनी सुघड़ खाई दिखी। उसने एक कंकड़ उठाकर जोर से उस खाई में फेंका और धीरे-धीरे टीले पर चढ़ने लगा।

पानी भरने वाली 'चेरुमी' अपनी सहेली से, जो अपने लड़के के सिर पर नारियल का तेल मल रही थी, बोली, "इसको यूँ बाहर जहाँ चाहे, घूमने क्यों दिया जाता है, कौन जाने?"

"वह नायर, शायद पड़ा-पड़ा सो रहा होगा।"

वेलायुधन ने उनकी बातचीत पर ध्यान ही नहीं दिया। वह टीले पर चढ़ता गया। टीले पर 'कष्णातली' (फूलदार जंगली पौधे) सूखे खड़े थे। टीले की पीठ पर मस्से की तरह उभरी हुई एक चट्टान थी। वहाँ ताड़ के पेड़ थे, उन्हें चुनने के इरादे से वह टीले पर चढ़ता गया। चट्टान के माथे पर चढ़कर उसने चारों ओर दृष्टि दौड़ायी—वाह! कितना अच्छा है यह नजारा! नीचे काली माता का एक मन्दिर, उसके परे सुपारी का बगीचा और बगीचे के बीच दिखाई देने वाला घर का छप्पर जो खपरों से छाया हुआ है।

दूर, पूरब में क्रटे हुए खेत, उसके परे लाल मिट्टी के रंग वाला रास्ता और बगल में उसके एक नदी। बालू-भरे मैदानों के बीच से नदी बहती है।

बालू के मैदानों को देखा तो वेलायुधन के मन में कुछ धुँधली यादें उभर आयीं। ककड़ी की बेलों से बिछा बालू, ढोरों को नहलाने-धुलाने ले जाने वाले ग्वालों के लड़के, रस्सी पर नारियल की कोंपलें बाँधकर पानी से खींच ले जाने वाले मछुवारे।

माँ ने मना करते हुए कहा था— "उतरना नहीं बेटा! पानी में अष्टबाहु है।"

यह भी शायद माँ ने ही उसे बताया था कि दरअसल अष्टबाहु के आठ नहीं सैकड़ों बाँहें हैं।

अब भी उस बालू पर लोट-पोटकर खेलने को जी मचल रहा है। मगर अच्युतन नायर कुछ करने दे, तब न? कोई कुछ करने नहीं देता।

अकेली नानी थी जो उसका कहना कुछ-कुछ मानती थी। मगर वह भी यही कहती, "जो जी में आये, करना वेलायुधा! मगर अभी नहीं। पहले चंगे हो लो, तब..."

बस, हरेक की जबान पर यही टेक—'पहले चंगा हो जाओ...'

कान पक गये सुन-सुनकर! बाज आया!

सबका खून करना होगा। उस बड़े घर में आग लगानी होगी। जल-भुनकर सब राख हो जाएँ। मगर नहीं, अम्मुकुट्टी को जलने नहीं देना है। उसे छोड़कर बाकी सब भुनकर आग में कबाब हो जाएँगे। बचेंगे सिर्फ दो ही—एक खुद वह और दूसरी अम्मुकुट्टी! मगर वे दोनों वहाँ उस बड़े मकान में अकेले कैसे रहेंगे, जबकि चारों तरफ प्रेत ही प्रेत नजर आएँगे इन मरे हुओं के? फाटक वाला घर, खलिहान वाला घर सब जगह प्रेत...नानी को यह सब मालूम है। ये प्रेत पहले उस घर के कर्ता थे। फाटक वाले घर में चात्तु मामा का प्रेत है, रात को अपने भानजों का दिया मुर्गे का गोश्त खाया था चात्तु मामा ने। रात-भर 'पानी-पानी!' चिल्लाते दम तोड़ा था। गोश्त में संखिया मिली थी। रात-भर चीख आती रही। सबने सुना भी, मगर अनसुना कर दिया। किसी ने बूँद-भर पानी न दिया।

अब भी फाटक वाले घर से आधी रात को मारे प्यास के मृत्यु-पीड़ा से कराहने की आवाज आती है। वेलायुधन रात-भर कान पसारकर वह कराह सुनने की चेष्टा करता।

सब जलकर भस्म हो जाएँगे तो खलिहान वाले घर से वह घड़ा भी निकल आएगा। उसमें सोने के सिक्के और अनमोल गहने भरे हैं। उसे लेकर इसी टीले पर जहाँ 'चेरुमन' (खेत मजदूर) चात्तप्पन कुटिया बनाकर रहता है, वहाँ एक बड़ा-सा मकान बनवाया जाएगा। राजमहल-जैसा आलीशान मकान, बेलबूटेदार खिड़कियाँ, दीवार-भर रंगीन तसवीरें, सोने के असासे, आसमान से बातें करने वाले बुर्ज।

एक दिन रात को देख लेना, सब आग में झुलस जाएगा, सब जगह लाल जबानें लपलपाती ज्वालाएँ नाचने लगेंगी और वह खुद सोने के सिक्कों—गहनों से भरा घड़ा उठाकर चुपचाप टीले पर चढ़ आएगा।

इसके बाद...इसके बाद जरीदार कुर्ता पहने राजकुमार की तरह घूमने लगेगा। अम्मुकुट्टी की आँखें चौंधिया न जाएँगी तो कहना!

आज ही क्यों न आग लगायी जाए! सबसे पहले खलिहान-घर पर ही आग लगानी होगी। मामा को ही सबसे पहले आग में स्वाहा करना होगा। मामा ने ही तो रखवाली के लिए अच्युतन नायर को नियुक्त किया था। और मामा ने ही कहा था कि बाहर कहीं कदम रखेगा तो तेरी टाँग तोड़ के रख देंगे। एक बार शंकरनकुट्टी की पीठ पर जरा अपना हाथ रखा तो इसी मामा ने नारियल के डण्ठल से मरम्मत की थी। कितना बड़ा डण्ठल था वह! अच्युतन नायर के हाथ से भी बड़ा।

रात-भर सोने के सिक्कों वाला यह घड़ा ढूँढ़ना ही आजकल मामा का एकमात्र काम है, मगर वह घड़ा है कि अब तक किसी के हाथ न लगा। ताश्श

मामा ने भी घड़ा कहाँ गाड़ दिया, इसका किसी को भी पता नहीं, खुद ताश्श मामा को भी मालूम न था।

बहुत-बहुत दिन पहले की बात है। नानी ने कहा था...खुद नानी को भी ठीक-ठीक याद नहीं। नानी की नानी जब छोटी-सी लड़की थी, उस समय की बात—ताश्श मामा ने धान का व्यापार कर धन कमाया था। उन दिनों पैसे भी सोने के होते थे। सब घड़े में भर कर गाड़ दिया। एक दिन ताश्श मामा पागल हो गये। कहाँ घड़ा दफनाया था, यह वह खुद भूल गये। कुदाल कन्धे पर थामे जमीन खोदते-गिराते रहे। आखिर एक दिन दफीना छोड़ हमेशा के लिए आँखें मूँद लीं।

अब भी रात को कुदाल के जमीन पर मारने की आवाज सुनाई पड़ती है। वेलायुधन रात-भर कान खड़े कर सुनता। साँझ होने पर खलिहान-घर की तरफ देखने से ही रोंगटे खड़े हो जाते हैं उसके। ताश्श मामा कुदाल लेकर निकल चुके होंगे...

बेचारे ताश्श मामा पागल हो गये थे। पागल हो जाने पर, कहते हैं कि सब कुछ भूल जाते हैं। मगर वेलायुधन कुछ भूला नहीं। सब कुछ ठीक-ठीक उसे याद है कि माँ को उन ताड़ों के झुरमुट के उस तरफ चिता पर जलाया गया था। बचपन में अम्मुकुट्टी के साथ वह स्कूल जाता था—वह भी उसे कल की तरह खूब याद है। उस दिन कुछ 'मापिला' (मुसलमान) लोगों ने एक सड़ियल कुत्ते को मार डाला था, जिसे वह खिड़की से देख रहा था। बाद को बाहर आकर देखा तो गोबर-लिपे आँगन पर खून दिखाई दिया था। बेचारा कुत्ता! वह पागल था। तो क्या पागल हुआ तो पीट-पीट कर मार डालना ही होगा? एक बार ततैए बरगलाकर सब जगह उड़ने लगे तो मारे डर के वह खड़े खेत के बीच छिप गया था। उस दिन अम्मुकुट्टी भी साथ थी। वह तब इतनी बड़ी नहीं थी, देखने में भी इतनी सुन्दर नहीं लगती थी।

और जाने कितनी ही घटनाएँ ऐसी-ऐसी...वह सब ठीक याद कर सकता है। इसका मतलब इसके अलावा क्या कि वह पागल नहीं हो गया है। उसका दिमाग दुरुस्त है।

फिर भी शंकरनकुट्टी कहता था कि वेलायुधन भैया पागल है। गोपी भी यही कहता है। पड़ोस की मालू भी उसे पागल ही समझती है। पागल हैं वे, पागल उनके माँ-बाप जो उसे पागल कहते हैं। खून कर डालना होगा इन बदमाशों का, जो झूठी बेबुनियाद बातें गढ़-गढ़ा कर निरीहों की नाक में दम कर डालते हैं।

अब एक तेज चाकू के बिना काम नहीं चलेगा।

अचानक जंगली पौधों के झुरमुट में चरनेवाला एक मेमना सिर बाहर निकाल कर मिमिया उठा।

वेलायुधन चौंककर चट्टान से नीचे उतरा; क्या सचमुच मेमना ही है मिमियाने वाला? उसने ध्यान से और एक बार झुरमुट की तरफ देखा तो मेमना गायब! कहीं करिनीलि मेमना के वेश में छिपी बैठी हो! उसने भयभीत होकर चारों ओर नजर दौड़ायी। यह क्या चमकती पीली-पीली धूप में काले-कलूटे रूप इधर-उधर एकत्र होते जा रहे थे! पास की काली चट्टान भी जैसे सिर धुनते हुए उठ रही हो। धूप धीरे-धीरे फीकी पड़ती जा रही थी और टीले की ढलान की तरफ अँधेरा मन्द-मन्द रेंगता चला आ रहा है। अँधेरे में भूत छिपे रहते हैं, जो मुँह से चिनगारियाँ उगलते हैं, सोचते ही वह घबरा उठा। साँस तीव्र गति से चलने लगी। उसने आँखें बन्द कीं। इतने में अँधेरे को चीरती हुई एक पुकार आयी।

''वेलायुधा!''

एक कर्कश हाथ ने उसके कन्धे को छुआ।

''मुझे मारो नहीं...मारो नहीं...''

''वेलायुधा!''

''मारो नहीं, मुझे मारो नहीं...''

उसने कसकर आँखें बन्द कीं और अँधेरे में डुबकी मारी... जोर-जोर से चिल्लाते हुए...''मुझे मारो नहीं, मारो नहीं!''

वेलायुधन की आँखों से अँधेरा हटा। बाहर केले के बगीचे में चाँदनी आँख मिचौली खेल रही थी।

कमरे में अँधेरा था। चटाई पर उठ कर बैठा तो माथे पर जलन और दर्द-सा लगा। वह दीवार से सटकर बैठ गया। सब जगह सन्नाटा छाया हुआ था। बाहर साये-तले कुछ बोल-से रहे थे, पता नहीं क्या-क्या। काले-काले रूप इधर-उधर छिपे खड़े थे। मगर वेलायुधन कमरे के भीतर पड़ा था। इसलिए वह डरा नहीं। इन छोटी-छोटी खिड़कियों से होकर मोटे-तगड़े भूत भीतर कैसे पैठ सकते हैं भला!

पपीते के पत्तों के बीच से थोड़ा आसमान दिखाई दे रहा था, जिसमें कुंकुम की तरह सितारे चमक रहे थे। देखते-ही-देखते वे चमकते तारे काले नजर आने लगे, यह क्या! कहीं सितारे काले होते हैं?

घुटनों में सिर दाबे वह बैठा रहा। यों आँखें बन्द कर चुपचाप बैठते समय उसे लगा, जैसे आँखों में काले और लाल रंग के छोटे-छोटे बुलबुले उड़ रहे हैं।

रोशनी के अन्दर घुस आने की प्रतीक्षा में था वह।

दिन निकल आने के साथ ही बगीचे और घास की झाड़ियों से काले-काले साये गायब हो जाते हैं।

अच्युतन नायर जाग गया या नहीं, यह देखने चला तो उसके गुस्से का

ठिकाना न रहा, दरवाजे पर बाहर साँकल लगी हुई थी। पहले कभी ऐसा न होता था।

"दरवाजा खोलो!" वह जोर से चिल्लाया।

दरवाजा नहीं खुला।

"दरवाजा खोलो!!" उसके स्वर में पूर्वाधिक जोर था।

दरवाजा बन्द ही रहा।

उसने गुस्से में भरकर दरवाजे पर लात मारी। एक, दो, तीन...फिर लातों पर लात कि दरवाजा टूट जाए, टुकड़े-टुकड़े हो जाए।

इस बार दरवाजा खुला।

अच्युतन नायर का रौद्र रूप सामने खड़ा था। उसके पीछे मामा। दोनों को एक साथ देखा तो डर लगा। आखिर क्या इरादा होगा दोनों के एक साथ आने का? यह तो नहीं कि एक उसे पकड़ ले और दूसरा थप्पड़ पर थप्पड़ लगाता जाए? अगर इस समय एक छुरा अपने पास रहता—अगर रहता तो एक ही वार से दोनों का सर जमीन पर लोटने लगता। इसके बाद दोनों सर को कहीं ऐसा छिपा देता कि वे उन्हें माँगने आएँ तो भी न देता।

वह आँखें जमीन पर गड़ाये खड़ा रहा। उनकी ओर देखने का साहस न था।

मामा बोला, "अरे कमबख्त! नाहक मेरे हाथ गन्दे न करवा, कहे देता हूँ।"

अच्युतन नायर अपनी रोयेंदार छाती खुजलाते हुए बोला, "बदमाशी करोगे तो हड्डिया तोड़ दूँगा, खबरदार! फिर कभी बाहर कदम रखा तो..."

"चुपचाप पड़े रहो। नाहक चीखने-चिल्लाने लगोगे तो पुलिस के हवाले कर दूँगा।" मामा कह रहा था।

वेलायुधन ने सोचा—तो पुलिस का सर भी उड़ाना होगा।

"एक छुरा मिल जाए तो सबका सर काट डालूँ", वह बुदबुदाया।

सुनकर मामा दो कदम पीछे हट गया। अच्युतन नायर से कहने लगा, "अच्युतन नायरे! आसार तो अच्छे नहीं, लोगों को मारने पर आमादा है।"

"यह सब इसकी बदमाशी है।" वेलायुधन की ओर घूरते हुए अच्युतन नायर ने कहा, "अगर बदमाशी करने पर आमादा हो, तो ऐसी मरम्मत की जाएगी कि याद रखेगा।"

"बन्द कर देना ही भला।" मामा ने सुझाया। अच्युतन नायर ने दरवाजा बन्द कर दिया।

दरवाजा इसके बाद आठों पहर बन्द ही रहा। सुबह-शाम अच्युतन नायर का साये की तरह लगा रहना उसे बिल्कुल अच्छा नहीं लगता।

कमरे के भीतर अच्युतन नायर के सिवा दूसरा कोई घुसता नहीं था।

कभी-कभी उस तरफ से नानी का कण्ठ स्वर सुनाई देता—'सुकृतक्षय! सुकृतक्षय!''

दिन के वक्त पश्चिम की ओर जो खिड़की है, उसके पास जाकर बैठना वेलायुधन को भला लगता। वहाँ से केले की बगिया, पपीते के पेड़ और गाय-बकरी को बाँधने का बाड़ा आदि अच्छी तरह दिखाई देते थे।

पपीते के नीचे बैठ गोपी, शंकरनकुट्टी और अड़ोस-पड़ोस के लड़के खेला करते। वे कभी-कभी खिड़की के पास आते और उसे मुँह चिढ़ाकर भाग जाते।

एक दफे शंकरनकुट्टी ने एक ढेला उठाकर वेलायुधन को मारा था, जो उसकी पीठ पर लगा था।

अगले दिन उसने इसका बदला चुकाया था।

काँसे का बर्तन था। वह नीचे गिरा तो ऐसी आवाज आयी कि सुनकर बड़ा मजा आया वेलायुधन को, साथ ही बाहर से रोने की आवाज भी आयी। थोड़ी देर बाद अच्युतन नायर दरवाजा खोलकर अन्दर घुसा।

''लड़कों को सताओगे तो मैं तुम्हारी हड्डी का चूरा बना दूँगा, खबरदार!''

वेलायुधन ने सोचा, 'अगर एक छुरा अपने हाथ में होता।'

''अब गुस्ताखी करोगे तो पुलिस के हवाले कर दूँगा, हाँ!''

''तो तुम्हारा गला मैं काट डालूँगा!''

''क्या बक रहे हो?''

वह फिर बुदबुदाया, ''सर उड़ा दूँगा।''

''क्या कहा बदमाश!'' कहते हुए अच्युतन नायर ने अपना रोयेंदार हाथ उठाया।

''मुझे मारना मत...मारना मत!...''

कमरे के कोने में दुबकते हुए और नमकीन आँसुओं से भीगे ओठों पर जबान फेरते हुए उसने कराहने की-सी आवाज में कहा, ''मुझे मारना मत... मुझे मार मत डालना...''

''चुप! मैंने कहा चुप रहो।''

''मारना मत...मारना मत...!''

बाहर नानी की आवाज सुनाई पड़ी। जाने वह किससे कह रही थी—'सुकृतक्षय! सुकृतक्षय!'

अच्युतन नायर चला गया तो सिसकियाँ भरता हुआ वह खिड़की के पास चला आया।

बाहर दोपहर की धूप को वह देख ही रहा था कि उसे लगा, जैसे केले के पेड़ों के तले अँधेरा सरकता-दुबकता आने लगा है।

दोपहर की धूप और अँधेरा अदल-बदल कर छिपते-उभरते रहते हैं।

अँधेरा छाने लगता है तो डर महसूस होता है। अंगारे उगलने वाले भूत...बाल खोले भाग आने वाली करिनीलि अगर अँधेरे में खिड़की से हाथ पसारकर उसे पकड़ ले?

रात और अँधेरे से उसे नफरत थी। रात-भर दीवार पर पीठ लगाये वह चौकन्ना बैठा रहता कि कुदाल के जमीन पर चोट सुनाई पड़ रही है कि नहीं। फाटकघर से कोई थका-प्यासा पुकार रहा है कि नहीं—'प्यास, प्यास! पानी, पानी!!!...'

...मिट्टी लगी छाती पर आँसू की दो बूँदें गिरी। आह! यह कैसी पीड़ा है! बाहर देखा नहीं जाता। दुपहरी धूप मद्धिम होती जा रही है। अँधेरा छा रहा है। अँधेरा जो अंगारे चबाने वाले भूतों को पनाह देता है।

वह दीवार की तरफ मुँह करके बैठ गया। मुड़ कर देखने की हिम्मत न पड़ी, क्योंकि उसे लगा कि बाहर कुछ हिल-सा रहा है। डरते-डरते कन्धे के ऊपर से एक नजर डाली।

अचानक चौंक पड़ा— कौन? बाल खुले हुए—शायद आँखों से चिनगारियाँ निकल रही हैं। कुछ छनक रहा है। यह छनक पैरों की पायलों की तो नहीं?

"भैया!"

एक झीनी-सी आवाज आयी।

भय से मुँह जमीन पर दबाये वह लेटा रहा।

"भैया! मुझे पहचाना नहीं, यह मैं हूँ अम्मुकुट्टी..."

भय और पीड़ा मिले स्वर में वह कराह उठा, "मुझे मत मारना...मुझे मत मारना।"

वह खिड़की नारियल के पत्ते की चटाई से ढँक दी गयी थी।

अब दिन में चटाई के छोटे छेदों से छनकर अन्दर घुस आने वाली झीनी-झीनी रोशनी ही अँधेरे में उजाले का सहारा बन गयी थी।

कुछ दिन यूँ गुजर गये तो कमरे के अँधेरे से वह हिल-मिल गया। अब वह उसे डरावना न लगता। चारों कोनों में छिपे काले-काले रूप अब उसे मारने की धमकी नहीं देते। वे अब उसके दोस्त बन गये, और उसके कान में तरह-तरह की बातें फुसफुसाने लगे। उसको भी उनसे बहुत कुछ कहना था कि ताश्श मामा ने जो घड़ा गाड़ दिया था, वह उसे खोदकर निकालने जा रहा है; कि टीले के ऊपर वह एक बड़ा-सा आलीशान मकान बनाने वाला है; कि वह उस मकान की सातवीं

मंजिल पर बैठकर बालू का मैदान और मस्तूल खोले तैर रही नावों से भरी नदी देखा करेगा। कि...

नारियल के पत्ते की चटाई जो खिड़की को ढँके हुए थी, उसके छेदों से कभी-कभी आँखें नमूदार हो जातीं। बाहर से, पता नहीं कौन-कौन अन्दर झाँक रहे हैं।

तरह-तरह के कण्ठ-स्वर सुनाई देते।

"उस छोटे मालिक की किस्मत तो देखो।"

"अच्छा हुआ कि उसकी माँ यह सब देखने के लिए जिन्दा नहीं रही।"

"बेचारा! कोई बच्चा तो है नहीं कि यों...।"

मगर वह यह सुनना नहीं चाहता था।

दीवार पर रुपये के आकार की गोल-गोल रोशनी जो पड़ रही थी, वह उसी की ओर ताकता बैठा रहता। और कमरे के चारों कोनों में छिपी काली सूरतों से तरह-तरह की बातें करता।

स्टील की थाली पर भात लेकर अच्युतन नायर दरवाजा खोलकर अन्दर आया। आते ही उसने वेलायुधन के सामने कै कर दी। सारा भात गन्दा हो गया।

अच्युतन नायर थाली वहीं रखकर चला गया और थोड़ी ही देर में वापस आया। उसके हाथ में इमली की एक छड़ी थी।

"अब करोगे ऐसी शरारत?" प्रश्न सुनकर वेलायुधन ने मुड़कर देखा, तभी छड़ी उसे दिखाई दी।

"कितनी बार समझा चुका हूँ मैं तुझको, टट्टी करना हो तो मुझे बुलाया करो।"

पहली मार कन्धे पर पड़ी। वेलायुधन हस्बदस्तूर रोया नहीं। दिल और आँखों में गुस्सा भभक रहा था।

"घूर क्यों रहे हो? भस्म कर डालोगे क्या?" एक छड़ी और पड़ी।

"अब करोगे ऐसा? तुम्हारा पागलपन अभी खतम किये देता हूँ।" इमली की छड़ी फिर हवा में बल खा गयी।

"अब करोगे बदमाशी?"

शोरगुल सुनकर नानी दरवाजे पर आयी। पीछे मौसी भी। नानी ने काँपते कण्ठ से कहा, "ऐसा न करो अच्युता! दैव दोष (देवताओं का अभिशाप) होगा।"

"यह सब इसकी बदमाशी है नानी!" मौसी ने हस्बदस्तूर कहावत दुहरायी, "लात का भूत बात से नहीं मानता।"

इतने में मामा भी आ पहुँचा। दरवाजे पर आकर उसने नाक बन्द कर ली। अच्युतन नायर ने सारी घटना नमक-मिर्च के साथ कह दी। रोज सुबह-शाम

वेलायुधन को वह बाहर ले जाया करता है। तिस पर भी इसने सारा कमरा गन्दा कर दिया।

''तो यह कहो कि अब मामला हमारे बस से बाहर हो रहा है। अब कमरे में भी बन्द नहीं किया जा सकता।'' मामा ने कहा।

''क्या कहूँ इसकी बदमाशी को!''

''अगर यही सिलसिला जारी रहा तो घर में रहना दूभर हो जाएगा। दिल लगाकर कुछ खा भी नहीं सकेंगे।''

''उत्तर की तरफ जो कमरा है, उसमें इसे बन्द किया जाए तो?'' मामा ने अपने आप से कहा।

उस कमरे में एक भी दरवाजा नहीं। दूसरे अगर उसे भी टट्टीखाना बना डाले तो? रसोईघर पास ही ठहरा। अच्युतन नायर ने भी दिमाग लड़ाया कि इस उलझन को कैसे सुलझाए। आखिर उसने मामा के कान में कुछ कहा।

सड़ी कीचड़-जमी आँखें मिचमिचाते बाहर खड़ी नानी ने यह सुना।

उसने आँखें पोंछकर कहा, ''सुकृतक्षय! सुकृतक्षय! मुझ अभागिन को यह भी देखना पड़ा इन आँखों से।''

नानी की बातों पर किसी ने ध्यान ही न दिया। वह वहाँ से धीरे-धीरे चली गयी।

वेलायुधन ने उस दिन खाना नहीं खाया। मामा और अच्युतन नायर को बाहर खड़े धीमी आवाज में बातचीत करते उसने देखा था। उन लोगों ने उसे मारने की साजिश की हो तो, भात में जहर मिलाया हो तो? पानी के लिए, फाटक वाले मकान में रोते-बिलखते दम तोड़ने वाले उस पुराने 'कारणवर' (घर की कर्ता) को मुर्गे के गोश्त में संखिया मिलाकर खिला दिया था।

उसे अपने पूरे बदन में तीव्र पीड़ा महसूस हो रही थी।

स्टील की थाली का भात और तरकारी उसने फर्श पर बिखेर दी। तभी देखा कि सारा फर्श गन्दा हो गया था। पता नहीं कब ऐसा हुआ। उसे उल्टी होने लगी।

खिड़की पर टँगी चटाई अचानक हिल उठी। अब भी अगर एक छुरा मिल जाता...अच्युतन नायर खिड़की के उस तरफ जान से मारने की ताक में खड़ा होगा।

नारियल के पत्ते की चटाई के छेदों से होकर ये किसकी दो आँखें दिख रही थीं?

वह डर के मारे दीवार से सटकर खड़ा होकर चिल्लाने लगा, अब ऐसा नहीं करूँगा...कभी नहीं...मुझे मत मारो, मेरा खून मत करो!''

''भैया!''

बाहर से धीमे से आवाज आयी।

"कौन?"

"मुझे पहचानते नहीं, भैया? मैं हूँ अम्मुकुट्टी!"

"अम्मुकुट्टी की बच्ची! खि...खि...खि...!" सुनकर उसे बड़ी हँसी आयी। उसने मुँह चिढ़ा दिया।

"भैया!" कहने के साथ ही सिसकियों की आवाज आयी।

वेलायुधन ने उसकी सही-सही नकल उतारी और ऐसा ठहाका मारा कि दीवारें तक हिल उठीं।

क्षीण कण्ठ से फिर वही पुकार बाहर से सुनाई दी।

झपटकर खिड़की के सींखचों को पकड़ते हुए वेलायुधन गरज उठा, "सिर उड़ा दूँगा मैं!"

बस, इसके बाद सब चुप। अच्छा ही हुआ। लोग यों ही आकर तंग करते हैं। खिड़की के सींखचों को पकड़े वह थोड़ी देर चुप खड़ा रहा। चटाई के छेदों से ठण्डी हवा घुस आयी। रिसते कन्धों और पीठ पर ठण्डी हवा लगने से कुछ आराम मिला। बदन में थकावट महसूस हुई। इतने में मन में सन्देह पैदा हुआ कि आखिर किसने उसे बुलाया था?

क्या-क्या सुना था उसने? कुछ साफ नहीं। कुछ याद कर नहीं पा रहा था। उसे लगा कि उसके हाथ से कुछ छूट गया है, कुछ खो गया है, जिसे जैसे अँधेरे में ढूँढ़ रहा है।

"भैया!"

तो क्या सचमुच...वह चौंक पड़ा। उसकी आँखें भर आयीं।

एक ठीकरा लेकर वेलायुधन एक सीढ़ी का चित्र बनाने लगा।

अँधेरे की परतें उसकी आँखों से धीरे-धीरे हट रही थीं।

अब इस वक्त था कहाँ?

उसने चारों ओर दृष्टि फेरी। घर के पिछवाड़े जो छोटी-सी कोठरी थी, वह इस वक्त उसी में था। उठ खड़ा हुआ तो लगा, जैसे खोपड़ी फट-सी रही है। पैर दुःख रहे थे। एक कदम उठाकर आगे रखना चाहा तो नीचे कुछ खनकता-सा लगा। झुककर देखा—पैरों में एक साँकल बँधी हुई थी। उसने गौर से उस साँकल को देखा। उसका दूसरा छोर दीवार की एक सुरंग से होकर बगल के कमरे में चला गया था। साँकल से रगड़ खाकर पैर का चमड़ा छिल गया था और लाल रंग का हो गया था।

किसने पैरों में यह साँकल बाँध दी?

इस तंग पेशाबघर-जैसी कोठरी में वह कैसे आया, उसने सोचा।

यह करतूत किसकी थी? उसके साथ कोई खेल तो नहीं कर रहा था?

फर्श पर कीचड़ फैला था। ओह कितनी गन्दगी फैली हुई है यहाँ!

उसने गुजरी घटनाओं को तरतीब से याद करने की कोशिश की, मगर कुछ भी साफ-साफ याद नहीं आया। उस पर जो बीत रहा था, सब उसे कुहासे में डूबे धुन्ध के साये-जैसा लगा। वह घबरा गया। मगर उस घबराहट और धुन्ध में भी एक सवाल बार-बार उभर आया। क्या आदमियों को भी साँकल से बाँधा जाता है, कुत्तों-पिल्लों की तरह...?

शायद वह बीमार हो!

शायद इसीलिए इस कोठरी में रखा गया हो। मगर आदमी को साँकल से बाँधा जाता है कहीं, कुत्ते की भाँति...?

बाहर फीकी धूप वाली शाम झाँक रही थी। आँगन में जो केले का पेड़ था, उसमें एक गिलहरी शहद पी रही थी। वह गिलहरी का केले के फूलों की पंखड़ियों को दाँतों से दबा खोलना देखता रहा। एक फूल समाप्त कर गिलहरी केले के एक पत्ते से दूसरे पर...उसमें से और एक पर कूदती-सँभलती चली जाएगी, उसने सोचा। रसोईघर से आवाजें आ रही थीं। अगर कोई बाहर आ जाए...यह सोचकर उन लोगों ने इस कोठरी में रखा होगा कि वह बीमार है। इसलिए कोई बाहर आये तो कह दे कि मैं अब बिलकुल ठीक हूँ, बिलकुल ठीक...अब यह साँकल खोल देना।

आदमी भी कहीं यूँ साँकल से बाँधा जाता है भला!

रसोईघर के कुएँ वाले दरवाजे को खोलकर कोई पानी भरने लगा, बड़े ही दीन स्वर में रहट चीख रही थी, शायद मौसी पानी भर रही होगी।

वेलायुधन ने पुकारा, "मौसी! मौसी!"

कोई जवाब नहीं आया।

अब किसको पुकारे! ये सब कैसे लोग हैं? अब वह अपने को बिलकुल भला-चंगा महसूस कर रहा था।

कीचड़ से लथपथ अपने शरीर को देखकर उसे खुद पर शर्म भी आयी। कारण उसकी कमर पर कोई कपड़ा नहीं था। इस तरह कोई उसे देख लेगा तो क्या समझेगा! वह कोई बच्चा तो नहीं कि नंग-धड़ंग बैठा रहे। वह काफी बड़ा और सयाना हो गया था। खुरदरी ठोड़ी गले में रगड़ खाकर खुजली पैदा करती थी...और इधर यह हालत कि कमर पर कोई चिथड़ा तक नहीं।

वेलायुधन सिकुड़कर बैठ गया। उसे एक कपड़ा चाहिए ही। किसे पुकारे? मौसी को बुलाना बेकार था। उसने गोपी को पुकारा, जोर-जोर से कई बार।

कपड़ा पहनने के पहले कोई न आये तो जान बचे।

कोई कोठरी के सामने आकर खड़ा हुआ, पूछा, "क्या है?"

"इधर मत आना...मेरे सामने मत आना...गोपी कहाँ है?"

"मैं ही गोपी हूँ।"

गोपी धारीदार लाल जाँघिया और कुर्ता पहने हुए था। उसमें वह बहुत चुस्त दिख रहा था।

"क्यों नाहक पुकार रहे हो?"

"मुझे एक कपड़ा ला दोगे?"

"क्यों, फाड़ने के लिए?"

"नहीं फाड़ूँगा गोपी! जल्दी करो। किसी के आने के पहले..."

गोपी पसोपेश में खड़ा रहा।

"मेरे अच्छे गोपी! जाओ न..."

गोपी जाकर एक अच्छा-सा सफेद कपड़ा ले आया।

वेलायुधन खुश हो गया।

"फाड़ोगे तो नहीं?"

"फाड़ूँगा क्यों?"

"फाड़ना चाहते हो तो नहीं दूँगा।"

"दो न गोपी! कोई देख लेगा तो..."

गोपी ने दूर से ही कपड़ा उसके सामने फेंक दिया।

कपड़ा पहनकर वेलायुधन के जी में जी आया। अब कोई भी आ जाए, कोई हर्ज नहीं।

"मेरे पैरों में किसने साँकल बाँधी है?"

गोपी ने इसका कोई जवाब नहीं दिया।

"उससे कहो न कि साँकल खोल दे।"

गोपी मुस्कराया।

"खोल दो...मैं कुत्ता थोड़े ही हूँ।"

गोपी मुँह फेरकर चल दिया। अब कौन यह साँकल खोले!

उसने नानी को पुकारा। फिर मौसी को। मगर कोई नहीं आया। किसी ने ध्यान नहीं दिया।

इतने में खड़ाऊँ की खट-खट आँगन में सुनाई दी और आवाज नजदीक आकर थम गयी, तो उसने देखा, मामा सामने खड़ा है।

वेलायुधन सादर उठ खड़ा हुआ। मामा के सामने बैठा रहना मना है न!

"क्यों बे?"

वेलायुधन ने कुछ नहीं कहा।

"मैंने पूछा, क्यों चिल्ला रहे थे?"

"जरा यह साँकल खोल देते..."

"क्यों, लोगों को हैरान करना अभी बाकी है?"

"साँकल में क्यों जकड़ रखा है मुझे?"

"तेरी ज्यादतियों के कारण, और क्या! अब तेरा पागलपन कम होगा कि नहीं, देख लूँगा।"

मामा जैसे आया था खट-खट करता वैसे ही चला गया।

यह भी कैसा अन्याय है—उसने सोचा पहले बीमार था, ठीक है। मगर अब? अब तो वह स्वस्थ हो गया है!

उसने चाहा कि गला फाड़-फाड़कर कहे, "मैं ठीक हो गया हूँ। एकदम ठीक हूँ!"

उसे अपना दम घुटता-सा लगा। तो क्या कोई इस साँकल को नहीं खोलेगा? उसे जोरों की रुलाई आ रही थी। साँकल खोलने कोई नहीं आएगा?...कोई भी...?

वह असहाय भाव से बाहर ताकता रहा। अहाते के उस छोर पर उगे इमली के पेड़ की टहनियों के बीच से तमतमाया आसमान दिख रहा था। काले बादल का एक टुकड़ा वहाँ लटक रहा था। अपने माथे का पसीना हाथ से पोंछकर वह अपना पैर सहलाने लगा। साँकल की कड़ियाँ कुलबुला उठीं।

बरबस आये रोने को ओठों से दबाये उसने याद करने की चेष्टा की कि असल में यह सब क्या हो रहा है।

वह बीमार है—वे सब कह रहे थे।

मगर अब मैं ठीक हूँ। तन्दुरुस्त हूँ। मुझे कोई तकलीफ नहीं...मुझे छोड़ दो—उसने कहना चाहा।

दीमक खाये पुराने लकड़ी के खम्भे से पीठ टिकाये वह बैठा रहा। हाय! थोड़ी देर पहले वह नंगा था। जाने किन-किन की नजरों से गुजरा हो। शायद अम्मुकुट्टी ने भी...

अम्मुकुट्टी!

अगर अम्मुकुट्टी को देख पाता!

शायद इस हालत में देखकर वह नफरत से मुँह मोड़ लेगी। धूल से लिपटा बदन। उसने मुद्दत से आईने में अपना चेहरा नहीं देखा था। दाढ़ी के बाल बहुत बढ़ आये होंगे। वह अपना सर खुजलाने लगा तो मिट्टी और धूल झड़ने लगी।

अम्मुकुट्टी के बदन पर कभी गन्दगी नहीं रहती। उसके पास जाने पर ओषधियों से सुगन्धित तेल और केवड़े के फूल की महक आती है।

अगर अब वह सामने दिखाई दे तो—

अम्मुकुट्टी की याद आते ही एक पोशीदा बात दिल में ताजी हो उठी, जिसको

न कोई जानता था और न उसने किसी से कही थी। पड़ोस के खट्टे आम के पेड़ के नीचे आम गिरने की प्रतीक्षा में कन्धे से कन्धा लगाये अम्मुकुट्टी और वह दोनों बैठे थे कि—अचानक उसने अम्मुकुट्टी के गाल पर अपने दाँत गड़ा दिये थे। अम्मुकुट्टी नाराज होकर उसे नोचने तथा मुक्का मारने लगी थी।

तब तो वे बहुत छोटे थे। बहुत दिन पहले की बात थी। अब दोनों कितने बड़े हो गये!

उसके...उसके बाद जाने क्या-क्या घटनाएँ घटीं, जिनमें कई तो याद ही नहीं। एक बन्द दरवाजा, नारियल के पत्ते की चटाई से ढकी एक खिड़की...अँधेरे की खामोशी में न जाने क्या-क्या न घट गया? यह भारी-भरकम साँकल भी न जाने कब पैरों में पड़ गयी।

"भैया, तुम जरूर चंगे हो जाओगे।" एक धीमा-सा कण्ठ स्वर कहीं अटका हुआ है—ऐसा उसे लगा।

वह बीमार है। वह कह रहे थे। सभी कह रहे थे। हाय दुर्गे! क्या यह सच है? क्या सचमुच...

घुटनों के बीच सिर रखे वह रोने लगा। आँसू टपकने से साँकल की रगड़ से छिली चमड़ी में बहुत दर्द हुआ।

फिर भी चाहे जो हो, अब एक बात की तसल्ली थी कि अब वह बिलकुल चंगा हो गया है।

"मैं बिलकुल अच्छा हूँ, एकदम ठीक हूँ।"

वह जोर से चिल्लाया, "मुझे तुरन्त छोड़ दो! छोड़ दो, छोड़ दो!"

कोई छोड़ने के लिए आया नहीं। क्या उसकी पुकार किसी ने नहीं सुनी? कहीं आदमी को भी साँकल से जकड़ा जाता है? वह कोई सड़ियल कुत्ता तो नहीं कि...

"छोड़ दो! छोड़ दो मुझे!! मुझे छोड़ो!!!"

वह खिड़की की तरफ आशा-भरी नजरों से देखता रहा।

अचानक किसी का सर खिड़की पर नमूदार हुआ। कौन! शंकरनकुट्टी! हाँ, वही तो।

"शंकरनकुट्टी!"

"शंकरनकुट्टी जरा पास आना।"

शंकरनकुट्टी ने सिर हिलाया

"पास आऊँगा तो मुझे मारोगे?"

"नहीं, शंकरनकुट्टी! मैं नहीं मारूँगा।" कहते समय वेलायुधन का गला काँप रहा था।

शंकरनकुट्टी को यकीन नहीं आया।

"मैं तुम्हारा बाल तक बाँका नहीं करूँगा।"

डरते-डरते शंकरनकुट्टी दो कदम आगे बढ़ा।

"इधर आना मना किया है।"

"किसने?"

"बापू ने।"

"शंकरनकुट्टी, किसने मेरे पैरों में बेड़ियाँ पहना दी हैं?"

"बापू के कहने पर लुहार ने पहनायी थीं।"

"जरा इसे खोल दोगे?"

"नहीं।"

"मैं बिलकुल अच्छा हो गया हूँ शंकरनकुट्टी! जरा खोल दो न?"

"नहीं। तुम पागल हो गये हो।"

सिसकियों को ओठों में ही दबाते हुए वेलायुधन ने कहा, "नहीं, शंकरनकुट्टी, मैं पागल नहीं हूँ।"

अब कौन खोल सकता था यह साँकल? नानी आएगी तो जरूर खोल देगी। वह सब समझती है। अम्मुकुट्टी भी सब समझती है।

"अच्छा शंकरनकुट्टी, जरा नानी को ही बुला दो!"

शंकरनकुट्टी जोर से हँस पड़ा।

"नहीं बुलाओगे?"

"वेलायुधन भैया! तुम पागल हो गये हो। नानी तो कब की चल बसी।"

सुनकर वेलायुधन सन्न रह गया। नानी की मौत की खबर से ज्यादा उसे इस खयाल ने दुखी कर दिया था कि अँधेरे में, उसके अनजाने ही, उसके ऊपर क्या-क्या बीता था! कितने दिन? कितने महीने?

साँकल बज उठी।

अब कौन इसे खोलेगा? कोई कहना नहीं मानता। मानने की उम्मीद भी नहीं। उसने आवाज धीमी करके कहा, "तो तुम अपनी दीदी को चुपचाप बुला सकते हो?"

अम्मुकुट्टी तो देखते ही समझ जाएगी कि वह अब चंगा हो गया है।

"मेरी दीदी माँ के साथ मायके चली गयी है।"

शंकरनकुट्टी के चेहरे पर यह कहते वक्त उपहास नहीं था। हमदर्दी झलक रही थी।

"चली गयी? कब?"

"बहुत दिन हुए। मैं भी वहीं था, कल आया हूँ पिताजी के साथ।"

"कब वापस आएगी तुम्हारी दीदी?"

"जल्दी नहीं आएगी।"

"क्यों?"

"अगले महीने दीदी की शादी है न!"

वेलायुधन ने आगे कुछ नहीं पूछा।

वह कुछ भी समझ नहीं पा रहा था। वह बीमार था...एक दरवाजा, जो हमेशा भिड़ा ही रहता था। एक खिड़की, जो नारियल की चटाई से आठों पहर ढँकी रहती थी। एक खुरदरा हाथ जिस पर रोयें की चादर लिपटी रहती थी। एक धीमा कण्ठ-स्वर 'भैया, तुम जल्दी चंगे हो जाओगे।'

अम्मुकुट्टी, मैं चंगा हो गया हूँ।

मगर वह अब यह बात नहीं जानती। क्या वह अब यहाँ कभी नहीं आएगी?

लोहे की थाली में भात लेकर एक औरत कोठरी में घुसी। उसने दूर से ही थाली वेलायुधन के सामने सरका दी। वह एक अधेड़ औरत थी छाती खोले, खीस निपोरती हुई। पता नहीं कहाँ से आयी थी। फिर भी उसने कहा, "यह साँकल खोलना जरा।"

वह औरत उसे घूरती-धमकाती हुई बोली, "पहले तुम्हारी अकल ठिकाने पर आने दो, तब कहना..."

"मैं ठीक हूँ... मुझे छोड़ दो।"

इसी तरह दाँत निकाले पिच से थूकती हुई वह औरत बाहर चली गयी।

अन्दर से चिल्लाने की आवाज आ रही थी। मौसी का गला साफ सुनाई दे रहा था। वह गोपी को डाँट रही थी, "तुमने वह अच्छा वाला कपड़ा उसे क्यों दे दिया? वह तो दीये की बत्ती के लिए अलग कर रखा था मैंने।"

"और कोई कपड़ा हाथ नहीं आया माँ!"

"तुम्हें डाँटना बेकार है। अब पागल तुम हो गये हो, वेलायुधन नहीं।"

"मौसी, मैं पागल नहीं"—कहकर वेलायुधन को चिल्लाने की इच्छा हुई।

भूख लग रही थी। थाली से कुछ दाने उठाकर उसने मुँह में डाले।

अँधेरा क़ेलों के बाग में रेंगता घुस आने लग चुका था। हँसिया लगी लग्गी लेकर कोई केलों के बीच घूम रहा था। उसे लग्गी का अग्र भाग ही दिख रहा था।

देखते ही देखते हँसिए वाली लग्गी ने केले का फूल तोड़ डाला। फूल में भरे शहद की मिठास वेलायुधन की जीभ पर तैरने लगी। अम्मुकुट्टी को केले का शहद पसन्द नहीं था। फूल के अन्दर छिपी सफेद गिरी ही वह खाती थी। पड़ोस की जानु को भी गिरी ही पसन्द थी। इसलिए केले का फूल मिल जाने पर दोनों में झगड़ा शुरू हो जाता था।

"अच्छा, पत्ते डालकर देखेंगे।" (सिक्के के बदले पत्ते से टॉस लगाना)

"पत्ता मैं डालूँगी।"

"न, भैया डालेंगे।"

वह तुलसी या और किसी और का पत्ता तोड़कर पूछता, "अन्दर या बाहर?"

"अन्दर।"

"बाहर।"

"अच्छा, पत्ते का अगला भाग, गिरने पर ऊपर रहेगा तो फूल अम्मुकुट्टी का। और उलटा हो तो जानु का।"

जब तक पत्ता धरती पर गिरता, अम्मुकुट्टी आँखें बन्द किये हाथ जोड़े खड़ी रहती—भगवान की प्रार्थना करती।

मगर अब अम्मुकुट्टी अपने मायके में होगी। वह क्यों चली गयी वहाँ? बचपन से ही वह यहीं रहती थी।

वह गलियारा, जिसमें घुँघची के दाने बिछे हुए रहते, उसे खूब याद था। वह बचपन में माँ के साथ मामी के यहाँ न्यौता पाकर जाया करता था। अरे वाह! कितनी ही घुँघचियों की बेलें घेरे पर फैली रहती थीं। गलियारे के दोनों तरफ! नीचे रेत पर घुँघची के फल बिछे पड़े रहते। उसका घर एक नहर के पास था। उसने मन-ही-मन एक कमरे की तस्वीर देखी, जिसमें कुंकमे लटके हुए थे, जिसकी दीवार पर हिरण के सींग टँगे हुए थे। अम्मुकुट्टी अब क्या कर रही होगी?

नहा-धोकर घर के उत्तरी तरफ के आँगन में जहाँ सिलबट्टे पड़े थे, बाल खोलकर उँगलियों से सँवार रही होगी।

क्या अब वह कभी वापस नहीं आएगी?

अम्मुकुट्टी से एक बार मिल पाता...शादी के बाद तो वह यहाँ कभी नहीं आएगी। अगर इसके पहले एक बार मिल पाता...

वेलायुधन ने दीवार पर अपनी पीठ रगड़कर खुजली दूर की तो पैर पर पड़ी साँकल एक बार और बज उठी। अगर साँकल खोल पाया, तभी कोठरी से निकल सकेगा। उसने साँकल पर जोर आजमाया। मगर बेकार। उँगलियाँ दुखने के सिवा कुछ फायदा न हुआ। साँकल थी कि वैसी ही पैर से लिपटी पड़ी रही। क्या यह नहीं खुलेगी? कोई आकर नहीं खोलेगा?

मेमने को बाँधने के लिए मौसी कोठरी के सामने से निकली तो सहमी-सहमी-सी आवाज में उसने उसे पुकारा। मगर मौसी ने एक बार मुड़कर भी नहीं देखा।

अगवाड़े बैठकर शंकरनकुट्टी और गोपी 'नमः शिवाय' जप रहे थे। (सन्ध्या के वक्त घरों में 'नमः शिवाय' जपा जाता है।)

खीसेवाली अधनंगी औरत थाली उठाकर ले जाने आयी तो वेलायुधन फिर गिड़गिड़ाया, ''माई, जरा यह साँकल खोल दो।''

''क्यों, अभी लोगों को तंग करना बाकी है क्या?''

उसने भीगी आँखें पोंछ आकाश की तरफ देखा—भीगी-चमकती कबरी का रंग। जहाँ तक आँखें जातीं, एक उदास तारे के सिवा वहाँ और कुछ नजर नहीं आ रहा था।

'नम: शिवाय' का जाप समाप्त कर शंकरनकुट्टी और गोपी ने रामायण बाँचना शुरू किया। मामा बीच-बीच में उच्चारण ठीक करा रहा था। उत्तर के विशाल कमरे की जाली से रोशनी कोठरी के सामने वाले आँगन में पड़ी।

अन्दर दीपक जल गये थे। रसोईघर से बर्तनों के शब्द सुनाई दे रहे थे। अब कोई इस तरफ नहीं आएगा। वह बुदबुदाया, जैसे अँधेरे से कह रहा हो— 'मुझे छोड़ दो!'

घर वाले न हों तो अड़ोस-पड़ोस में लोग होंगे ही। वे ही आकर यह साँकल क्यों नहीं खोल देते?

वह गला फाड़कर चिल्लाने लगा, ''अरे, कोई है?''

एक दीपक आँगन में नमूदार हुआ। साथ ही कण्ठ-स्वर—''वेलायुधा!''

''मुझे छोड़ दो, मुझे छोड़ दो!''

''चुपचाप पड़े रहो, इसी में भलाई है। वरना हड्डी-पसली तोड़ दूँगा, याद रखना।''

दीपक गायब हो गया।

घर के अन्दर का शोरगुल, बर्तनों की झनझनाहट धीरे-धीरे थम गयी। आँगन में अँधेरे में किरणें बिखेरने वाली रोशनी भी बुझ गयी।

साँकल पर उसने और एक बार जोर आजमाइश की। साँकल खुल जाती तो जान में जान आती। इसके बाद अब अगर उसे कोई सताने आता तो उसकी खैर नहीं थी। खूँखार कुत्ते तो साँकल से बाँधे जाते हैं, मगर आदमी?...अगर यह साँकल खुल जाती...एक कड़ी...एक कड़ी अगर टूट जाती...बस एक कड़ी...

कहते हैं—पागल है! पागल हैं वे! वरना नाहक किसी को तंग क्यों करते?

'मैं अच्छा हूँ, मैं पागल नहीं हूँ।' वह बुदबुदाया। वह सारी ताकत लगाकर साँकल खींचने लगा। हाथ दुखने लगा। फिर भी वह रुका नहीं। यहाँ तक कि दम घुटने लगा तो औंधा होकर जमीन पर लेट गया।

आँखें खुलीं तो पाया कि वह सपना देख रहा था। एक राजकुमार, जिसे माणिक्य मणि मिली थी। यह कहानी गोद में सुलाकर बचपन में उसकी नानी ने उसे सुनायी थी। सरोवर के भीतर स्थित सौध में राक्षस ने राजकुमारी को साँकल

में बाँध रखा था। साँकल ऐसी कि न आग पर पिघलती और न काटने पर टूटती। एक बुढ़िया ने, जो लकड़ी काटने आयी थी, उसे खंजर दिया। मन्त्र जाप कर साँकल खंजर से छुआ कि वह टूट गयी। सफेद घोड़े पर सवार होकर राजकुमार और राजकुमारी जंगली फूलों वाले पौधों से भरे टीले की चोटी पर पहुँचे, जहाँ सौमंजिला महल था।

इतने में उसकी आँखें खुल गयीं। सामने न सौमंजिला महल था और न दूधिया घोड़ा या माणिक्य मणि। झीनी चाँदनी कोठरी में खिड़की से घुस रही थी। आँगन में साये चित्र बुन रहे थे।

क्षण-भर वह सोचता रहा कि अब मैं कहाँ हूँ। हिला तो साँकल ने आवाज की।

दोनों पैर दीवार पर जमाये, गुस्से के साथ उसने साँकल पर एक बार और सारी शक्ति लगा दी।

एक कड़ी...अगर एक कड़ी टूट जाती!

और एक बार पूर्वाधिक जोर से...

''मैया रे!''

वह पीठ के बल गिर पड़ा। साँकल टूट गयी थी।

उठा तो जैसे बदन चूर-चूर हो रहा था। लँगड़ा-लँगड़ाकर आँगन में आया। हर कदम पर पैर में लिपटा साँकल का टुकड़ा बज रहा था।

सीढ़ियाँ उतरकर फाटक वाले मकान का भिड़ा दरवाजा उसने खोल दिया।

सामने खेत थे। उसकी रीढ़-सी दूर तक चली गयी मेंड़ पर से चलते समय उसने सोचा, अब कहाँ जाऊँ?...

सबसे जरूरी बात उस कोठरी से बाहर निकलने की थी। सवेरा होने पर अगर उन लोगों ने देख लिया तो फिर पैरों में बेड़ियाँ पड़ जाएँगी। यहाँ से कहीं भाग जाना ही होगा।

हवा में झूमती बालियों के पत्तों की आवाज के साथ ताल-मेल रखती हुई साँकल बज रही थी। उस तरफ से एक कुत्ते के भौंकने की आवाज आयी, जो बहुत करुण-सी उसे लगी। शायद कोई साँकल से बँधा कुत्ता होगा—वेलायुधन ने सोचा।

मद्धिम चाँदनी छायी हुई थी। इसलिए रास्ता सूझना उतना मुश्किल नहीं लगा। ऊपर फीका आसमान!

रात की ठण्ड से ठिठुरी नीरवता में साँकल की आवाज सन्नाटे को भयंकर करती गयी।

खेतों का सिलसिला सड़क के पास खतम हो गया था। केवड़ों के झुरमुट से वह सड़क पर आ गया। नदी के किनारे से सड़क दूर तक चली गयी थी।

जब वे लोग सवेरे उठकर देखेंगे तो वेलायुधन नामक कुत्ते को कोठरी में नहीं पाएँगे। यह सोचकर उसे जोर से ठहाका मारने की इच्छा हुई। मगर ठहाका मारकर हँसने की फुरसत कहाँ थी? वे लोग उसे ढूँढ़ने-ढूँढ़ते आ पहुँचेंगे। इसके पहले बच निकलना होगा। मगर वह जाएगा कहाँ? कोई ऐसा आदमी नहीं दिखता, जो उसके कहने पर यकीन करे। कोई उसकी बात सुनने तक के लिए तैयार नहीं। उसने अपने आप से कहा, ''मैं पागल नहीं, मैं बीमार नहीं।''

''भैया, तुम चंगे हो जाओगे,'' अम्मुकुट्टी ने कहा था।

''मेरी प्यारी अम्मुकुट्टी! अब मैं बिलकुल चंगा हो गया हूँ।'' वह तो यकीन करेगी ही इस पर। सिर्फ वही—और कोई दूसरा नहीं।

सड़क की मिट्टी भीगी हुई थी, शायद हिम पड़ने से। बहुत दिनों—शायद सालों के बाद वह इस सड़क पर चल रहा था। बन्द दूकानों की एक पाँत और मसजिद पीछे छोड़कर वह आगे बढ़ा।

मसजिद के सामने की झाड़ियाँ और बरगद, जिन पर कहा जाता है कि भूत-प्रेत रहते हैं—याद करते समय उसे अब की बिलकुल भी डर नहीं लगा। एक चाँड़ था रास्ते के किनारे। वह उस पर हाथ टेके खड़ा रहा। पूरब में लाली फैलने लगी थी।

अरे! यह कहाँ आ पहुँचा? खेत के बीचोंबीच टापू जैसा स्थान था, जिसे देखते ही उसे पता चला। उस टापू पर एक मदरसा था। उसके भी आगे खेत के किनारे एक बड़ा तालाब और छोटा मन्दिर था। हर महीने वह माँ के साथ उस मन्दिर में जाता था। मन्दिर के सामने के खेत में, जहाँ बुवाई के मौसम में बैलों की जुताई की प्रतियोगिता चलती थी, उस दिन एक नाटक भी खेला गया था।

खेत के ऊपर नीला कुहरा छाया हुआ था। वेलायुधन खेत में उतरा। झनकते कदमों से चलते समय सामने एक काली-सी मूरत आती दिखाई पड़ी, जो कन्धे पर हल थामे हुए थी।

पास आते ही तो वह मूरत ठिठक गयी।

''कौन?''

वेलायुधन ने कोई जवाब नहीं दिया। वह क्षण-भर रुका और फिर चलने के लिए कदम उठाया तो वह मूरत अपने हल को मेंड़ पर ही डालकर खेत में कूद पड़ी।

वेलायुधन ने इसकी तरफ जरा भी ध्यान नहीं दिया और आगे बढ़ता गया। कुनकुनी धूप बदन पर पड़ने लगी तो उसे बड़ा भला लगा। फैले हुए खेतों के बीच खड़े होकर उसने चारों ओर नजर दौड़ायी।

सर पर मिट्टी की हाँडी लिये कुछ खेत-मजदूरिनें उस तरफ से आ रही थीं। पास पहुँचते ही वे खड़े खेत में उतरकर भागने लगीं।

"पागल!! पागल!!!"

पीछे से शोरगुल सुन वेलायुधन लम्बे-लम्बे डग भरने लगा। सोचा, लोग पीछा तो नहीं कर रहे हैं?

ऊँचे पनीरी के खेत में घुसते समय केवड़े के आरेनुमा पत्ते से उसके पैर जख्मी हो गये। वह पनीरी के खेत से होकर एक तंग गली में घुस गया।

पीछे शोरगुल बराबर बढ़ता जा रहा था। मगर सामने से आने वालों में किसी ने भी उसे रोकने की चेष्टा नहीं की। यह अच्छा ही हुआ। हर कोई उसे देखते ही भाग रहा था। यह देखकर उसे बहुत दुख हुआ।

"मैं पागल नहीं, पागल नहीं मैं।"

पीछे से लोग चिल्ला रहे थे—"पागल! पागल!!"

गली के छोर पर पहुँचा तो वहाँ एक ऊँची चट्टान से लिपटकर खड़ा हो गया। ओह! कितना थक गया था! थोड़ी देर सुस्ताकर चलने लगा तो पीछे से कोई दहाड़ उठा, "ठहर जा!"

मुड़कर देखा—एक तगड़ा आदमी था। उसने सर पर अँगोछा बाँध रखा था। उसकी मूँछें सफेद हो आयी थीं।

"मैंने कहा, ठहर जा! इसी में खैरियत है। ऐसे-ऐसे कितने ही मस्त हाथियों को बाँध चुका हूँ।"

वेलायुधन हाँफते हुए बोला, "मैं पागल नहीं, पागल नहीं हूँ..."

"तेरा पागलपन अभी मैं ठीक करता हूँ।" वह बाँस की सौंटी, जिसे अब तक पीछे छिपाकर पकड़े हुए था, घुमाते हुए आगे बढ़ा तो वेलायुधन घबरा गया।

वेलायुधन ने एक बड़ा-सा पत्थर उठा लिया।

तगड़े आदमी ने पीछे हटने में ही अपनी खैर समझी। वेलायुधन आगे बढ़ा।

गली टीले की ढलान तक चली गयी थी। वहाँ से चढ़ाई शुरू हो जाती थी। वह जल्दी-जल्दी टीले पर चढ़ने लगा। वहाँ चढ़कर सीधे टीले के ऊपर पहुँचा, जहाँ एक सप्तपर्णी का पेड़ और लाल पत्थर से बना छोटा-सा दुर्गा-मन्दिर था। वह उसका परिचित स्थान था। वहाँ से इसी तरफ उतरने पर काजुओं का बगीचा मिलता है, और उसके परे एक गली और उसके बाद एक नाला।

उस नाले के किनारे एक घर था, जिसके फाटक पर घुँघची के दाने बिखरे पड़े रहते थे।

"मेरी प्यारी अम्मुकुट्टी! मैं पागल नहीं..."

टीला सूना था। सिर्फ वहाँ एक काला साँड़ चर रहा था।

चलते समय घास से ओस की बूँदें उछल रही थीं।

कोई नहीं था। सुनसान जगह थी। थोड़ी देर आराम से बैठा जा सकता था।

दोनों घुटने जैसे टूट रहे थे। मन्दिर की दीवार से लगकर वेलायुधन बैठ गया। ठण्डी हवा लगी तो अपने-आप आँखें मुँद गयीं। पीठ में दर्द हो रहा था। भीगी घासों से पटे फर्श पर औंधे मुँह लेट गया।

वह एकाएक चौंककर उछल पड़ा। उसे लगा कि उसकी पीठ पर कुछ गिरा है। उठा तो देखा कि थोड़ी दूर पर लकुटी और बाँस का छतना लिये चार-पाँच ग्वालों के लड़के खड़े थे। वे उसकी ओर गौर से देख रहे थे। एक और ढेला उसकी तरफ आया जो उसके ठीक सामने गिरा और सिर के ऊपर से उछलता चला गया।

वेलायुधन घबराकर उठ खड़ा हुआ। पैरों की साँकल बज उठी।

चलने लगा तो ग्वालों के लड़कों का वह जत्था भी पीछे लग गया। ढेले एक के बाद एक पीठ पर बराबर पड़ने लगे। चट्टानों के बीच से साँकल घसीटता हुआ वह जल्दी-जल्दी टीले से उतरने लगा। गली पर पहुँचने के बाद उसने एब बार मुड़कर देखा।

''मैया री!'' वह बिलख उठा। माथा पोंछा तो हाथ में खून लग गया।

''पकड़ो, पकड़ो!''

''पागल! पागल!! भागो! भागो!''

खेतों में नहीं उतर सका तो देखा, लोग इधर-उधर भाग रहे थे। रास्ते में खड़ा एक लड़का डर के मारे जोर से रोने लगा।

''पागल! पागल!! लोगों को सताता है। भागो भागो!!''

पीछे से फिर शोर-गुल! खेत के किनारे से चलता हुआ वह नाले के पास पहुँचा। वहाँ से फिर एक गली में घुसा जिसके दोनों तरफ पेड़ों की कतार थी और नीचे रेत में घुँघची के दाने बिछे पड़े थे।

बचपन में पता नहीं, कितने ही दिन वह उस गली में खेला था। सामने लाल चूने से पुती चारदीवारी और छप्पर पर उछलने की मुद्रा में खड़ी हनुमान की मूर्ति वाला घर दिखाई दिया तो उसका दिल धड़कने लगा। यहीं...हाँ यहीं अम्मुकुट्टी रहती है।

एक बार—सिर्फ एक बार अम्मुकुट्टी से मिलना है...उससे कहना है—अम्मुकुट्टी! मैं अब अच्छा हो गया हूँ। अब मैं बिलकुल चंगा हो गया हूँ। भला और चंगा...

वह फाटक पार कर गया।

आँगन में एक बेल का पेड़ था। उसके चबूतरे पर बैठकर एक लड़का नारियल के पत्तों से गेंद बना रहा था। गोबर-पुते विशाल आँगन में कुनकुनी धूप बिछी हुई थी। उस तगड़े घर के सामने खड़े होकर वेलायुधन चारों ओर देखने

लगा।

लड़का पत्ते उठाकर घबराया हुआ अन्दर भाग गया।

"अम्मुकुट्टी! अम्मुकुट्टी! तुम कहाँ हो?"

उसने धीरे-धीरे दो-चार कदम आगे बढ़ाये। इतने में देखा, बरामदे के सामने बँधी रस्सी पर एक स्त्री गीले कपड़े डाल रही थी।

साँकल फिर बज उठी। उसने मुड़कर देखा।

क्षण-भर वेलायुधन जड़वत् खड़ा रहा। उसने उसके चेहरे की ओर देखा—

"अम्मुकुट्टी!"

अम्मुकुट्टी हाथ के कपड़े फर्श पर फेंककर बरामदे पर चढ़ गयी और चिल्लाने लगी, "पागल! पागल!!..."

'देखो, यह मैं हूँ अम्मुकुट्टी! मैं पागल नहीं हूँ'—कहना तो वह चाहता था, मगर शब्द नहीं निकले। उसने पुकारा, "अम्मुकुट्टी!"

अम्मुकुट्टी अन्दर भाग गयी।

अन्दर का शोर सुनाई दे रहा था :

"पागल! पागल!!"

"मेरी छड़ी जरा उठा लाना। तुम अन्दर जाओ।"

"पागल! पागल!...."

वेलायुधन अब वहाँ नहीं रुका। ओठों पर जबान फेरी तो माथे पर का नमकीन खून ओठों तक पहुँच गया था। पैर में बेड़ी। साँकल घसीटता हुआ वह फाटक पार कर बाहर आया।

मारे थकावट के अब चला नहीं जा रहा था। फिर भी झंझा के वेग से वह भागा। पीछे से किसी के कनस्तर बजाने का शोर आ रहा था। साथ ही चीख-पुकार की आवाज।

फाटक वाला मकान पार कर आँगन में पहुँचा तो देखा, मामा खड़ा था दो आदमियों के साथ। साँकल की आवाज सुनकर वे चौंक पड़े।

वेलायुधन दीवार पर हाथ टेके थोड़ा रुका। इतने में उसने देखा कि मामा सोंटी लेकर उसकी ओर आ रहा है। थकावट के मारे बेहाल आँखें अपनी देह पर पड़ीं तो देखा कि कमर का कपड़ा न जाने कब गिर चुका था।

दार-एस-सलाम

बन्द गेट के पास वह टैक्सी से उतरा। काले पत्थर की पट्टी पर अंकित नाम देखते हुए क्षण भर खड़ा रहा। दार-एस-सलाम।

लोहे की छड़ों में से पथ के कोने में पोर्टिको की ओर देखा। कोई नहीं। एक क्षण सोचा कि टैक्सी वाले को रुकने को कहे कि नहीं। बुड्ढा न मिला तो होटल लौटने के लिए एक मील पैदल चलना होगा, बस! टैक्सी वाले को पैसे देकर छुट्टी कर दी।

गेट बिना आवाज के खुला। दोनों तरफ गमलों से सजे रास्ते से आगे बढ़ा तो अनजाने ही पिछवाड़े की ओर नजर उठ गयी। पिछली बार आया था, तब वह पौधों की देखभाल कर रही थी।

उसने सोचा कि मृत्यु कितनी गैर-जरूरी है। उसने व्यर्थ ही आशा की थी कि वह तरकारियों के बीच से या अन्दर के बरामदे से आ जाएगी। 'सुन्दर शाम' के अभिवादन सहित।

वह आँगन में शंकित खड़ा था इसलिए शायद अन्दर नौकरों में से किसी ने देख लिया होगा। कुछेक क्षण बाद ही मेजर फ्रेडरिक मुकुन्दन बाहर आ गये।

''गुड ईवनिंग मेजर!''

''गुड ईवनिंग। हैलो... हैलो... हैलो!''

सिगार का टुकड़ा फेंकते हुए बुड्ढे ने उत्साह से सीढ़ियों से उतरकर हाथ मिलाया।

बासठ की उम्र में भी मेजर तन्दुरुस्त थे।

''शहर में कब आये? घर में सब ठीक-ठाक है?''

पोर्टिको में आमने-सामने बैठे वे दोनों बात करने लगे। मत्यु के सम्बन्ध में कुछ नहीं बोलने की सावधानी दोनों बरत रहे थे।

अरब सागर की घरघराहट और पानी की बूँदें लिये बहती हवा से खिड़की के पल्ले खड़खड़ा उठे। शोक मनाने के लिए उचित शब्दों के अभाव में उसे

तकलीफ हुई। मेजर फ्रेडरिक मुकुन्दन का चेहरा काफी लाल हो गया था। उम्र की झुर्रियों को दुख ने बढ़ा दिया होगा। उसे दुख हुआ। आना नहीं चाहिए था। मिसेज रीता मुकुन्दन की याद को किसी फूलों के गुच्छे की तरह मन में सँजोये हुए शहर छोड़ा जा सकता था।

विदेशी लहजे की अँग्रेजी में बूढ़ा बोला। आवाज गूँज रही थी, ''मैं बासठ का हो गया हूँ। अब किसी भी दिन विधाता से मिलने को मैं तैयार हूँ।''

चौबीस बरस जिन्दगी में साथ निभाने वाली एक औरत मात्र नहीं थी रीता। बुड्ढे का दुख वह समझ सकता था। कभी न बुझने वाली जवानी का अगर कोई नाम हो तो वह था—मिसेज रीता मुकुन्दन।

नौकर द्वारा लायी गयी चाय उसने पी।

''आप यहाँ खाना खाएँगे?''

मेजर का निमन्त्रण उसने चुपचाप स्वीकार कर लिया।

''कुर्ता बदलेंगे? कहें तो लुंगी ला दूँ? बी मोर कम्फ़र्टेबल!''

''जी नहीं।''

बोलने के सारे खोखले विषय खतम हो जाने से वे चुप हो गये थे। दूर सागर किनारे नारियल के खेत में धूप की अन्तिम किरणें दिखाई पड़ीं।

''नहाना चाहेंगे? आज मेरा तेल लगाकर नहाने का दिन है।''

उसने इनकार किया। औपचारिकता से माफी माँगकर मेजर ने तिपाई पर अखबार और पत्रिकाएँ रख दीं और अन्दर चले गये। अकेला होने पर उसे राहत मिली।

मिसेज रीता मुकुन्दन के बगैर दार-एस-सलाम बेजान-सा लगा। सात साल पहले रिटायर होकर जब वे गाँव लौटे थे तब उन्होंने इस घर का नाम 'दार-एस-सलाम' रखा था। लगा, जैसे वे हमेशा उस सुदूर शहर की याद में जीते थे।

पश्चिमी तट पर बसे इस खोये हुए शहर में दवा बेचने आये चालीस बरस के एक गृहस्थ के जीवन में मिसेज रीता मुकुन्दन एक पूरा अध्याय बन चुकी थीं। यह कैसे हुआ?

महीने में दस दिन की यात्रा, चौथी तारीख को प्राप्त डिमाण्ड ड्राफ्ट में सीमित घरेलू खर्च, किराये के घर की चारदीवारी के भीतर सिमटी जिन्दगी, रेल-यात्राओं में पढ़ने के लिए खरीदते हुए क्राइम-उपन्यासों का मजा।

सूखे दिनों में एक दिन बयार की तरह प्रकट हो गयी थी सुन्दर रीता मुकुन्दन।

पहली बार इस घर से लौटते समय उसने अपने मन में परिवार की कल्पना की एक सुन्दर तस्वीर सँजोयी थी।

मेजर मुकुन्दन उसे रक्षा की देवी कहते थे—मजाक में। उनके अनुसार शादी के बाद ही उन्हें तमाम उपलब्धियाँ प्राप्त हुई थीं।

जब लोगों ने सुना कि गाँव का बदमाश मुकुन्दन जहाज पर चला गया है, तो सबने राहत की साँस ली कि चलो बला टल गयी। गोरों की सेना में भरती होने के लिए नाम बदलकर वह फ्रेडरिक मुकुन्दन हो गया। बरसों बाद लौटकर आया। पुराने रिश्तों को नये ढाँचे में ढालने लगा तो माँ ने रीता से उसकी शादी तय कर दी। तभी उसे पहली बार देखा। "वहीं से जिन्दगी बदल गयी", मेजर ने कहा। उसे विश्वास हो गया।

जिस रीता को उसने दो साल में सिर्फ तीन बार ही देखा था, आश्चर्य है उसे कई-कई रात सपनों में देखता रहा।

इस शहर की केवल स्मृतियाँ ही उसके पास थीं और उसे इस शहर से नफरत थी। पश्चिमी तट पर अँग्रेजों की रखैल रहा यह शहर। बिल्ली की आँखों वाले और गोरी चमड़ी वाले लोगों के अतीत की महिमा यहाँ बिखरी पड़ी थी। सागर-किनारे सिरे टूटे-फूटे अँग्रेज होटल में वह तीन दिन रहा था। सामने सागर, चट्टानें, मछली पकड़ने वाले टोपीनुमा छाते वाले।

होटल में पर्यटक विरले ही आते थे। अधिकांश कमरे महीने भर के किराये पर दिये जा चुके थे। खाली डाइनिंग हाल में कॉफी पीकर, हाथों में हाथ डाले सागर की सुन्दरता देखते दम्पतियों को उसने कल ईर्ष्या और क्रोध से देखा था।

चाय का खाली प्याला नीचे रख वह अलस भाव से अखबार के पन्ने पलटने लगा था, कि तभी वे पास की मेज पर आ बैठे थे।

मिसेज रीता मुकुन्दन!

मेजर फ्रेडरिक मुकुन्दन!

आपस में वे एक दूसरे को 'डार्लिंग' बोलते थे। हँसते थे। उसने अपने मुख पर घृणा और निन्दा को आने नहीं दिया। घृणा तो उसका स्थायी भाव था। हमेशा उसने ऐसे बड़े-बड़े बँगले दूर से देखे थे जिनकी ऊँची दीवारें और अलसेशियन कुत्ते उनकी रखवाली करते रहते। बड़े-बड़े होटलों के पास पार्क की हुई कारें, सागर-किनारे हवा खाते हुए जवान जोड़े, नये फैशन के कपड़ों में स्कूटरों पर उड़ते युवक—सबसे उसे घृणा थी। अपने चकनाचूर सपनों की यादों से वह बच नहीं पाता, इसी कारण उसे सब से घृणा थी।

अगली मेज पर बूढ़े की हथेली को एक सुन्दर कोमल हाथ ने दबाया, मीठी शिकायत करते निरर्थक औपचारिक शब्द। उसे उस नगर की निन्दा में सुनी एक कहानी याद आ गयी...

...ज्योंही उस अँग्रेज साहब की कार के आने की सूचना उसके साले ने भाग

कर दी, त्यों ही पति महोदय पिछवाड़े से भाग निकले। सारा शहर घूम लेने के बाद धड़कते दिल से लौटे। आखिर जब यकीन हो गया कि दरवाजे पर कार नहीं है, तब अन्दर पहुँच कर पत्नी को क्रोध से बुलाकर पूछा, "साब के सिगार का कोई टुकड़ा तो नहीं पड़ा है इधर कहीं?"

दूसरी मेज पर से एक मुस्कराता चेहरा उसकी ओर मुड़ा। उसने अखबार के लिए अपना हाथ बढ़ाया।

"शुक्रिया!"

"प्लीज, डोण्ट मेंशन!"

उन्होंने न जाने किससे शिकायत की कि सागर-किनारे यह इतनी सुन्दर जगह है, फिर भी कोई यहाँ आता नहीं!

"डार्लिंग, डोण्ट यू थिंक सो? समबडी शुड डू समथिंग अबाउट इट।" लाल चेहरा और गूँजती आवाज वाले बूढ़े ने अपनी सहमति जतायी।

"यस डार्लिंग!"

फिर बुड्ढा उसकी तरफ मुड़ गया। विदेशी लहजे में अँग्रेजी में कहा, "मैं दुनिया में कई जगह गया हूँ। इतने अच्छे वातावरण में बना कोई होटल मुझे नहीं दिखा। लेकिन इसे ये लोग कितने घाटे में चलाते हैं!"

फिर परिचय का दौर।

"पी.के. जयदेवन, मेडिकल रिप्रेजेण्टेटिव।"

मेजर की पत्नी जब मुस्कराती तब लगता कि उसके गीले ओठ जरा-सा हिले हैं। सुन्दर दाँतों की चमक का तो कहना ही क्या! अगले दिन घर आने का वादा लेकर वे दोनों हाथ में हाथ डाल बाहर चले गये। तब खुद को उसने कोसा, पहले उन्हें घृणा के साथ देखने की गलती जो कर चुका था।

अगले ही दिन उनकी बैठक में बैठकर बातें की। चाय पी।

मेजर ने कहा कि दार-एस-सलाम का अर्थ है शान्ति का प्रतीक। वहाँ से निकला तो लगा कि मेजर के बँगले के लिए कोई और नाम सार्थक नहीं होगा।

चाय का प्याला लेते समय रीता की उँगलियों को छुआ तो रोमांच-सा हुआ।

शहर छोड़ते वक्त विदा लेने के लिए दार-एस-सलाम पहुँचा। ड्योढ़ी पर हाथ मिलाकर मेजर ने कहा, "आपका यहाँ हमेशा स्वागत होगा। जब कभी इधर आएँ, हमसे आकर जरूर मिलें।"

मिसेज मुकुन्दन ने हाथ बढ़ाया। खुद को ताकीद दी कि जरूरत से ज्यादा तब उनकी कोमल हथेली को अपने हाथ में न रखे।

अफ्रीका के मुस्लिमों की विदाई का ढंग उन्होंने दिखाया। वह एक बच्चे की तरह उनका हाव-भाव देखता रहा—आश्चर्य से।

वापस रेलवे स्टेशन की ओर बैग उठाये जाते हुए सोचा—दार-एस-सलाम! दार-एस-सलाम— शान्ति का प्रतीक। दार-एस-सलाम!

शहर में फिर से आने की जल्दी थी।

महीनों बाद सागर-किनारे होटल में आकर कमरा लिया, नहाकर तैयार हुआ। सबसे अच्छे कपड़े पहने। आईने के सामने खड़े होकर कई दफा बाल सँवारे। पॉलिश किये जूते को फिर से गीले कपड़े से पोंछकर चमकीला बनाया। वह आखिरकार अपने को बदल रहा था। मिसेज रीता मुकुन्दन के सामने अपने को युवा और सुन्दर बनकर जाना चाहता था।

ड्योढ़ी पार करके चलने के रास्ते से आगे बढ़ रहा था तो सेम के पौधों के पास से मिसेज मुकुन्दन की आवाज सुनी, "गुड ईवनिंग!"

बैंगनी साटिन का अन्तर्वस्त्र दिखाते हुए उन्होंने साड़ी का आँचल ऊपर उठा कर फिर ठीक किया।

पास आकर उन्होंने आवाज लगायी, "डार्लिंग, कम आउट! देखो कौन आया है!"

पोर्टिको में बैठे वे बातें करते रहे। वह सुनता रहा। आठ बजे जाने के लिए उठा तो मिसेज मुकुन्दन ने कहा, "यहीं डिनर लेकर जाइए"

"नहीं, मिसेज मुकुन्दन, वो सब..."

"डोण्ट स्टैण्ड ऑन सेरिमनीज। मुझे रीता कहो।"

मेजर ने ऊपर बुलाया। पोर्टिको के ऊपर खुले बरामदे में बैठकर क्षुब्ध अरब सागर को देखा जा सकता था।

अगले हाल में अफ्रीका से लायी गयी विशिष्ट वस्तुओं को सजाकर रखा गया था। रीता ने साथ चलकर चीजें दिखायीं। रीता ने ही उन्हें समय-समय पर इकट्ठा किया था।

मेजर के सामने गोल मेज पर, ठण्डी सोडे की बोतल और उड़ते घोड़े की तसवीर वाली ह्विस्की की बोतल रखी थी।

उसने धन्यवाद के साथ निमन्त्रण को अस्वीकार किया। डिस्ट्रिक्ट मैनेजर की पार्टियों में उसने तीन-चार बार शराब चखी है। पहला गिलास हाथ में लिये वह पार्टी के अन्त तक ओठों को छूता रहता।

लाइम जूस पीते हुए उसने मेजर की कहानी सुनी। इसी बीच मेजर ने पूछा, "जानते हो, यह 'रास्कल' (शैतान) कौन है?"

हाथी-दाँत के बीच बड़े आईने वाली ड्रेसिंग टेबल पर अठारह साल के एक लड़के की तसवीर चौखट में सजा के रखी थी।

वह शंकित खड़ा रहा।

"मेरा बेटा!"

इंग्लैण्ड में पढ़ने वाले अपने बेटे के बारे में वे गर्व से बोले, "उससे मिले पूरे पाँच साल हो गये हैं। वह पत्र भेजने में भी आलसी है।"

"हमारा एक ही बेटा है। उसके लिए कुछ भी खर्च करने में मुझे हर्ज नहीं; पर है वह अव्वल दर्जे का बदतमीज!"

मिसेज मुकुन्दन ने जोड़ दिया, "पिता जैसा ही।"

बुड्ढा जोर से हँसा। पत्नी के ललाट को धीरे से सहलाकर कहा, "तू जीत गयी।"

उसने उस रात को अच्छी तरह याद किया ताकि एक सुन्दर अनुभव के रूप में मन में सँजोये रह सके। गड़रिये को जैसे जंगल में धन मिल जाए, उसी तरह वह उसे गुप्त रूप से दुलारता रहा।

इधर वह, जिसका कोई अपना नहीं था, एक विशिष्ट मेहमान बन गया था।

"हम जब इधर आये, तब से अकेले हैं। हमारा इधर कोई परिचित नहीं। परिचित बनाने की इच्छा भी नहीं होती।"

एक बड़ा परिवार उसका स्वागत-सत्कार करना चाहता था। उसे लगा कि अपना आत्मविश्वास, जो कि बचपन में नष्ट हो गया था, उसे उस एक रात से पूरा वापस मिल गया।

रसोईघर की देखभाल करने के बाद कपड़े बदलकर घर की मालकिन वापस आयी। चन्दन के रंग की सोने की जरीदार साड़ी का आँचल उसके घुटनों से टकराया। नंगे कन्धे। गले पर महँगे हीरे चमक रहे थे। उन्हें खुश करने के लिए उसने कहानियाँ सुनायीं। मित्रों के अनुभवों को अपना बताया। सालों बाद वह अपने दुख और प्रारब्ध भुला पाया था। ठहाका मार कर वह हँसा। गा न सकने का दुख हुआ।

जिन्दगी में विरला ही ऐसा दिन जाता है।

बाहर चाँदनी फैली तो मन में अजीब-सा संगीत बज उठा। समन्दर जो दूर लहरें उछाल रहा था, वह मानो अब हँसकर लोट-पोट होने लगा था। रात घनी होती जा रही थी। सामने मेजर के साथ सोफे पर बैठी रीता अपने बाल खोलकर फैला रही थी। इस तरह वह और भी ज्यादा सुन्दर दिख रही थी। उसने उम्र को जीत लिया था। अट्ठाईस साल की उम्र में पाँच बच्चों की माँ बनी, दुबली, निर्गन्ध अपनी पत्नी को उसने बेचैनी से याद किया। उसे मेजर से ईर्ष्या हुई जो स्वाहिली भाषा

सीखने के लिए अफ्रीका के आदिवासियों के दल से घुल-मिल गये थे। वे उन दिनों के अपने साहस का बखान कर रहे थे।

बाथरूम का रास्ता दिखाते हुए बरामदे से रीता उसके साथ जा रही थी। उसका दिल धड़कने लगा। एक क्षण के लिए वह मृत्यु का मूल्य चुकाने को तैयार हो गया था। उसके हाथ आगे बढ़े। उसने उस देवता की कहानी याद की जो घायल होकर भूमि पर गिर पड़ता तो दुगुनी क्षमता से लड़ाई के मैदान में लौट आता था।

तुम्हारे स्पर्श से मैं और मजबूत हो गया हूँ, उसने मन ही मन कहा।

बैठक में लौटा तो उसका सिर ऊँचा उठा हुआ लगा। उसने मन ही मन कहा, अब मैं दुनिया को ललकार सकता हूँ। दार-एस-सलाम में अच्छे दिनों की याद में जीते उसके पति को विजेता की सहानुभूति से देखा। एक चुम्बन से मैंने सब कुछ पा लिया है।

अब वह जल्दी जाना चाहता था। होटल के एकान्त कमरे में उस क्षण की फिर से कल्पना करना चाहता था। रीता मुकुन्दन की आँखों में देखते हुए उसने विदा ली।

घर लौट कर आया तो चाहा कि रीता को एक पत्र लिखे। कई बार लिखना शुरू किया, पर सब फाड़ डाला। आखिर लिख ही दिया :

'प्रिय मिसेज मुकुन्दन, आपकी आवभगत याद आते ही मन खुश हो जाता है। शुक्रिया अदा करने को मेरे पास शब्द नहीं। आशा है आप दोनों स्वस्थ हैं।'

इन्तजार करके प्रायः निश्चिन्त हो गया था कि अब जवाब नहीं आएगा। तभी औरत की लिखावट में एक नीला लिफाफा मिला।

खोला तो हाथ काँप उठे।

'मेरे प्रिय—माई डार्लिंग!'

जीवन में पहली बार मिला प्रेम-पत्र! काँपती उँगलियों में जिन्दा चिड़िया की तरह फड़फड़ाता रहा।

''क्या ऊब गये? माफ करो।'' मेजर की गूँजती आवाज सुनकर वह फिर से शान्त हो गया।

''तेल लगा कर हफ्ते में दो बार नहाना मेरे लिए जरूरी है। दार-एस-सलाम में भी मैं पार्सल से तेल और घी मँगाता था। मेरी दिनचर्या ठीक-ठाक चल रही है । ब्लड प्रेशर नॉर्मल। 'गुड एपिटाइट, नो शुगर, ऐण्ड रिमेम्बर— आई एम सिक्सटी टू।'

बूढ़े ने पुराने मित्रों के न आने की शिकायत की।

''रीता की मृत्यु के बाद घर में अब शोर-शराबा नहीं। पुरानी किताबों से समय बिताता हूँ।'' उसके आने के लिए बूढ़े ने फिर से शुक्रिया अदा किया।

दूर से समुद्री कौओं की आवाज सुनाई पड़ रही थी।

''बातचीत करने के लिए कोई होना चाहिए न! अब तो किताबों का ही सहारा है।''

बूढ़े के कष्ट का वह अनुमान लगा सकता था। वह मन ही मन बोला, 'मेजर, मेरा कष्ट शायद आप नहीं समझेंगे।'

''चलें, हम ऊपर चलकर बैठें।''

पोर्टिको के कोने से ऊपर की सीढ़ियाँ चढ़ते वक्त कोने में पड़ी हुई रीता की चप्पलों पर उसने ध्यान दिया।

सोने के रंग में दस्तकारी की गयी कई तरह की चप्पलें।

ऊपर के हाल में मेज पर रोज की तरह बोतल और गिलास रखे थे। दरवाजे का पर्दा खींचकर उसने यों ही सोचा अब रीता आ जाएगी।

'रीता की मृत्यु के बाद न पार्टियाँ होती हैं, न लोग आते हैं।'

वह कुछ बोला नहीं।

उसका चिकन कबाब दार-एस-सलाम में बहुत मशहूर था। साहब फोन करते थे, 'फ्रेड्डी, इतवार को मैं लंच पर आऊँगा। आई वाण्ट ओनली रीता स्पेशल्स। मिस्टर इब्राहम को जानते नहीं क्या? प्लाण्टर, आपके टाउन के हैं।''

''सुना है।''

'' 'मीलिनियर'। आधी रात के समय यहाँ से गुजरते तो भी घर में चले आते थे। यहाँ से खाना खाकर ही जाते।''

वह एकदम बेचैन हो उठा। उसे पीने की इच्छा हुई, जो पहले कभी नहीं हुई थी। उन्होंने दोनों गिलास भरे तो उसने कुछ कहा नहीं।

''चियर्स! मेरा बॉस अजीब ढंग से टोस्ट बनाता था। आई विल शो यू।''

भरे गिलास एक के ऊपर एक रखे। फिर उन्हें टकराते हुए मेजर ने कहा, ''तुम्हारे ऊपर के और नीचे के लोग शायद तुम्हें छोड़ जाएँगे। पर मैं हमेशा तुम्हारे साथ रहूँगा।''

मेजर हँस दिया। उसने हँसने का प्रयास किया।

दार-एस-सलाम के 'वीक-एण्डों' के बारे में मेजर बोले, ''पीकर नशे से चूर हो जाते तो क्लब में दोस्तों में कोई कहता--हम फ्रेड्डी के घर जाएँगे। कभी आधी रात के वक्त पहुँचते तो भी हँसकर ही दरवाजा खोलती। चन्द मिनटों में सभी जरूरी चीजें मेज पर लग जातीं। लोगों की आवभगत करने में उसे विशेष रुचि थी।'' खिड़कियों के परदों को हिलाते हुए सागर की हवा हाल में घूमती रही।

अफसरों की बीवियों की एक संस्था थी। रीता ही उसकी प्रेसिडेण्ट थी।

विषय बदलने के लिए उसने कहा, ''सुखद हवा!''

मेजर चुप!

अन्दर गरम हवा चल रही थी। मृत्यु की भूल थी। उसने सोचा वह कहे, मेजर, उन्हें और जिन्दा रहना चाहिए था।

ड्रेसिंग टेबिल पर मुस्कराते युवक की तस्वीर देख उसने पूछा, ''आपका बेटा नहीं आया क्या?''

मेजर ने जवाब नहीं दिया। उसने फिर से पूछा, मानो उन्होंने उसका सवाल सुना न हो।

''बेटे का क्या हाल है?''

लाल चेहरे की झुर्रियों पर बल पड़ते उसने देखा।

''नहीं आया। केबिल भेज दिया। वह नहीं आया। वह आएगा भी नहीं।''

उसके अन्दर मेजर की घनी आवाज ने बेचैनी पैदा कर दी।

उसको खयाल आया कि शराब का नशा दिमाग पर असर कर रहा है। तब उसे एक क्रूर इच्छा हुई। उसे बता देना चाहिए। जाने से पहले बता देना चाहिए। मेजर, आपकी पत्नी को मैं प्यार करता था।

नौकर ने चाँदी के थालों में भुना हुआ मांस लाकर रखा।

''रीता की मृत्यु के बाद मैंने शराब छुई तक नहीं है। आज पी रहा हूँ। आप आ गये हैं, तो कई बातें याद आ गयीं। मैं बेचैन हूँ।''

उसने सोचा, कुछ न कुछ तो बोलना चाहिए।

''मेजर, आप अपने स्वास्थ्य का खयाल रखें।''

''स्वास्थ्य!''

मेजर की हँसी ने जोर पकड़ा। ऐनक के पीछे उनकी आँखें मानो चमक रही थीं।

''मैंने पहले सोचा था कि इधर न आऊँ। सच! यहाँ आने पर मिसेज मुकुन्दन की याद आएगी। मेजर, जब मेरे पिताजी की मृत्यु हुई थी, तब मैं सत्ताईस वर्ष का था। मैं बिल्कुल नहीं रोया। माँ की मृत्यु के समय मैं उसके पास नहीं था। तार मिला तो एक प्रकार का ठण्डापन महसूस हुआ। पर...।''

''यस, बताइए। कैरी ऑन...''

''जब मिसेज मुकुन्दन की मृत्यु का पता चला तो मैं रो पड़ा। आप विश्वास करें, न करें, मैं बहुत रोया।''

''मैं विश्वास करता हूँ।''

''उसने मुझे गहरा धक्का पहुँचाया था।''

''कइयों को।''

खुद को सँभालकर उसने सोचा, क्या यह मैं ही हूँ। शब्द इतनी आसानी से

आ जाते हैं। मेजर ने आँखें पोंछीं।

"मेजर, मुझे रोना चाहिए। हम आपस में गले लग कर रोएँगे।"

"मेजर, वे एक देवी थीं। जो भी उनके पास आया उसे उन्होंने ओज और प्रसाद परोस दिया। एक नक्षत्र की तरह दूसरों को प्रभावित किया। मेजर, क्या आप ध्यान से सुन रहे हैं?"

"हाँ, बताते जाइए।"

"मेरे जीवन में, जिनसे मेरा परिचय हुआ है, उनमें सबसे बढ़िया व्यक्तित्व ...मुझे उचित शब्द नहीं मिलते।"

अँग्रेजी भाषा में अपनी सीमाओं को समझकर उसे खुद पर क्रोध आया।

"उसने आपको अफ्रीकी मुस्लिमों की विदाई के रंग-ढंग सिखाये थे न!"

मेजर की आँखें फिर से लाल हो गयीं। आवाज तेज हो गयी।

उसने हाँ में सिर हिलाया।

"मुझे याद है, वही शुरुआत थी।"

वह समझा नहीं। दंग रह गया। बोतल में बची ह्विस्की का एक घूँट पीकर जोर से मेजर ने गिलास मेज पर रखा।

"आप समझेंगे नहीं। आप नहीं जानते कि खोना क्या चीज होती है।"

मेजर का चेहरा चिनगारी के समान लाल हो गया था। लड़खड़ाते पाँवों से खिड़की की तरफ बढ़े तो वह उठा। अकारण मन में बेचैनी होने लगी और क्रोध भी आया।

जब वह पास आ गया, तब मेजर लोहे की छड़ों को पकड़े बाहर देख रहे थे। अहाते की सीमा पर झुके आकाश के नीचे बाँस के वन को देख रहे थे, जहाँ अँधेरा छिपना चाहता था।

"वहाँ, वह विश्राम कर रही है। कुतिया! दि बिच!"

उस विषैले शब्द की क्रूरता को थोड़ी देर बाद ही समझ पाया था।

"मेजर!" उसकी आवाज़ में आदेश का भाव था।

"वहीं उसका स्मारक बनाना चाहिए था। एकान्त स्थान पर। प्रायः वह एकान्त की खोज में जाती थी। उसके लिए मैं एक ताजमहल बनाऊँगा। दार-एस-सलाम से भागकर एक साल साथ रहने के लिए लाट साहब ने उसे जो जेवरात भेंट में दिये थे, उन्हें बेचकर मैं उसका स्मारक बनाऊँगा!"

"मेजर, मृतकों का मखौल न उड़ाएँ। वह एक देवी थीं।"

"ऐंजेल! काले पंखों वाली देवी!" मेजर इतनी जोर से चिल्लाया था कि वह बड़ा बँगला मानो हिल गया। किसी प्रकार अपने झुके सिर को ठीक करके बुड्ढा पीछे मुड़ा।

''अन्तिम आराधक!''

वह दृढ़ स्वर में बोला, ''ठीक है।''

''कितनी ही बार मैंने उसे मारना चाहा पर मार नहीं पाया। हमेशा उसी की जीत हुई!'' मेजर ने अपने दायें हाथ को निराशा के साथ बायें हाथ पर मारा।

मृत रीता के लिए मरने-मारने को तैयार वह सीधा खड़ा था।

''मेजर!''

''काले पंखों वाली देवी! उस देवी ने मुझे जो भेंट प्रदान की थी, उसे देखेंगे? मेरे इकलौते बेटे के रूठकर जाने का कारण जानना चाहेंगे?''

मेजर ने पागलों की तरह जोर से अट्टहास किया।

''कबीना!''

अपना खोया साहस पुनः प्राप्त करने की कोशिश करते हुए वह शराब के नशे में खड़ा था।

''रीता की सभी अफ्रीकी कौतुक-वस्तुओं को आपने देखा नहीं है। किसी ने भी नहीं देखा है। कबीना!'' मेजर की आवाज धीमी होती गयी— ''कबीना यहाँ की नौकरानी है। मेहमान लोग नौकरानी को भला क्यों देखेंगे!''

अन्दर बँगले के गर्भ में कहीं दरवाजा खुलने का शब्द हुआ। आधे मिनट के बाद द्वार पर छाया की तरह एक नौकरानी प्रकट हुई।

''अन्दर आ जा।''

उसने उस लड़की को देखा, जिसे रोशनी से डर लगता था। बेडौल ओठ, सूखे बाल और भावहीन चेहरे वाली एक लड़की।

''देखा! देवी की बेटी को देखा?''

उसके कानों में अरब सागर फिर से गरजा। 'शान्ति का प्रतीक' से वह बाहर निकल आया।

फिर टूटे-फूटे होटल के आँगन में, नीचे चट्टानों में लहरों को सिर खपाते, मरते देख वह अकेले में फूट-फूटकर रोने लगा—बिना वजह।

छोटे-छोटे भूकम्प

देखो, मेरी समझ में नहीं आता—नहीं, मैं तो...अजब तमाशा है। सब लोग डर-डरकर उनकी बातें कर रहे थे। वह सब सुनकर तो एक बार मुझे यकीन आने लगा था—दाढ़ लगाकर वह यक्षी घिरर...घिरर आवाज से चूसती है, बस सारा खून उसके पेट में चला जाता है। फिर हड्डियाँ चबाकर थूक देती है। यह सब बेचारी कुञ्ञत्तल के बारे में ही तो कहा जा रहा था।

''ऊपर के अहाते से होकर यक्षी दो बार चलती है'', ऐसा कह रहे थे। ''दिन में ठीक दोपहर को, फिर आधी रात को।'' दोपहर में नौकरों को खाना देकर माँ जब अन्दर के कमरे में लेटने जाती है, और ताई कॉफी बनाने के लिए उठती है, तभी।

उन दिनों गाँव के उस पार से जो नानी आती थीं, वह बाहर के अहाते में घूमती रहती थीं। वहाँ कोई पत्ता, या जड़ी-बूटी तोड़ती रहती थीं। ये सब जड़ी-बूटियाँ वही जानती थीं। मरने से पहले नानी अपने प्रिय किसी बच्चे को यह सब बता देंगी, यानी वह मुझे ही बताएँगी। और किसको? नानी जब चल-फिर नहीं पाती थीं, तब मैं ही अकेली घूमती रहती थी। माँ और ताई कहती हैं कि मैं तब कुछ देखकर डर गयी थी और मुझ पर कोई ऊपरी हवा का असर हुआ था। खेत में पानी भरनेवाला रावुण्णी बोलता था, कि जब से वह मनहूस नानी इधर आने लगी है, तभी से यह सारा अमंगल होने लगा है। यक्षी के बारे में यह सब बतानेवाले इन लोगों को लुक-छिपकर चलनेवाली एक और यक्षी के बारे में कुछ भी नहीं पता। वह है ताई की लाडली बेटी सरोजिनी दीदी! हवेली के बाहर तलैये के किनारे बैठकर मछली पकड़ने वाले गन्धर्व को भी ये लोग नहीं देखते। सरोजिनी दीदी सीधे वहीं जाती है। दोपहर को पिछवाड़े के जँगले से, बकरी चराने के बहाने घूमती नाणिकुट्टी से, इशारे से बात करनेवाले मेरे भैया हैं न, दरअसल भूत तो उन्हें चढ़ा है। लेकिन यह सब मैं किससे कहूँ?

अगर यह सोचकर कि थोड़ी देर दीदी से गप्पें मारेंगे तो बाल फैलाकर

आराम-कुर्सी पर लेटी दीदी मुझे भगा देती। वह फिल्मी पत्रिकाएँ पढ़ती रहती। आखिर वह अपने को समझती क्या है? वह मेरी सगी दीदी है, ऐसा कहने से क्या फायदा! कहने के लिए वह मुझसे तीन साल बड़ी है, लेकिन मुझसे कोई सहानुभूति नहीं।

एक बार दोपहरी में आम की छाया में यों ही घूमते समय देखा कि कोई खड़ा था। देखने से लगा कि यह तो वही यक्षी थी। मैं न दौड़ पायी और न चिल्ला पायी। सिर्फ आँख मूँदकर राम-राम जपती रही। तभी धीरे से पुकारने की आवाज आयी, "जानकी कुट्टी!"

सब लोग मुझे 'ञाट्टी' पुकारते हैं। लेकिन इसने तो पूरा नाम लेकर प्यार से पुकारा। वैसे तो 'ञाट्टी' पुकारना मुझे पसन्द नहीं है। आँखें खोलकर देखा तो पास में कुञ्ञत्तल खड़ी थी। यक्षी यानी—वह तो उस नम्पूतिरी लड़की जैसी थी, जिसकी शादी पहले कुन्नंकुलम् में हुई थी। किनारेदार सफेद धोती के साथ सफेद चोली और एक सफेद ओढ़नी। लाल बिन्दी। कानों में कर्णफूल, गले में सोने का हार।

"जानकी बिटिया, यहाँ अकेले क्यों बैठी है?"

मैं पहले चुप रही।

"जानकी कुट्टी की नानी अब क्यों नहीं आतीं?" बातें करते समय मैं उनके चेहरे को गौर से देखती रही और जतलाने लगी कि मैं डरती नहीं हूँ। मैंने यों ही पूछा, "तुम्हारी दाढ़ कहाँ है?"

वह हँसी। उसके बहुत सुन्दर दाँत थे। उसने कहा कि दाढ़ें तभी निकल आती हैं जब किसी को मारना होता है। इस डर से कोई उसके साथ खेलने के लिए तैयार नहीं होता। नीचे एक टूटे हुए घर का खँडहर है। पहले वहाँ कोई नौकरानी रहती थी। उसके चारों ओर ताड़ का जंगल है। वहाँ बैठकर यक्षी ने पान खाया। मैं भी पान खाना चाहती थी। यक्षी ने इसे ताड़ लिया।

"बच्चों को पान नहीं खाना चाहिए।"

मैं छोटे गोल-गोल कंकड़ ले आयी। फिर बैठकर खेलने लगी। एक बार हाथ लगाने पर चार या पाँच कंकड़ एक साथ निकाल लेती थी वह। कुञ्ञत्तल की जीत हुई। उसे उसके नाम से पुकारना यक्षी को पसन्द नहीं था।

"कल जानकी कुट्टी तुम जीतोगी।"

यक्षी हँसी। हारने पर भी खेलने के लिए एक सहेली तो मिली। यक्षियाँ वचन की पक्की होती हैं। जब मेरी दीदी किसी चीज को अगले दिन देने की बात करती थी, तो उसका मतलब होता था, वह कभी न देगी। लेकिन यह तो ऐसी नहीं थी। अगले दिन सचमुच मेरी ही जीत हुई।

शाम के वक्त नानी सन्ध्यावन्दन कराती हैं। वह अभी शुरू हुआ है। एक बार माँ जोर से कह रही थी कि इस बुढ़िया से कम-से-कम यह फायदा तो हो। इसके बाद यह क्रम चलने लगा। असली नानी तो माँ और ताई की माँ थी। मैंने उनको देखा नहीं। यह तो नानी की छोटी बहन हैं।

"इस बुढ़िया की बदनीयती की वजह से उसके बच्चे देखभाल नहीं करते। मनहूस कहीं की!"

इसी नानी के बारे में ही तो माँ और ताई कहती हैं वह 'मनहूस' है। जब वह बीमार हुई तो माँ ने अफसोस से कहा, "अब इस कुलच्छनी की दवा-दारू मुझे ही करनी पड़ेगी। कैसी-कैसी बलाएँ आ टपकती हैं!"

यक्षी से मिलना और कंकड़ लेकर खेलना दोनों बातें मैंने नानी माँ को बतायीं।

"अरे चुप, यह सब और किसी से कहना नहीं...उन सबको मैं जानती हूँ। मेरी बिटिया का वे कुछ नहीं करेंगे।"

कंकड़ के खेल से ऊब गये तो यक्षी और मैं इधर-उधर घूमने लगीं। इस तरह घूमते-घूमते काली-नीली से मिलना हो गया। हमारे यहाँ आँगन साफ करने और गोबर निकालने के लिए जो काली आती है न, वह कुछ और जवान होती तो ठीक काली-नीली जैसी लगती। चोली नहीं पहनती, गले में दानों की माला, और शायद तम्बाकू खाने से उसके सारे दाँत काले पड़ गये हैं। थोड़ी दूरी पर कारस्कर की छाया में आकर खड़ी हुई तो मैं समझ नहीं पायी। यक्षी नाराज हो गयी।

"हूँ, काली-नीली।"

वह फुसफुसायी।

यक्षी और काली-नीली एक-दूसरे को घूरती चुप खड़ी रहीं। माँ और ताई आपस में इस तरह घूरने की होड़ लगाती थीं। यह दृश्य भयानक था, मैं डरने लगी कि कहीं इन दोनों में लड़ाई न छिड़ जाए। लेकिन कुछ भी नहीं हुआ।

"मालकिन मुझे खेल में क्यों शामिल नहीं करतीं?" नीली ने पूछा।

"हूँ, तुम भी आ जाना।"

नीली ने लकीरें खींचीं। कुछ चिप्पड़ ले आयी। हम तीनों खेलने लगीं।

वह भी मैंने शाम के वक्त नानी को बताया। नानी ने हँसकर मेरे सिर पर हाथ फेरा।

"मेरी बिटिया का कुछ नहीं बिगड़ेगा।"

एक दिन खेल के बीच कुञ्ञत्तल ने ब्रह्मराक्षस को दिखाया, जहाँ हम पहले कंकड़ खेल रही थीं, वह उसी जगह पर खड़ा था। मरे कुंचु नम्पूतिरी तिगुने लम्बे होने पर जैसे नजर आते ठीक वैसा ही।

"उसके रास्ते में मत पड़ना। उससे दोस्ती भी मत करना। फिर हमारा कुछ नहीं बिगाड़ पाएगा।"

ब्रह्मराक्षस ने हमारी तरफ देखा भी नहीं।

ऐसे भी कुछ लोग हैं जो छिपकर हमारा खेल देखते हैं। वे सब नीली के संगी-साथी हैं। चुड़ैल, डाकिनी, मस्त भैरू सब करैल की झाड़ी में दुबककर खड़े रहते हैं। जैसे ही वे यक्षी के पास आने को होते, वह उन्हें घूरने लगती। वे झाड़ी में छिप जाते।

एक बार मेरे पैर में काँटा चुभा। बबूल का काँटा। नीली ने उसके लिए मस्त भैरू को डाँटा।

"बिटिया के पैर में काँटे लगने से अगर सूजन आ गयी तो मैं तुझे..."

अगले दिन तक दर्द ठीक हो गया।

वचन के पक्के होते हैं ये लोग।

पहले मैं रात को गाँव से आयी नानी के साथ लेटती थी। अब माँ की चारपाई के नीचे दीदी के साथ लेटती हूँ। माँ को यह पसन्द नहीं है। रात को दीदी जल्दी सो जाती है। कभी-कभी सरोजिनी दीदी भी आकर, जब तक माँ नहीं आ जाती, पंचायत करती रहती है।

रात को मुझे नींद नहीं आती... ये लोग कहते हैं कि यह एक बीमारी है। लेकिन यह कोई बीमारी-वीमारी नहीं है। इसके पीछे एक राज है। ईर्ष्या! नीली और कुञ्ञत्तल पूरी रात खेलती फिरती हैं, यह सोचकर मुझे ईर्ष्या होती है। एक बार मैंने देखा कि दोनों केले के बगीचे से होकर कुछ खाते हुए जा रहे थे। खिड़की के पास आकर मैंने उन्हें धीमे से पुकारा।

"कुञ्ञत्तल!"

"अरी, नीली!"

दोनों ने सुना ही नहीं। कैसे लोग हैं!

तभी माँ उठी। एकाएक हड़कम्प मचा। दीया जलाया। माँ एकाएक चीख पड़ीं। लोग भागे-भागे आये और गाँव से नानी भी आ पहुँचीं। उसे देखकर माँ चीख पड़ी, "बुढ़िया, तुम अब कोई अमंगल मत करना, तुम कहीं और जाकर पड़ी रहो तो सब ठीक हो जाएगा।"

ज्योतिषी बड़ा उस्ताद निकला। उसने कौड़ी लगाकर मेरी कुञ्ञत्तल और नीली के साथ खेलनेवाली बात ठीक-ठीक बता दी। लेकिन वे बुद्धू लोग पता नहीं क्या-क्या करने लगे। जब ज्योतिषी ने कहा कि दक्षिण की मंगली भी इनके साथ मिली हुई है, उन्होंने उसे भी सच माना और रावुण्णी नायर को भेजकर देवी के मन्दिर में एक सौ एक रुपया चढ़वा दिया। अच्छा है वह पैसा भगवती को मिल

जाए। असल में जहाँ हम खेलती थीं, वहाँ कभी कोई दक्षिण या उत्तर की मंगली नहीं आती थी। ज्योतिषी ने गलत बताया था। अगर आती भी तो हम उससे नहीं खेलतीं। क्या पता वह कैसी हो?

माँ बीच में दु:खी हो जाती थी तो कभी नाराज भी होती थी।

"कोई बीमार पड़े, या कोई मर जाए, तो भी इनके बाप पर कोई असर नहीं पड़ता!"

पिताजी पहाड़ों पर चाय के बागान में काम करते हैं न, काम छोड़कर वह बीच में कैसे आएँ। भैया जाकर उनसे मिले थे। वहाँ चाय के पीले पत्ते मजदूर तोड़कर लाते थे तो पिताजी उसे नहीं लेते थे। पत्तियों को सुखाकर पीसते वक्त भी पिताजी उनकी निगरानी करते। पिताजी की नजर बचाकर जो चाय पत्ती तैयार की जाती थी, उसी के बारे में लोग दुकानों में शिकायत करते कि उसमें मिट्टी की गन्ध आती है, या चाय फीकी बनती है, वगैरह, वगैरह।

माँ कहती है कि वहाँ जब से वह उर्वशी काम पर रखी गयी, तबसे पिताजी सिरफिरे हो गये थे। अगर बात हद से बाहर हो जाए तो मैं कुञ्ञत्तल से कहूँगी। लेकिन इसलिए नहीं कहती कि अगर नाराज होकर दाढ़ उठाकर कुछ करे तो उर्वशी का ही नहीं, पिताजी का भी बुरा होगा। इसी डर से चुप रहती हूँ।

जब मैं यों ही बैठती हूँ, मेरी दीदी और सरोजिनी दीदी तब भी मुझे घूरती रहती हैं। यह सब मुझे अच्छा नहीं लगता। अगर मैं भी उन्हें उसी तरह घूरने लगती तो वे दोनों डरकर भाग जातीं। मुझे लगता कि ये लोग मुझसे भी डरती हैं।

नहाने के लिए मैं अब भी नानी के पास जाती हूँ। नानी ही सिर पर रास्नादि चूर्ण लगाती हैं। बीमारी की हालत में भी वह जोर से रगड़ती हैं। थोड़ा दर्द तो होता है। फिर चूर्ण की खुशबू लगी उँगली नाक पर रख देतीं। उसे सूँघना पड़ता। कहती हैं कि इससे जुकाम नहीं होता।

दो कोस चलकर पढ़ने की जरूरत नहीं, ऐसा शायद पिताजी के कहने पर ही तय किया गया। मुझे साथ ले जाना अपने दबदबे के लिए ठीक नहीं, ऐसा सोचकर दीदी ने भी सहमति दी होगी। वह दो कोस दूर तो नहीं है। दक्षिणी छोर के नम्पूतिरी घराने के अहाते के बाड़े से बढ़ई के अहाते के छोर पर खड़े सप्तपर्णी के पेड़ के पास है। वैसे मैं, कुञ्ञत्तल और नीली—हम तीनों कई बार भटक चुकी हैं। यों ही कोई झूठी बीमारी की अफवाह लोग क्यों फैलाते हैं? अब घर वाले किसी ट्यूशन मास्टर को तलाश रहे हैं।

इन लोगों ने नयी पाबन्दी लगायी कि दोहपर ही नहीं, किसी भी समय बाहर के अहाते की ओर नहीं जाऊँ। सर्पदेवता के पुराने झुरमुट के पास जब कुञ्ञत्तल आयी, तब मैंने यह सब उससे कह दिया।

तब से कुञ्ञत्तल और नीली दोपहर को, जब घर के सारे लोग सोते थे, तब घर के अन्दर आने लगीं। हम सभी कमरों में जातीं। सोनेवालों की हरकतें देखकर हँसतीं। इशारे से बात करनेवाले भैया हमें मारने दौड़े। उनकी दाढ़ें थोड़ी लम्बी हो गयी थीं। मैंने कहा कि कुछ मत करना, इसलिए ही कुञ्ञत्तल चुपचाप चली गयी। नाराज होने पर नीली थूकने लगती है। फिर शरीर पर चेचक के दाने निकल आते हैं। लेकिन ऐसा करने से मैंने उसे रोका।

हम कुछ देर तक नानी के कमरे में बैठकर शतरंज खेलतीं। नानी भी हमें मना नहीं करती थीं। एक बार माँ या बड़ी दीदी ने हमें अन्दर घुसते हुए देखा। फिर तो जैसे भूकम्प ही आ गया।

फिर ज्योतिषी बुलाया गया। एक नहीं दो। इसके साथ ही सबकी जन्मपत्रियों की गणना का भी इरादा था। दरअसल माँ उर्वशी द्वारा पिताजी पर किये जादू के विषय में जानना चाहती थीं। उनके द्वारा लाइनें खींचना, कौड़ी फैलाना और श्लोकों का प्रमाण देना सिर्फ मेरे लिए ही नहीं था। शादी के बारे में ज्योतिषी क्या कहते हैं, यह जानने के लिए सरोजिनी दीदी दक्षिणी कमरे में छिपकर खड़ी थी। असली भूतनी ठहरी वह। कल्लडीकोट से किसी बड़े तान्त्रिक को बुलाने का निर्णय हुआ। रावुण्णी ने जाकर तारीख तय की और उसका सारा नुस्खा ले आया। वे सब बैठकर तान्त्रिक की तारीफ कर रहे थे। मैंने भी थोड़ा-बहुत सुना। फिर कुञ्ञत्तल को बुलाया।

ये लोग जो करने जा रहे हैं उसकी जानकारी उन्हें भी तो होनी चाहिए! फावड़ा आग में डालकर तपाएँगे। कारस्कर की लकड़ी पर कील ठोकेंगे। भूत-प्रेतों को इस इलाके से भागना होगा। लेकिन यह सब सुनकर नीली और कुञ्ञत्तल हँस पड़ीं। जब नानी से कहा तो वे भी हँस रही थीं।

मुझे बिठाकर ही कल्लडीकोट के बूढ़े तान्त्रिक ने पूजा की क्रिया शुरू की। कई दीये जलाये गये। जमीन पर गोल-सा एक खण्ड खींचा गया। मुझे कुछ डर लगा। जब कुञ्ञत्तल और नीली आकर मेरे पीछे खड़ी हो गयीं तो जरा हिम्मत हुई। दमे से पीड़ित नानी आयीं, फिर तो मेरा सारा डर ही भाग गया।

जब कारस्कर की लकड़ी पर कील ठोंक रहे थे, तो मैंने मुड़कर कुञ्ञत्तल को देखा। कुञ्ञत्तल नाराज हो रही थी। नीली ने भी आँखों से उसकी ओर कुछ इशारा किया और हँसी।

कटहल की लकड़ी जलने पर काफी गरमी हो रही थी और धुआँ भी निकल रहा था। जब सिर चकराने से मैं गिरने लगी तो कुञ्ञत्तल ने सँभाला जैसे नींद आ रही हो।

''इसके बदन से सारे भूत-प्रेत उतर गये। अब कुछ गड़बड़ी नहीं होगी।''

जब कल्लडीकोट वाले ने कहा तो मैं कुञ्ञत्तल की गोदी में लेटे-लेटे हँस रही थी। कुञ्ञत्तल कानों में फुसफुसायी, ''जानकी बिटिया, सो जाओ, सो जाओ!''

कुञ्ञत्तल के बदन पर लिपटी नयी धोती से चन्दन की महक आ रही थी।

उसके अगले दिन ताऊजी आये। सरोजिनी दीदी के पिताजी। पता नहीं मेरे पिताजी कब आएँगे।

नानी ने कहा—दो महीने की छुट्टी है। छुट्टी खतम होने से पहले सरोजिनी बिटिया की शादी होनी है। लड़का देख लिया है। ताऊजी की कम्पनी में काम करनेवाला शंकर नारायणन कुञ्ञत्तल!

कुञ्ञत्तल और नीली सन्ध्या के समय सहमती हुई आयीं। लोगों का खयाल था कि तान्त्रिक के आने से ये दोनों भाग गयी थीं।

''जानकी बिटिया की शादी भी मैं देख पाऊँगी क्या?'' नानी के पूछने पर कुञ्ञत्तल चुप रही।

मैं और दीदी तलैये में नहाने जा रही थीं कि एक और घटना घट गयी। काँटे से मछली पकड़नेवाला भास्करन सरोजिनी दीदी को भद्दी-भद्दी गालियाँ दे रहा था। सरोजिनी दीदी की आँखों में आँसू थे। जैसे ही हमें देखा, दोनों सिर नीचा कर अलग-अलग दिशाओं में चले गये।

विवाह का शुभारम्भ भगवती के मन्दिर से होगा। प्रीतिभोज घर में। मैं सोच रही थी कि कुञ्ञत्तल, नीली और मुझे एक जैसे लहँगे और चोलियाँ मिल जातीं तो कितना अच्छा रहता।

जब से ताऊजी आये, घर में व्यस्तता बढ़ गयी। लोग आते-जाते रहते थे। सगाई के दिन खाने पर तीस-चालीस लोग थे। नानी जहाँ लेटी थीं, वहीं पर कंजी और थोड़ी खीर मैंने ले जाकर उन्हें दी थी।

नानी ने कहा कि उन्हें किनारेदार धोती और दुपट्टा चाहिए। बीमार होने पर भी वह मन्दिर जाना चाहती थीं। उन्हें भी शादी देखनी थी।

माँ ने कहा, ''तुम बेकार की बातों में मत पड़ो। तुम्हें उठाकर ले जाने के लिए दो आदमी चाहिए। जब दुल्हन विदा होगी तो तुम्हें प्रणाम करेगी, तब चावल और फूल डालकर उसे आशीर्वाद दे देना।''

उसी दिन नानी जब बाहर दीवार पकड़कर गुसलखाने की ओर जा रही थीं तो गिर पड़ीं।

''लो, ये तो पहाड़ी मन्दिर की सीढ़ियाँ चढ़कर जाना चाहती थीं।''

जब उन्हें लेकर कमरे में लिटाया तब ताई कह रही थीं, ''इसे भी आज ही गिरना था।''

"इस उम्र में कोई गिर पड़े तो फिर उठने की कोई उम्मीद नहीं रहती।" अनुभवी रावुण्णी बोली।

नानी को रात में तेज बुखार हो गया और उल्टी हो आयी। पश्चिमी बाजार से डॉक्टर को ले आया गया। डॉक्टर ने चन्दन का तिलक लगा रखा था। जब नानी कराह रही थीं, मैंने चुपके से जाकर देखा।

"अरे, कुछ खास नहीं," नानी ने कहा। नानी को देखने के लिए मेरी सहेलियाँ भी बीच में आयीं, लेकिन घरवालों को उनका पता नहीं चला।

"सबकुछ बेचकर बाल-बच्चों की जिन्दगी भी बरबाद कर दी। मनहूस जब बीमार पड़ी तो यहीं आ टपकी..." ताऊजी ने आँगन में टहलते हुए मिलने के लिए आने वालों से कहा।

"तपेदिक है..." रावुण्णी नायर ने कहा।

"डॉक्टर ने सुझाया कि अस्पताल ले जाना बेहतर होगा।"

"डॉक्टर जुकाम होने पर भी अस्पताल भेज देता है। उसका कमीशन रहता है।" ताई बोल उठीं।

"बुढ़िया अगर शादी के बीच चल बसे तो क्या होगा भगवान!"

"मर जाए तो मरने दो..."

"यह तो सगी नानी नहीं है न!"

"फिर भी खानदान की सबसे बुजुर्ग औरत तो है ही। मर जाने पर अशुद्धि तो होगी। नानी और उसकी बहन में फर्क ही क्या है?" रावुण्णी नायर ने बम्बई में काम करनेवाले ताऊजी को समझाया।

ताऊ और ताई ने जाकर गहने खरीद लिये। तृश्शूरवाले ही गहनों के नये-नये फैशन के बारे में जानते थे। मैंने भी सबकुछ देखा। मेरी दीदी को उनमें से कुछ को गले में पहनने और छाती पर रखकर इठलाने का मौका मिला।

जब सभी गहनों को देख रहे थे तो मैंने मन ही मन सोचा कि कुञ्ञत्तल और नीली भी यहाँ पर होतीं। वे दोनों रात को आयीं। गहनों की सुन्दरता के बारे में कहने पर कुञ्ञत्तल को कोई विशेष आश्चर्य नहीं हुआ। यक्षी हैं न! जितने भी गहने चाहे पल भर में मँगा सकती हैं। शायद इसलिए।

कुञ्ञत्तल का गला ही ओढ़नी से दिखाई नहीं पड़ता। नीली तो सोने के गहने नहीं चाहती, उसके लिए तो दानेदार मालाएँ काफी थीं। चलने पर खनखनाहट होनी चाहिए।

"वही हमारे लिए बड़ी चीज है।" नीली ने कहा।

"ऐसा किसने कहा?"

"यही कायदा है।"

तिलकधारी डॉक्टर के नुस्खे के मुताबिक लायी दवाएँ नानी नहीं लेती थीं। भैया को इसकी भनक लग चुकी थी। तब वैद्य छोटेलाल को बुलाया गया। घर में आनेवाले कुछ लोग नानी के कमरे के दरवाजे तक आकर झाँक जाते थे।

पट्टाम्बि से आयी माँ-बेटी ने नानी से कहा, "अब तो यही दुआ माँगो कि ज्यादा तकलीफ के बिना ही मुक्ति मिल जाए। ये लोग पूरी सेवा करते हैं न?"

मैं दरवाजे के सामने खड़ी थी। बुढ़िया बाहर आयी तो मेरी ओर घूरती रही। बोली, "यह तो कुंचिकुट्टी की दूसरी लड़की है न?"

उसके संग में ज़ो लाल साड़ीवाली थी, उसने कहा, "हाँ!"

"यहाँ अब कैसी है?"

"कह रहे हैं कि अब तो कुछ ठीक है।"

मैं नानी के पलंग के पास सूप लिये बैठ गयी। घर में व्यस्तता बढ़ने पर छोटे-छोटे काम मुझे सौंप दिये जाते थे। छत पर रखा दीया साफ करना, मूँग से कंकड़ निकालना आदि-आदि। कुञ्ञत्तल और नीली के आने पर उनसे ज्यादा बातचीत करने का समय भी नहीं मिलता था।

शादी के बाद बम्बई जाएगी, इसलिए सरोजिनी दीदी को मेरी दीदी टूटी-फूटी हिन्दी सिखाने लगी थी। उसका प्रयोग मुझ पर करती है।

"जानकी, बाहर जा!"

"जानकी, इधर आ!"

अजब झमेला था। मैंने शाम को पण्डाल के पास खड़ी होकर कुञ्ञत्तल से भी हिन्दी में ही बात की।

"कुञ्ञत्तल, इधर आ!"

"नीली, इधर आ!"

"अरी!" मैंने मुड़कर देखा तो भैया खड़े थे।

"अब तू अपनी हरकतें जारी रखेगी तो कान उखाड़ लूँगा।"

"क्या है रे?" माँ भागी-भागी आयी।

"अब पैसा कुछ बाकी बचा हो तो वह खतम होना है न! उसे खर्च करवाने के लिए कुछ न कुछ यह शैतान ढूँढ़ निकालती है, चल। बेवक्त ऐसे बाहर मत घूमो, अन्दर चली जाओ।"

माँ का आदेश था।

मैंने इशारे से कुञ्ञत्तल को बताया कि कोई बात नहीं। फिर घर की ओर चली गयी। सुना था कि उस रात को पिताजी आनेवाले हैं। लेकिन आये नहीं। इस बात से सब असन्तुष्ट थे। छुट्टी नहीं मिलने से शादी के दिन पहुँचकर उसी दिन वापस

लौट जाने वाले थे। जैसे ही यह खत आया, फिर हलचल मची। उर्वशी को शाप देने लगे।

मेहमानों का स्वागत करना, अपनी शेखी बघारना, गहने सबको दिखाना, नयी साड़ियों के पल्लू दिखाना, इसी में सब मशगूल थे। मुझे या नानी को ठीक वक्त पर खाना-वाना मिलता है कि नहीं, इसका खयाल किसी को भी नहीं था। व्यस्तता थी न? मुझे बड़ा गुस्सा आ रहा था। रात की सैर के लिए निकली कुञ्ञत्तल ने जब दक्षिणी छोर की खिड़की से मेरी ओर झाँका, मैंने आहिस्ते से पूछा, ''दाढ़ें कहाँ हैं? सभी को इनका खून पीकर छोड़ना चाहिए।''

''क्या ऐसा करें?''

''मारने की जरूरत नहीं,. सिर्फ डराना काफी है।''

इस भाव से कि 'मैं सोचूँगी', कुञ्ञत्तल बाल झटककर यक्षी बन गयी और अन्दर लेटे लोगों की तरफ एक बार देखकर हँसी। लेटे हुए सारे लोग मेरे लिए अजनबी थे। शादी के तीन दिन पहले ही सब रिश्तेदार आ गये थे। जब से ताऊजी आये, सरोजिनी दीदी मेरी माँ के कमरे में लेटती थी। मेरी दरी इस तरफ बिछा दी गयी। चलो, इनको हिन्दी बोलने दो। अगर मैं चाहूँ तो... नहीं, रहने दो। रात को कोई आवाज सुनकर जाग उठेगी। चारों ओर भगदड़ मची थी।

''जल्दी से हाजमे की गोलियाँ लाओ।'' किसी ने आदेश के स्वर में कहा।

ताई मिन्नतें कर रही थीं कि शादी तक कोई आफत न आये। नानी की हालत शायद फिर बिगड़ गयी थी। इस होहल्ले के बीच भी कुछ लोग बेफिक्र होकर सो रहे थे। एकदम से उठकर मैं नानी के कमरे में चली गयी। दरवाजे पर मुझे देखते ही माँ ने भगा दिया..., ''जाकर सो जा। तुझे किसी ने यहाँ नहीं बुलाया है।''

अगले दिन शादी का पण्डाल तैयार हो गया। रसोई के पास आँगन में बावर्चियों के लिए और एक पण्डाल बनाया गया। बड़े महल से कड़ाही और हण्डा ले आये। ताई ने मेरे लिए जो लहँगा और चोली सिलाने के लिए दिये थे, वह बनकर आ गये। रंग मुझे उतना पसन्द नहीं आया। फिर भी कपड़ा अच्छा था। रेशमी है न!

''यह सब इसलिए खरीदकर दे रहे हैं कि अच्छी लड़की होकर रहो, जिससे लोग कुछ भला-बुरा न कह सकें।'' ताई ने मेरा सिर सहलाया।

मैं तो अब चूँ भी न करूँगी। पता नहीं कुञ्ञत्तल और नीली क्या नये खेल खेलती होंगी। इस तरफ दिखाई ही नहीं पड़तीं। यह भीड़-भाड़ देखने पर कोई इस तरफ आएगा भी नहीं।

नानी के कमरे से पेशाब की बू आ रही थी। साँस लेने व छोड़ने की अजीब-सी आवाज भी। नानी ने सिर हिलाकर पास आने का इशारा किया। मैं पास जाकर खड़ी हो गयी।

ताऊ और रावुण्णी ने दरवाजे से झाँककर देखा। पण्डाल की साज-सज्जा पूरी होने पर लाउडस्पीकर लगाकर गाना-बजाना शुरू हो गया था। एक लाउडस्पीकर तो टीले की ओर भी लगा दिया गया था। बाहर के अहाते में बैठकर मेरी सहेलियाँ भी सुनें।'' दो बस और तीन कारों में बाराती आनेवाले थे। सड़क पर जहाँ वे उतरेंगे, वहाँ भैया उनकी अगवानी करेंगे। वे वहाँ से सीधे मन्दिर की तरफ आएँगे। बरगद के चबूतरे पर शहनाईवाले तैयार मिलेंगे।'' रसोइयों से रावुण्णी यह सब कह रहा था, ''साढ़े नौ बजे सारे लोग पहुँचेंगे। दस बजे पहली पारी के लिए पत्तल परोसा जाएगा। पण्डितजी, सब कुछ तैयार है न!''

''जी!''

रातभर बाहर बावर्चियों की हलचल थी। अन्दर तो लेटने के लिए जगह ही नहीं थी। नानी की हालत देखकर नहीं लग रहा था कि सुबह वह मन्दिर जा सकेंगी।

''निकलने के पहले पैर छू लो। नानी की हैसियत तो है ही। एक धोती भी भेंट में पैरों पर रखना। उससे कोई खास बननेवाला तो नहीं है। फिर भी...।'' माँ जब सरोजिनी दीदी को यह सलाह दे रही थीं तो रावुण्णी को हँसी आ गयी।

''नयी धोती की जरूरत बाद में पड़ेगी, इसलिए अभी पुरानी चल जाएगी।''

मैं सोच रही थी कि सुबह जल्दी ही नहा-धोकर नया लहँगा दिखाने के लिए कुञ्ञत्तल के पास तक जाऊँ। सोकर उठते ही रावुण्णी पर नजर पड़ी।

''सब चौपट हो गया माँजी!''

सब लोग नानी के कमरे की ओर दौड़े। ताऊजी भी भागकर आये।

''अरे, क्या हुआ?''

''बस, चल बसीं।''

''चुप रहो। बाहर किसी से मत कहो। दावत के बाद बाराती वापस चले जाएँ, तभी कहेंगे। समझे न?''

फिर मेरी ओर देखा। ताऊजी नाराज दिखे। ताईजी ने पुकारा, ''जानकी, इधर आ...''

मैं उनके पास चली गयी।

''नानी की तबीयत बिलकुल खराब है। अब उस कमरे की ओर मत जाना। नहाकर कपड़े पहन लो। तेरे पिताजी अभी आएँगे।''

''बेचारी क्या जाने!''

''रावुण्णी, तुम यहीं रहना...बाहर किसी को पता चले तो लोग कहेंगे कि सबकुछ रोक दो। उसका शास्त्र भी ढूँढ़ लाएँगे। तुम समझते हो न?''

''जी।''

मैं तैयार हो गयी। एक नीले रिबन से चोटी बनायी। मेरी दीदी ने आधी रात से ही सरोजिनी दीदी को सजाना शुरू कर दिया था। जूड़े पर फूल लगाने के लिए ही दो-चार लोग चाहिए। सच पूछा जाए तो फूलों और गहनों से सजी होने पर वह मुझे उतनी खूबसूरत नहीं लग रही थी जितनी कि सजे बिना लगती थी।

''तुम सब यहाँ क्यों खड़ी हो? निकलो ना जल्दी...'' औरतें बाहर निकल रही थीं, तो मैंने याद दिलाया, ''सरोजिनी दीदी, नानी का पैर छूना है न?''

''चल री, बकवास बन्द कर!''

मेरी माँ कह रही थी। पिताजी नहीं आये, इसकी नाराजगी भी उसमें झलक रही थी।

नानी के दरवाजे पर कोई रुका तक नहीं।

मैं गलियारे में असमंजस में खड़ी रही।

''अरी, तू क्यों उधर चक्कर लगा रही है। चल ।'' ताई डाँटने लगीं।

मैं पानी पीने का बहाना कर रसोई की ओर चली गयी। वहाँ से मैं सीधे पण्डाल के पीछे से दौड़ने लगी। जब दौड़ रही थी, रेशमी लहँगे की सरसराहट मुझे अच्छी लग रही थी। मलबे के पास बैठकर कुञ्ञत्तल बाल सँवार रही थी। वह अकेली थी। मैंने कहा, ''सरोजिनी दीदी ने नानी का पैर तक नहीं छुआ।''

कुञ्ञत्तल चुप रही।

मुझे गुस्सा आ रहा था—''कहते हैं कि बड़ी यक्षी है। नानी की बीमारी ठीक तो करो। शादी देखने की उनमें कितनी चाह थी।'' कुञ्ञत्तल हँसी।

''सप्तपर्णी के ऊपर तक उड़ने की जो बात तुम्हारे बारे में लोग कहते हैं, वह सब झूठ है क्या?'' कुञ्ञत्तल ने मेरी ओर देखा।

''हाँ, मैं भी आऊँगी शादी में। नानी को बुला ला। हम लोग फाटक पर खड़ी रहेंगी।''

मैं असमंजस में थी। तभी कुञ्ञत्तल ने कहा, ''मैं कहती हूँ, नानी जरूर आएँगी। जा बुला ला।''

मैं दौड़कर घर के अन्दर गयी तो रावुण्णी पूछने लगा, ''अरे, तू मन्दिर नहीं गयी! इधर क्यों चक्कर लगा रही है?''

''नानी...''

नानी के दरवाजे के सामने खड़े होकर रावुण्णी नायर ने कहा, ''उधर मत जा।''

''नानी आएँगी!''

''नानी तो मर गयी बिटिया! लेकिन यह बात दावत खत्म होने तक किसी से नहीं कहनी। तुम भी किसी से न कहना, अन्दर जाकर उसे देखकर डर मत जाना...''

मैंने अनसुनी कर दरवाजा खोला तो वह नाराज होकर मुझे घूरने लगा।

"देख लो, मेरा क्या बिगड़ता है!"

मैंने दरवाजा एकदम से खोल दिया था। नानी चुप लेटी थीं। गले तक ढँके हुए थीं। जैसे नाराज होकर मरी हुई जैसी लेटी थीं। कभी-कभी माँ और ताई से रूठकर इसी तरह लेटी रहती थीं। खाना भी नहीं खाती थीं। नानी इस तरह की कई तरकीबें निकालतीं। शादी देखे बिना नानी को नहीं मरना चाहिए।

"नानी नहीं आएँगी क्या?"

दरवाजे से रावुण्णी हँस रहा था। नानी ने आँखें खोलीं। "अब क्या हुआ?—

"शादी का मुहूर्त हो गया। हमको चलना है न!"

नानी उठकर बैठ गयीं।

"कपड़ा बदलना है?"

नानी ने कपड़े ठीक किये। ओढ़नी से सिर ढका और खाट से उतर गयीं। जल्दी ही मेरी उँगली पकड़कर चलने लगीं। बाहर उपहास करता हुआ बैठा था रावुण्णी! नानी ने उसकी तरफ देखा। हम दोनों चल पड़ीं। आँगन में कुञ्ञत्तल और नीली खड़ी थीं। हम चारों हाथ पर हाथ धरे दौड़ने लगीं। अचरज की बात थी कि नानी हमसे भी तेज दौड़ रही थीं। असल में नानी ही हमें खींचती हुई दौड़ रही थीं।

पगडण्डी पार कर बरगद के चबूतरे पर पहुँचने पर शहनाई की आवाज सुनाई पड़ी।

जब मन्दिर के अन्दर की भीड़ में हम लोग घुस गयीं, तब किसी ने हमें नहीं देखा। नानी ने हँसकर सबकुछ देखा। वह ठीक समय पर पहुँच गयी थीं। दूल्हा-दुल्हिन एक-दूसरे को वरमाला पहना रहे थे।

जब मंगलसूत्र बाँधा गया तब आशीष में फूल और चावल उन पर बिखेरने के लिए सब लोग इकट्ठे हुए। नानी ने मुझे देखा। मैंने मुट्ठीभर चावल नानी को थमा दिये।

कुञ्ञत्तल ने पूछा, "चाहिए क्या?"

तब कुञ्ञत्तल घूर रही थी, मुझे नहीं, सरोजिनी दीदी के गले में माला पहनाते हुए दूल्हे को। कुञ्ञत्तल की आँखों से धुआँ जैसा आ रहा था। दाढ़ें बड़ी हो रही थीं। मैंने देखा। गुलदस्ता लिये जो दूल्हा सरोजिनी दीदी से सटकर खड़े फोटो लेने के लिए मुस्करा रहा था, उसकी ओर कुञ्ञत्तल को झपटते हुए देखकर मैं डरकर चिल्लायी।

फिर कुछ देर तक मैं कुछ भी याद नहीं कर पायी। आँखें खोलने पर जब मैंने देखा कि सरोजिनी दीदी और उनके पति खड़े हैं, तभी मुझे तसल्ली हुई। इसका

मतलब था कि कुञ्ञत्तल ने उनका कुछ नहीं बिगाड़ा था। उन्होंने मुझे मेरी बीमारी दूर होने पर अपने घर जाने का न्योता दिया।

''जब बीमार थी तो तू क्यों अकेले दौड़कर आयी!'' ताई ने पूछा।

''अकेली नहीं...नानी साथ में थी। और फिर...''

''हाय भगवान!'' माँ ने जाप शुरू किया।

''रावुण्णी से पूछो, उसने भी देखा था।''

''लड़की को वहम हो रहा है।''

मैं जो भी कहती हूँ, ये लोग सोचते हैं कि मैं मनगढ़न्त कहती हूँ। मैं झूठ नहीं बोल रही थी, यह समझाने के लिए नानी का आना, शादी देखना और फूल-चावल बिखेरना सब बता दिया। सब लोग एक-दूसरे को देख रहे थे। कुछ लोग कानाफूसी कर रहे थे।

जब सरोजिनी दीदी की विदाई हुई और बाराती चले गये, नानी के मरने की खबर सबको दी गयी। अब तो मरने दो। शादी तो देख पायी है न!

''शादी तक तो मरी नहीं। खानदान से बुढ़िया की ममता तो देखो।'' सफाई के लिए आयी औरतें आपस में कह रही थीं।

रावुण्णी नानी के कमरे से लौटकर आया तो चिल्लाने लगा।

''क्या है, क्या हुआ?''

मैं सारा होहल्ला सुन रही थी।

''मैंने ही तो नहलाकर लिटाया था। बुढ़िया के हाथ में अक्षत और तुलसी कहाँ से आ गये?''

अरे अब क्या हुआ! जब मैंने कहा तो ये लोग यकीन नहीं कर रहे थे।

''लगता है कि लड़की पर उतर गयी। तुमने सुना नहीं वह क्या कह रही थी!''

कोई मुझपर उतरी नहीं थी। हम लोग हाथ पकड़कर साथ-साथ गयी थीं।

''लगता है, मरने पर भी यह बला नहीं छूटेगी।'' रावुण्णी नायर कहने लगा कि ओझा को बुलाकर श्मशान में कोई क्रिया-कर्म कराना पड़ेगा।

''नहीं तो फिर भी चक्कर काटती रहेगी!''

मैं आँखें मूँदकर लेटी थी कुछ देर तक। तब कुञ्ञत्तल और नीली चली आयीं। आँखें खोले बिना ही मैं उनकी गन्ध से उन्हें पहचान सकती हूँ।

मैं चुपचाप लेटी रही।

''मेरे पास मत आना खेलने के लिए। अब मैं नहीं आऊँगी। मेरे पास मत आना, बस चली जाओ।'' मैंने आँखें मूँदे ही देखा कि वे दोनों सिर झुकाकर बाहर जा रही थीं।

नानी को जलाने के लिए आम का छोटा-सा पेड़ काटा गया। कह रहे थे कि नाम के वास्ते ही तो चाहिए। शादी के लिए बनी लकड़ी अब भी बाकी थी। मैंने देखा, नानी को लोग उठाकर ले जा रहे थे।

रावुण्णी ने तो कहा था कि नानी यहीं चक्कर काटती रहेगी। मैं उठी। बाहर के कमरे की खिड़की से देखा कि काजू के पेड़ के पास लकड़ी डाली गयी थी। पाँच-छः लोग थे। नानी को लिटाकर ऊपर लकड़ी रखकर आग जलाने पर... ओह तेज गरमी होगी। नहीं, नहीं, यह सब क्या था? बस धुआँ ही धुआँ। कुछ भी दिखाई नहीं पड़ता। धुएँ के अन्दर से पूरा बदन कपड़े से ढँककर बाहर आ रही थीं... हाँ... नानी ही थीं। नानी मरेंगी नहीं और यहाँ से जाएँगी भी नहीं। क्या-क्या बाकी है? आग से जलने पर, चोट के लिए, गलसुआ होने पर...पीसकर लगाने के पत्ते और जड़ी-बूटी मुझे उन्होंने बताया नहीं था।

लगा कि नानी की ओढ़नी बड़े-बड़े सफेद पंखों की तरह उड़कर आ रही है। सीधे आँगन की तरफ। फिर नानी मेरी चारपाई पर आ बैठीं। मैं हँसती हुई नानी के गले लग गयी।

''मरने का बहाना बनाकर फिर लोगों को उल्लू बनाया, है न?''

नानी हँस दी। अब नानी कहाँ होंगी, क्या तुम जानती हो दीदी? दीदी यहाँ की नर्स है न! लेकिन नर्सों का सफेद कपड़ा क्यों नहीं पहनती? आनेवालों को जाने दो। उसमें क्या है? और एक जो आयी वह अभी नहीं गयी! ठीक पीछे है। उस कोने पर। मेरा रेशमी लहँगा पहनकर सिर मुँड़ाकर जो बैठी है, जानती हो वह कौन हैं? वह तो नानी ही हैं।

''हम खेलें। दीदी भी आना। नानी, दीदी और... तुम दौड़ती क्यों हो? चिल्लाकर लोगों को क्यों बुला रही हो?''

यहाँ भी हड़कम्प मच गया है क्या?

अरे नानी भी चली गयीं क्या?

नानी खिड़की पर कैसे पहुँच गयीं? अच्छा, हाँ, हाथ पकड़कर नानी उन्हीं को अन्दर उतार रही थीं। वे भी पहुँच गयी थीं।

''अरी बुद्धू तेरी नाराजगी! हम लोग कहीं नहीं गयीं।''

कुञ्ञत्तल कान में फुसफुसाकर बोली। अब कंकड़ और सिकड़ खेलने के लिए हम चार जने थे।

मैं और नानी एक तरफ और वे दोनों एक तरफ। अब मजा ही मजा था! फिर और क्या चाहिए!

भारी वर्षा के अगले दिन

बौछार फिर से अन्दर चली आयी, तो उसने कार का शीशा ऊपर चढ़ा दिया। फिर ड्राइवर से कहा, "कोई जल्दी नहीं, धीरे चलो। फ्लाइट साढ़े नौ बजे आती है।"

कल रात दोनों ही एयरपोर्ट की काफी उड़ानें बाधित रहीं। न आयीं न गयीं। आज...

आसमान प्रायः खुल गया है। कल रात की मूसलाधार बारिश आज दोपहर के पहले ही थम गयी थी। काले बादल किसी भी क्षण नीचे उतरने की धमकी देते हुए किसी सींगों एवं नाखूनों वाले जंगली जानवर की तरह गरज रहे थे। मिसेज डिसूजा ने कहा कि पिछले बारह घण्टों की वर्षा इस सदी की सबसे भारी वर्षा थी। उसे टेलीविजन से यह जानकारी मिली थी।

दूर इण्टरनेशनल एयरपोर्ट की बत्तियाँ दिखीं। उसने चलने के लिए अपने पैण्ट का निचला हिस्सा ऊपर घुटनों तक चढ़ा रखा था। अब उसे नीचे कर दिया। उसके जूते भीग गये थे।

इब्राहिमकुट्टी ने प्राइवेट टैक्सी भिजवा दी थी। ड्राइवर हँसा। गनीमत थी कि उसे वहाँ की सारी जानकारी थी। रास्ते में उसने बताया कि वह हफ्ते में दो बार खाड़ी से आनेवाले यात्रियों को ले जाने आता है।

प्रस्थान वाले दरवाजे पर पहले भी वह आया था। हंसा ने कहा कि आगन्तुकों का इन्तजार करने की जगह वहाँ पास ही है।

माहीम पर गाड़ी से उतरकर उसे घुटनों तक पानी में चलना पड़ा। होटल 'रहमानिया' के द्वार तक पहुँचा, तो वहाँ कैश पर इब्राहिमकुट्टी बैठा था। वहाँ जो बोर्ड लटका था, उस पर मलयालम भाषा में लिखा 'रहमानिया' प्रायः गायब हो गया था। कुट्टी और उसकी ठेठ मलयालम में कोई फर्क नहीं आया था। जब वह हँसता तो उसके सोने के नये दाँत की चमक नजर आती।

"डॉलर लेकर आना...। फिर हम हिसाब करेंगे। लड़का निरूरवाला है। काम हो जाने पर उसे चाय-पानी के लिए कुछ दे देना।"

बताये बिना ही वह समझ गया कि कार का मालिक इब्राहिमकुट्टी ही था।

एयरपोर्ट के प्रांगण में पहुँचा तो लम्बे मकान की दायीं तरफ ऊपर बड़े अक्षरों में लिखा था।—'एराइवल।'

हंसा ने उसे वह कतार दिखायी, जहाँ कार खड़ी की गयी थी।

''मैं कार में ही रहूँगा। आप जाकर पता कर लें कि फ्लाइट टाइम पर आएगी कि नहीं।''

समय काफी था। हंसा चाहे तो जाकर खाना खाकर आ सकता था। पर उसने मना कर दिया। रात एक के बाद ही वह खाना खाता है। आदत पड़ गयी है। वह भूखा नहीं रह सकता था। क्योंकि उसे अलसर का कष्ट था। जयश्री ने जिद की तो शिवशंकर घर से दो रोटी खाकर निकला था।

जब पुलिसवाले ने इशारा किया तो हंसा ने कार स्टार्ट की। वह कार निकालने लगा तो उससे कहा, ''जरा धीरे से...।''

''आपके पास डॉलर वगैरह हो, तो मुझसे कहिएगा बाहर अच्छी कीमत मिल जाएगी। हमारे आदमी हैं।''

आनेवालों के इन्तजार में दरवाजे के बाहर छतरी उठाये कई लोग खड़े थे।

टेलीविजन सेट के पास खड़े लोगों के बीच वह भी पहुँच गया। पहले तो उसकी समझ में कुछ नहीं आया। कुछ देर देखता रहा। फिर चौथी लाइन पर नजर पड़ी—पानाम फ्लाइट नं. 736। प्रतीक्षित समय : बाईस बजे। यानी दस बजे। आधा घण्टा ही लेट है। और भी कम्पनियों के फ्लाइट-नम्बर एवं समय दिखाये जा रहे थे। चौथी पानाम थी। तो आँधी-तूफान के बावजूद विदेशी कम्पनियों ने सर्विस स्थगित नहीं की थी। गनीमत है। मिसेज डिसूजा को यही चिन्ता सता रही थी।

दूर समुद्र पर उठी आँधी की तेज़ी का उन्होंने ठीक अन्दाजा लगाया था। उसके गुजरात के समुद्री तट की ओर जाने की सम्भावना थी।

उससे भी भयंकर आँधी बंगाल की खाड़ी से...दोनों मिलकर, एक साथ तट पर पहुँचें तो...डर के मारे मिसेज डिसूजा ने क्षण-भर के लिए आँखें मूँद लीं।

उस वक्त सवा नौ बजे थे।

बरसात बन्द हो चुकी थी। रात को बाहर भारी वर्षा के कारण वह ठीक से सो नहीं पाया था। हिचकियों के कारण दम जैसा घुटने से राजेश बीच-बीच में उठ बैठता था। यह गनीमत थी कि हर महीने एक बार होने वाली तकलीफ अब कभी-कभार ही होती थी। जयश्री की माँजी की बतायी किसी देशी दवा का अब उपचार चल रहा था।

बाइक्कुल्ला के किसी वैद्यजी की बात जयश्री अरसे से उसे समझा रही थी। आखिरकार उसने दफ्तर से छुट्टी लेकर उनके यहाँ जाने का निश्चय किया। सहकारी

भण्डार पहुँचकर स्टेशन फोन किया तो पता चला विपिन आया हुआ था। मीरचन्दानी का आदेश था कि वह भी जरूर आये।

क्या करे? रविवार को वैद्यजी के यहाँ जाएँगे। जयश्री ने सुझाया। कॉमिक्स का काम मीरचन्दानी के जिम्मे था। वेंकिटाचलम के इस्तीफे के बाद जब रामायण का स्ट्रिप बनाकर बेचने का सिण्डिकेट बनाया गया, तो उसकी तरक्की सीनियर आर्टिस्ट के रूप में हो गयी। मगर वेतन वही था।

गाड़ियों के चलने के बारे में उसे थोड़ा सन्देह था। सबर्बन ट्रेनों में काफी ट्रेनें रद्द कर दी गयी थीं। यह बात बेटी ने बतायी थी, जो मिसेज डिसूजा के फ्लैट में टी.वी. देखने जाती थी। वह आण्टी का हाथ बँटाने के बहाने वहाँ चली जाती थी।

स्टेशन पहुँचा, तो सिटी की तरफ की पहली गाड़ी आ रही थी...मीरचन्दानी ने सदी की सबसे भारी वर्षा के जिक्र के बाद कॉमिक्स विभाग को बन्द करने की घोषणा की। अब फिनान्शियल अखबार के लिए चार्ट एवं ग्राफ बनाना होगा। यह आसान काम होगा। वह सुनता रहा। जब हिन्दी कहानी-पत्रिका से कॉमिक्स में स्थानान्तरित किया गया तब भी उसने एतराज नहीं किया था। तब मीरचन्दानी ने कुछ ऐसे चित्रकारों पर दुःख प्रकट किया था जो किसी व्यक्ति का भी प्रभावी रेखांकन नहीं कर पाते थे। बंगाल स्कूल, मद्रास स्कूल आदि प्रयोग पत्र के दफ्तर में चर्चा के लिए ठीक है पर ऐसे चित्रांकन नहीं चल सकते।

इस बारे में उसने पाठकों की शिकायतों का भी जिक्र किया।

जब वह केबिननुमा लकड़ियों के पुराने कठघरे में लौटा तो मेज पर एक टेलीग्राम पड़ा था। अप्पू रात के पानाम फ्लाइट से आ रहा था। अपने केबिन में आने के कारण उसे समय पर तार मिल गया। चपरासी वे तसवीरें ले आया था, जिनमें फैण्टम अपने पालतू बेटे रैक्स के माँ-बाप की खोज करने जा रहा था। फैण्टम, घोड़ा, डायना, बन्दर, जंगल का सरदार सब रिश्तेदार जैसे हो गये थे। डायना के बालों का रंग नीला, रैक्स का पीला, वेंकी का लाल। रंग बदला और फैण्टम के सूट को चॉकलेटी रंग से रंग दिया—जो उसी की कल्पना थी। मुखौटे की आँख की जगह जो गड्ढा था, वहाँ आँख की-सी हलकी छाया खींची थी उसने। तभी उसे 'प्रयोग मत करो' की सूचना मिली। उसने प्रयोग बन्द कर दिया। हाँ, बदल दूँगा उसने सोचा। जो बदला नहीं जाता, वह सिर्फ जिन्दगी ही है। यह तो आसान है।

कस्टम्स हाल से आये हुए यात्री ट्रॉली पकड़े पंक्तिबद्ध चले आ रहे थे। रेलिंग के पास कुछ लोग स्वागतार्थ आये हुए थे, जिनके हाथों में विदेशी नामों के बोर्ड दीख पड़े।

तभी उसकी नजर ड्राइवर हंसा पर पड़ी, जो उसके पास आ गया था। छह

रुपये का टिकट लेकर अन्दर आ-जा सकते थे। उसने टिकट काउण्टर दिखाया। पर सभी यात्रियों को इसी दरवाजे से बाहर आना था।

एक बार उसने यहीं से पेरिस का विमान पकड़ने की सोची थी। वहाँ अमीर लोग कैलेण्डर के चित्र काटकर चौखट पर उन्हें लटकाते हैं। अगर तुम्हें अपने को बचाना है तो चले आओ। अपने सहपाठी हरिकुमार के ऐसे पत्र मिलते तो वह मोण्टयात्रा की कल्पना किया करता था। लोत्रे का अड्डा, वॉनगॉग के धान के खेत, सूरजमुखी के फूल...सलूनों की चित्र-प्रदर्शिनी देखने आयीं घरेलू औरतें, अनाज चुगने आये सुन्दर परिन्दे...

हरिकुमार के पत्र आने बन्द हो गये। तेरह साल पहले वह भारत आया हुआ था। दिल्ली के पत्रकार-सम्मेलन की खबर उसने अखबारों में पढ़ी थी।

सवाल : इस देश पर आपका कोई एहसान नहीं?

जवाब : मेरी सबसे बड़ी सेवा है चित्रकार बने रहना।

लगा कि आनेवाले मलयाली लोग हैं। कुछ लोग ट्रॉली धकेलते हुए आ रहे थे। हंसा ने बताया। इस वक्त एक सिंगापुर फ्लाइट भी है। ये उसमें से आये लोग होंगे।

अप्पू को विदा करने ही वह आखिरी बार इधर आया था। छह घण्टे का समय था।

"हम चाहें तो इस बीच घर भी चल सकते हैं।"

अप्पू को पता था कि उधर एक परिवार है। जयश्री और दो बच्चे। उनके नाम नहीं जानता होगा। पर गाँववालों को पता होगा कि इधर तीन जनों वाला एक परिवार रहता है।

"कितनी दूर है?"

"घण्टे भर की। ज्यादा से ज्यादा डेढ़ घण्टे।"

जब अप्पू ने कहा कि किसी और समय जाएँगे, तो उसने जिद नहीं की।

"जब तक लौटेंगे, तब तक चेक-इन करने का समय हो जाएगा।...नहीं।" उसने समझाया।

पुराने एयरपोर्ट से इधर आया तो अप्पू ने कहा था, "मैं अन्दर लाऊंज में बैठूँगा। बाबूजी...आप..."

"आज छुट्टी है।"

ट्रॉली पर उसका बक्सा रखवाने में मदद की। वह टैक्सीवाले से रेट पूछ रहा था कि बेटे ने उसे पैसा दे दिया। पहली विदेश-यात्रा थी, फिर भी बेटे को किसी प्रकार की घबराहट नहीं थी। एक साल बैंगलूर में काम करते हुए उसने जरूरी हिन्दी भी सीख ली थी। टैक्सीवाले से उसकी बातचीत से इसका पता चला।

वह पूछना चाहता था कि वह गाँव गया था कि नहीं? माँजी से मिला था? पर उसने इरादा बदल दिया।

"बाबूजी, आप अब यहाँ अपना समय मत बर्बाद कीजिए। आप घर जाइए।"

अप्पू ने पूछा, "क्या आपके पास बी.पी. की गोलियाँ वगैरह..."

"हाँ, हैं। इस वक्त नॉर्मल है।"

बड़े-से लेटर-पेपर पर वह चार-पाँच लाइन ही लिखता था। हर वक्त बाबूजी की तबीयत के बारे में पूछता। वह भी बेटे को लिखता, अब मैंने एलोपैथी बन्द कर दी है। होमियोपैथी की दवाई लेता हूँ। उससे फायदा है...

बातचीत के लिए कोई विषय न रहा। इसलिए वह आँगन में खड़ा रहा।

"वहाँ पहुँचने पर खत लिखना।"

ट्रॉली का पहिया खींचते हुए अप्पू एक क्षण सिर झुकाये खड़ा रहा।

"अपना खयाल रखना।"

"मैं पत्र लिखूँगा। तो अब चलूँ बाबूजी?"

उसने अप्रत्याशित ही अपने हाथ बढ़ाये। उसके मन में द्वन्द्व रहा कि उससे हाथ मिलाये या उसे गले से लगाये? तभी बेटे ने भी हँसते हुए अपना हाथ बढ़ाया। उसने उसका हाथ पकड़ा और धीरे से कहा, "अपना खयाल रखना।"

वह मुस्कराकर क्षण-भर बाबूजी के चेहरे की ओर देखता रहा। उसे अपने यौवन की कोई तस्वीर याद आयी जब वह हँस सकता था।

फिर वह अपने आप खुलनेवाले दरवाजे से अन्दर चला गया। फिर ट्रॉली रोककर पीछे मुड़कर हाथ हिलाने लगा। जवाब में वह भी हाथ हिलाकर वापस मुड़ा।

हंसा फिर से कार के पास चला गया था। उसने टिकट लिया और अन्दर हाल में चला गया। वहाँ प्राय: सभी सीटों पर लोगों ने कब्जा कर रखा था। कहीं-कहीं खाली सीटें भी थीं। उसे बैठने का मन नहीं हुआ। आखिरी सिगरेट भी खतम हो गयी थी। हाल के कोने में सीढ़ियों के पास एप्पल जूस का एक स्टाल दिखाई पड़ा।

अन्दर उमस थी। द्वार पर टिकट चेक करनेवाले बाबू से हिन्दी में पूछा कि पानाम फ्लाइट का समय सही है या लेट है। उसने जवाब नहीं दिया। पास बैठे पुलिसवाले से कुछ बातें करते हुए उसने बाहर की दीवार की ओर इशारा किया।

बाहर मौसम अच्छा था। आसमान और साफ हो गया था। कार के पास पहुँचा तो हंसा स्टीरियो पर फिल्मी गाने सुन रहा था।

"क्या फ्लाइट लेट है?"

"अब भी दस बजे का समय दिया है। सिगरेट कहाँ मिलेगा?"

हंसा ने डॉश से 'रोथमैन' की पैकेट उठायी। वह अपने लिए एक सिगरेट

उठाने लगा तो हंसा बोला, "पूरा ले लीजिए। इधर पास कहीं कोई दुकान नहीं है।"

वह संकोच करने लगा तो हंसा ने कहा, "ले लीजिए। मुझे यह सब मुफ्त में मिल जाता है। आते वक्त कोई बाबू दे जाता है।"

वह पीछे का दरवाजा खोलकर अन्दर बैठ गया।

हंसा यह कहकर चला गया कि वह अभी पूछताछ करके आता है। हंसा बाहर से एकदम गुण्डा ही लगता है, पर है कितना अच्छा। सिर्फ मीरचन्दानियों के कारण उसे दुनिया दुस्सह नहीं लगती। बाद में हिसाब करने की बात करनेवाला इब्राहिमकुट्टी, अपने शयन-कक्ष में अप्पू के लिए बिस्तर लगाये बैठी पड़ोसिन मिसेज डिसूजा...।

कनाडा से पहले जो खत आते थे वे काफी बड़े होते थे। अप्पू का प्रशिक्षण और नौकरी साथ चलती थी। वह किसी मराठी के साथ रहता था। जब उसने सेकेण्ड हैण्ड कार खरीदी तो उसके पास खड़े होकर उसने अपना फोटो भिजवाया था। फिर...।

एक बार उसने लिखा था कि उसने फिर से तस्वीर बनाना शुरू कर दिया है। कभी न होनेवाले 'वन मैन शो' के बारे में भी उसे लिखा था। कुछ न कुछ लिखे बगैर एक पृष्ठ कैसे पूरा होगा? देर से आये, पत्र के जवाब में, सौभाग्य से वह यह पूछना भूल गया था कि प्रदर्शनी कब होगी? पर एक बात की उसने याद दिलायी थी... "आपकी तबीयत ठीक है न?"

जयश्री ने भी पूछा नहीं था। कहाँ हैं तुम्हारी कला-प्रदर्शनियाँ? कहाँ हैं तुम्हारे खरीदार, जो लाखों लिये क्यू में खड़े हों? उस समय भी पूछा नहीं, जब उसने पति के वेतन-पैकेट में अपनी जिन्दगी को लपेट रखा था, जिसे कभी चुकाया नहीं जा सकता था। उसने पूछा नहीं कि क्या इसीलिए आपने हैण्डलूम शॉप की सेल्स गर्ल की नौकरी छोड़ने को कहा था?

सुना था कि अभयंकर को किसी औरत ने पागल बनाया था। वह पहले मॉडल रही थी, पचास की उम्र में भी हसीना बनकर विदेश में सरकार के लिए कला-उत्सव आयोजित किया करती थी। उसे दोष नहीं दिया जा सकता। पागलपन की शुरुआत यों थी—चौपाटी के फुटपाथों और पंचसितारा होटलों के गेट पर वह तस्वीरें बेचने बैठता और गला फाड़कर लोगों का ध्यान आकर्षित करता था। फिर हुसेन की प्रदर्शनी के पास मेगाफोन से भाषण दिया करता कि इधर कला का व्यापार हो रहा है।

क्या इलैक्ट्रिक ट्रेन के आगे वह इसलिए कूद पड़ा था कि मशहूर होकर जयश्री से बदला लिया जाए?

जिस घर पर वह पेइंग गेस्ट बनकर रहता था, वहाँ की लड़की जब गर्भवती हो गयी, तो गाँव में अप्पू की माँ ने कहा था, ''अगर शिवन्‌जी को यही ठीक लगे, तो ऐसा ही हो।''

सभी ने उस पर दया ही बरती थी।

अप्पू ने पढ़ाई में खूब मेहनत की। उसे इंजीनियरिंग में दाखिला मिल गया। कोई दिक्कत नहीं हुई। जब पता चला कि मामाजी ने उसके लिए सबकुछ किया तो उसने भगवान को धन्यवाद दिया।

किसी बाजीगर की तरह पीछे से ड्राइवर आया। उसने कहा, ''प्लेन आ गया है, पाँच मिनिट पहले ही। बिफोर टाइम।'' वह विदेशी एयरवेज को दाद देने लगा तो वह घबरा गया।

''परेशान मत हों। अभी बाहर आने में घण्टा भर लगेगा।''

वह इस मुद्रा में बाहर आया कि मुझे मालूम है, मुझे कोई हड़बड़ी नहीं है। क्या हंसा सोच रहा होगा कि वह सिगरेट यों फूँक रहा है क्योंकि वह मुफ्त में मिली है। वह कार-पार्किंग से निकलकर रोशनी की चकाचौंध में प्रवेश-द्वार तक जा पहुँचा।

हाल में अब काफी सीटें खाली पड़ी थीं। ऊपर गैलरी थी। जहाँ लोग चढ़ सकते थे। एक युवक दो लड़कियों को यह कहकर साथ लेकर जा रहा था कि वे कस्टम काउण्टरों पर काँच के दरवाजों से लोगों को जाते देख सकती हैं।

आँगन में खड़े होकर यायावरों को देखना ही अच्छा है। लम्बे गलियारे से, जिसे आधा छिपा रखा था, होकर चलनेवालों को भीड़ में खो जाने का डर भी नहीं था। भीड़ में पहुँच जाने की कोशिश करनेवाला हमेशा नाकाम हो जाता। इसलिए वह ऐसी कोशिश नहीं करता था। फुटपाथ से होकर चलते वक्त लोगों के बीच से रास्ता बनाना हर समय मुश्किल होता। यह डर लगा रहता कि किसी से टकरा न जाए, किसी को पैरों से कुचल न दे। दो या तीन मिनिट की बचत से आखिर क्या मिलनेवाला है? जल्दबाजी करनेवाले यह नहीं सोचते।

ऑफिस के बड़े लिफ्ट में लोगों के भर जाने पर जब लिफ्टमैन दरवाजा बन्द करता, तभी वह वहाँ पहुँचता था। फिर वह धीरज बाँधकर इन्तजार करता। पर उसके सामने ही बन्द दरवाजे के अन्दर छलाँग मारकर, लिफ्टवाले को धमकाकर एक-आध लोग घुस ही जाते। आपत्तियाँ और दुर्घटनाएँ ऐसे ही होती हैं—लोगों में यह समझदारी हो, तभी न!

एक टोली में लोग बाहर आने लगे। शायद पानाम से आये यात्री होंगे। उनमें विदेशी एवं भारतीय दोनों थे। जब वे उसके पास से होकर गुजरने लगे तो उसने यह देखने की चेष्टा की कि कहीं उनकी पेटियों पर चिपके स्टिकरों में विमान-

कम्पनी का नाम था कि नहीं। क्या उनसे पूछे? नहीं। यह स्विज एयर था। टेलीविजन पर एक घण्टा पहले ही इसे उतरते देखा था।

इस बात को काफी दिन हो गये। इस बार अप्पू को विदा करने वह आया था, तो जयश्री से कहकर नहीं आया था। दो हफ्ते बाद जब कनाडा से उसका पत्र आया, तभी उसे बताया था।

''जाते वक्त वह मुझसे आकर मिला था?''

किसी दिन वह जयश्री और बच्चों को आकर देखेगा ही। अत: एयरपोर्ट से उसे बुला लाने की बात सोचकर ही वह आया था।

मिसेज डिसूजा ने जयश्री को बताया कि चाहे वह फ्लाइट में खाना खाकर ही आ जाए, तो भी घर पर खाना तैयार रखना चाहिए। उसको साथ लेकर सामान खरीदने को वह तैयार हो गयी थी।

पर अप्पू सोएगा कहाँ? खाने और बैठने के लिए जो थोड़ी-सी जगह थी, वहीं पर बच्चे सोते थे। सोने के लिए एक ही कमरा था। बस यही गनीमत थी कि मुम्बई में मकान की समस्या का अन्दाजा लगा सकता है।

शयन-कक्ष अप्पू के लिए खाली करके सब लोग बाहर लेटने की सोच रहे थे कि तभी मिसेज डिसूजा ने कहा, ''मेरे मकान के होते हुए तकलीफ करने की क्या जरूरत है?''

यद्यपि उनके बारे में सुना था कि उनके बेटे और पोते भी हैं, पर उनके घर कभी मेहमानों को आते नहीं देखा। उसने मन में कहा, लोगों को इस बुढ़िया से सीखना चाहिए। वे सत्तर की उम्र में भी सभी काम खुद करती थीं। मृत पति की पेंशन से उनका काम चलता था, बिना किसी शिकवे या शिकायत के।

उसे ऐसी पड़ोसन मिली, यह उसकी खुशकिस्मती है। बच्चे कभी नहीं पूछते कि जो ब्लैक ऐण्ड ह्वाइट टी.वी. बेची थी, उसकी जगह क्यों नहीं कलर टी.वी. खरीद लेतीं? लगता है कि मिसेज डिसूजा ने राजेश और स्मिता के लिए ही टी.वी. मँगायी थी।

दस वर्ष के राजेश के अलबम में कनाडा के खतों के टिकट चिपकाये गये थे। डैडी के एक दूसरे बेटे के बारे में जयश्री ने बच्चों को जरूरी बातें बता दी थीं। नौ वर्ष की स्मिता और भी कुछ जानना चाहती थी। वो...वो... ब्रदर देखने में कैसा लगता है? डैडी के जैसे...या...?

विषय बदलने के लिए उसे हर वक्त कुछ न कुछ सोचना पड़ता था।

इन्तजार...बाहर कई लोगों का इन्तजार। गाड़ियाँ, पीले रंग की डॉय-लाइट्स...प्लेकार्ड उठाये लोग, उसे लगा कि यह दृश्य एक तस्वीर का विषय हो सकता था।

भारी वर्षा के पानी में कच्ची मिट्टी के झोंपड़ों के आगे साड़ी का आँचल ऊपर उठाये औरतें घर के सामान ढूँढ़ रही थीं। उन्हें देखा तो एक और तस्वीर की सोची। पीछे आसमान को चीरता हुआ जो मकान खड़ा था, उसका मटमैला रंग उन औरतों की साड़ियों को गहरा रंग दे रहा था। काली काया, काले लाल रंग का पानी। यह एक और तस्वीर थी...।

दिन में फैण्टम और मैण्ड्रेक को रंगों में भरकर वह सवा घण्टे के सफर के बाद घर पहुँचता तो लगता कि मन में खींचे गये चित्र राख के रंग से फीके पड़े हैं।

ड्राइवर पास आकर बोला, ''देखें, अमरीकी फ्लाइट के लोग आ रहे हैं।''

वह कस्टम्स गेट पर आनेवालों को देखता रहा। पसीने से भीगे अपने ऐनक को साफ कर फिर से उसे आँखों पर पहना।

किसी भी भीड़ में दूर से ही अप्पू को पहचाना जा सकता था। आखिर तीन सालों में कितना फर्क पड़ेगा।

फिर भी करीब आधा गलियारा पार करने के बाद ही वह उसे पहचान सका। उसने चाँदी के फ्रेमवाली ऐनक लगा रखी थी। बस यही एक फर्क था। बड़े पॉकेट वाला खाकी रंग का शर्ट और काला पैण्ट। वह थोड़ा मोटा हो गया था।

''हाँ, वह आ रहा है।''

उसने रेलिंग से अपना हाथ हिलाकर बेटे का स्वागत किया। उसने बाबूजी को देखा। वह ट्रॉली धकेलकर उसके पास आया और उनके हाथ पकड़ लिये।

''यू आर हियर? ग्रेट!''

ट्रॉली धकेलते हुए आँगन तक पहुँचकर अप्पू ने कहा, ''हर काउण्टर पर यह कैसी क्यू है? कोई व्यवस्था नजर नहीं आती। बिना वजह के, एक शख्स रिश्वत माँग रहा था। दस डॉलर चाहिए। टेन डॉलर्स इज़ ए लॉट ऑफ मनी।''

उसने ऐनक माथे पर चढ़ाया।

''मैं कार लेकर आया हूँ, अप्पू।''

''बाबूजी! वेट!''

फिर वह उस तरफ देखने लगा जहाँ से वह आया था।

''आ, हियर शी कम्स्!''

अकेले ट्रॉली लिये जो छोटी लड़की आ रही थी, उस पर उसकी दृष्टि पड़ी। जब वह पास आयी, तभी पता चला कि वह नाटे कद की एक युवती थी। बड़ी साइज के चश्मे के कारण उसका चेहरा साफ नहीं दिखता था। अप्पू ने उससे कुछ बात की।

''बाबूजी, यह बेला है। अँग्रेजी कम जानती है। फ्रेंच है।''

अप्पू ने परिचय कराया।

बेला! यानी कि जो सुना था वह गलत नहीं था।

बेला ने हाथ बढ़ाया। स्मिता के हाथ से छोटा हाथ। औपचारिकता के उचित शब्द न जानने के कारण वह सिर्फ हँस रही थी।

"अप्पू, मैं कार लाया हूँ। हम..."

अप्पू सोचने लगा। उन दोनों में कुछ बातचीत हुई।

"साढ़े पाँच बजे की कोचीन की फ्लाइट है। उसने वहीं से उसमें सीट बुक करायी है।"

बेटा अकेले नहीं आया था। साथ कोई अँग्रेज मेम भी थी। यह सुनकर कॉलोनी में सुगबुगाहट फैलेगी। मिसेज डिसूजा को फ्रेंच भी आती थी।

"हम लोग घर जाएँगे। वहाँ कोई असुविधा नहीं होगी।"

अप्पू ने कहा कि रात में ठहरने का इन्तजाम एयरलाइन्स ने होटल में कर दिया है।

"तो इसे होटल में छोड़कर हम लोग..."

उन दोनों में फिर से बातचीत हुई।

"कार कहाँ है?"

हंसा यह सोच रहा होगा कि पहले जाने का निर्णय हो। उसने उसे इशारे से बुलाया।

होटल एयरपोर्ट से बहुत दूर नहीं था। वह आगे की सीट पर बैठ गया। पीछे बैठी वह फ्रेंच युवती बेला लगातार बोलती जा रही थी। अप्पू बीच-बीच में हामी भर रहा था।

होटल के पोर्टिको पहुँचने पर अप्पू ने ड्राइवर से सामान उतारने को कहा।

"क्यों? यहाँ क्यों?"

"यहीं ठीक रहेगा। बाबूजी, आप तो अभी भी उसी जगह, उतनी दूर रह रहे होंगे।"

"सिर्फ एक घण्टे का सफर है।"

होटल के दो कर्मचारियों ने सामान बाहर उतारा। वे काउण्टर पर जाकर चेक-इन करने लगे। उसे बेचैनी होने लगी। मिसेज डिसूजा बिना सोये उनकी राह देख रही होंगी। स्मिता और राजेश को लेटने पर भी नींद नहीं आएगी। डिसूजा के फ्लैट से लाये कैसरोल में खाना रखकर जयश्री पुराने किसी कुर्ते का बटन ठीक कर रही होगी।

अप्पू सामान ले जानेवाले पोर्टर के पीछे-पीछे जा रहा था। एक बार उसने

मुड़कर देखा। वह भी उनके पीछे हो लिया। यह लड़की कौन थी? दोस्त या सहयोगिनी या प्रेमिका?

यह नाटी लड़की किसी भी दृष्टि से सुन्दर नहीं लगती थी।

इस होटल को उसने सिर्फ बाहर से ही देखा था। दीवारों का बैंगनी रंग। डोमेस्टिक एयरपोर्ट के एकदम पास। बाहर से पता नहीं चलता कि भीतर कितना तामझाम है। लम्बा गलियारा जिस पर कार्पेट बिछाया गया था, वह अन्तहीन लगा।

कमरे में जाकर अप्पू ने पोर्टर को पैसे दिये। न जाने कितने दिये होंगे।

फ्लास्क का ठण्डा पानी गिलास में भरकर लड़की अप्पू को देखकर मुस्करायी। गले को छूकर उसने कहा, ''थर्स्टी।''

अप्पू सोफे पर बैठकर जूता खोलने लगा।

वह मेज के आगे कुरसी सरकाकर बैठ गया।

अप्पू ने कहा, ''जेट लेग।...कुछ लोगों को विमान से उतरते ही शुरू हो जाती है। बेला बहुत थक गयी है।''

लड़की पानी पीकर बिस्तर पर बैठी बात करने लगी। अप्पू ने उसका अनुवाद किया। भारत उसे बहुत पसन्द आया है। बहुत दिनों से वह भारत आने के बारे में सोच रही थी।

उसने पूछा, ''खाना?''

''दो बार डिनर खाया था। फ्लाइट में टाइम का जो फर्क पड़ा, इसलिए।''

दो उँगलियाँ हिलाकर अप्पू ने 'दो बार' का इशारा किया। अप्पू बोलते वक्त इशारे ज्यादा करता है, उसने इस बात पर गौर किया था।

''बेला का पिता इटालियन है। माँ फ्रेंच।''

बेला समझ गयी कि बात उसी को लेकर हो रही है। वह हँस दी। छोटा-सा बैग उठाकर वह बाथ-रूम चली गयी। अब बाप-बेटा अकेले थे।

''मैंने घर पर कह रखा है कि तुम आओगे।''

''बेला थक गयी है।''

''तुम्हारे साथ काम करती है?''

''वह फ्रेंच की अध्यापिका है। कनाडा में फ्रांसीसी भी काफी हैं। यह बात लिखने से रह गयी थी। पिछले महीने हमारी शादी हो चुकी है।''

''ओह, यह बात है!''

उसे समझ में नहीं आया कि क्या उसे बधाई दे या आशीर्वाद दे?

''एम्बैसी में रजिस्ट्रेशन किया था। छोटी-सी पार्टी दी थी। उसके फोटो हैं। बेला की अटैची में होगा। या शायद बाहर कहीं रखे हों।''

बिस्तर से बैग उठाकर अप्पू ने उसमें से फोटो निकाले। जरीदार सफेद कपड़ों

में बेला, सूट पहने अप्पू। हाथों में फूलों के गुच्छे पकड़े दोनों खड़े थे। पार्टीवाले चार चित्र और विवाह के फोटो की चार कॉपियाँ थीं।

बेला बाथरूम से आयी तो वह उसे देखकर मुस्कराया। फिर चित्र देखने लगा।

उसे याद आया, ड्राइवर उनका इन्तजार कर रहा होगा।

''बाबूजी, आपके बारे में मैंने बेला को बताया है। उसे मालूम है कि आप पेण्टर हैं।''

लड़की उन्हें बड़े आदर से देख रही थी। फिर उसने कुछ कहा। अप्पू ने उसका अनुवाद किया। माण्ट्रियाल में उसका घर है। वहाँ मेहमान का अलग-से कमरा है। वहाँ जाकर रहें, तो ज्यादा चित्र बना पाएँगे।

फैण्टम के चित्रों में रंग भरना ही अब उसका काम था। गनीमत है कि यह लड़की इस बात को जानती नहीं।

एक बार अखबार का दफ्तर देखने स्कूली लड़के आये थे। केबिन के दरवाजे पर खड़े उसकी कारीगरी देखकर वे चकित हो गये। वे लगातार फैण्टम के साहसी दृश्य देखा करते थे। उसे बनानेवाला यही आदमी है! जब वह अमरीकी कला एवं लीफालक के सम्बन्ध में उन्हें बताने लगा, तो लड़कों का गाइड बोला, ''छोड़िए भाई साहब! लड़के यों सोचें तो, हर्ज क्या है! उन्हें आप पर ही गर्व हो।''

उसने फोटो वाली पैकेट रख दी तो अप्पू ने कहा, ''चाहें तो एक फोटो ले लें। वेडिंग-फोटो।''

''ठीक है।''

लड़की ने कैनवास के जूते खोलकर मोजे उतारे। फिर अपने बैग से कोई ट्यूब उठाया। अपने पैरों की उँगलियों पर क्रीम लगाने लगी।

किसी उपयुक्त विषय पर बोलने के लिए अपने मन के जंगल का झाड़-झंखाड़ हटाने लगी। वह बेचैन बैठा था। सदी की सबसे भारी वर्षा, दूर समुद्र पर उठी आँधी—विषय मिल गया तो उसे राहत मिली। उसने अप्पू को भारी वर्षा के कारण शहर के जीवन के अस्त-व्यस्त हो जाने की बात बतायी। अप्पू सोफे पर सिर टेके आँखें मूँद रहा था। उससे पूछा, ''क्या तुझे नींद आ रही है?''

''जी नहीं, फ्लाइट में सोता ही रहा।''

उसे प्यास लगी। वह उठा और पानी पीकर लौटा। हंसा को मन ही मन शुक्रिया अदा करके एक सिगरेट और जलाया। बाहर गलियारे से ट्रॉलियों के गुजरने की आवाज सुनाई पड़ती थी। खिड़की से एयरपोर्ट दिखाई नहीं देता। होटल का यह पिछवाड़ा होगा।

''अप्पू, तुम्हारी छुट्टी कब तक है?''

''सेवन्थ अगस्त को लौटना है।''

''तब इधर छह तक?''

''नहीं, वाया दिल्ली...बेला को दिल्ली देखना है। ऐसा ही बुकिंग किया है।''

उसके मन में द्वन्द्व हुआ कि क्या अप्पू को बता दिया जाए कि बच्चे तुझे देखना चाहते हैं। आखिर उसने कह दिया।

''क्यों नहीं?'' अप्पू ने हँसने की कोशिश की। फिर कुछ सोचकर उसने पूछा, ''बाबूजी, क्या चोट्टानिक्कश के मन्दिर में शादी नहीं हो सकती?''

''हाँ, हो सकती है।''

अप्पू ने जूता उतारते हुए कहा, ''बेला चाहती है कि हमारे रीति-रिवाजों से एक शादी और हो। फिर प्रेत उतारने वाली पूजा की तस्वीर भी खींचनी है। शी इज़ ऐन एक्सीलेण्ट फॉटोग्राफर।''

बेला धीरे-धीरे तकिये के सहारे सोने का उपक्रम कर रही थी। वह उठा।

''तो मैं...''

''जी, आप चलें।''

अप्पू ने पत्नी को बुलाया।

वह उत्साह से उठी।

उसे लगा क़ि ससुरजी विदा ले रहे हैं। पर वह सोच रहा था कि जाते हुए इससे क्या कहे। 'वेलकम्? गुड टु सी यू? या कि नाइस टु हैव मेट यू?'

वह सामने आकर शू-लेस ठीक करने जा रही थी...

नहीं, वह ससुर के गन्दे जूतों पर शायद सिर नवा रही थी। वह फिर उठकर कहने लगी, ''पिताजी!''

फिर वह उसे गले लगाने लगी।

वह तो एकदम घबरा गया था। उसने बहू के सिर पर हाथ रखे। उसके शब्द ओठों से बाहर नहीं निकल रहे थे। उसने अपने मन में कहा दोनों सुखी रहें।

तब अप्पू ने भी उसके पैर छुए मानो कोई छूटा हुआ काम पूरा कर रहा हो। उसने बेटे को अपने गले से लगाया।

''ईश्वर तुम्हारा भला करे?''

दरवाजे पर आकर उसका आत्मविश्वास लौटा। हँसते हुए उसने दोनों से हाथ मिलाया। फिर मुड़कर तेजी से चला गया।

पानी से गीली सड़क प्राय: सूख गयी थी। आसमान पर अब बादल नहीं थे। हंसा की कार का स्टीरियो बज रहा था। 'एक दो तीन'...शाम को इसे कोई लड़की गा रही थी, अब लड़का गा रहा था।

जब वह कॉलोनी पर टैक्सी से उतरा तो सारे मकान अँधेरे में डूबे थे। सिर्फ तीसरी मंजिल के फ्लैट से रोशनी निकल रही थी। क्या बच्चे अभी तक सोये नहीं थे?

राजेश ने दरवाजा खोला। लम्बे मोजे, जूते, 'वेर्लड चैम्पियन' वाला टी-शर्ट—ओह, मेहमान का स्वागत करने की वेश-भूषा हल्के पीले रंग की साड़ी पहने जयश्री। उसने जूड़ा बाँध रखा था। दीपावली को खरीदे गये लाल-पीले रंग का सलवार-कमीज पहने हुए स्मिता। क्रिसमस की अधूरी वाइन-बोतल थामे मिसेज डिसूज़ा। फूलदान में फूल सजे हुए थे।

वह दरवाजा बन्द करने मुड़ा, तो सवालों की बौछार होने के पहले ही उसने बता दिया, "अप्पू नहीं आया।"

"क्यों?"

"मौसम..."

मिसेज डिसूजा खड़ी हो गयीं—"मैंने कहा न? तीन सौ किलोमीटर की रफ़्तार से आँधी चल रही थी।"

किसी की ओर देखे बिना वह सीधे अपने शयन-कक्ष में चला गया।

क्यों इन्हें विस्तार से समझाऊँ? बाईस घण्टे लगातार विमान में बैठे रहने की थकावट इन्हें कैसे समझाऊँ? क्या ये लोग उसे समझ पाएँगे? जेट-लेग क्या है—इन्हें पता नहीं। फिर कभी बताऊँगा। उसने सिर झुकाया था। पैर छुए थे। आश्चर्य, कि गन्दे जूतों पर उसकी उँगलियों के निशान थे! इन निशानों के चले जाने के पहले एक बार बताना होगा। उसका एक शब्द गलत था...पिताजी!

उसने प्रणाम किया था।

बस, यही काफी है।...हे भगवान! मेरे लिए यही पर्याप्त है। वह पलंग पर लेट गया।

क्या आँधी एक बार फिर तेजी से आ रही थी, जिसने खुला आसमान दिखाकर लोगों को धोखा दिया था। चारों ओर से तेज आवाजें। सारे मकान काँप उठे। विमान के उतरने तक कुछ अघटित नहीं हुआ, यही ईश्वर की कृपा है।

कौन हैं जो चारों ओर पैरों से रौंदा जा रहा है?

"डैडी, आप रोते क्यों हैं?"

वह अचानक उठ गया।

"किसने कहा था? तूने कि राजेश ने? सब चले जाओ। मुझे किसी के सहारे की जरूरत नहीं। मैं क्या गिरूँ? मैं क्यों रोऊँ? चले जाओ।"

कोई उसके पैर छूने सिर झुकाये खड़ी थी, यह दृश्य आँखों से ओझल न हो जाए।

तुम्हारा भला हो! भला हो।

इधर कौन फुसफुसा रहा था। कौन रो रहा था?

वह दीवार से पीठ लगाये लेटा हुआ था। कमरे से होकर हवा का झोंका धीरे-धीरे बाहर समुद्र-तट पर चला गया। समुद्र में आँधी का नृत्य। कमर पर हड्डियों के टुकड़े लटकाये राक्षस। सींगों वाला उसका किरीट। काले समुद्र पर राक्षस का पैशाचिक नृत्य हो रहा था। हाथों में तोड़े गये तारे थे। काली लहरों ने, मानो पहले खींची गयी तस्वीर को डुबो दिया हो।

उसने इस प्रार्थना के साथ आँखें मूँद लीं कि जागने पर भी कम से कम यह दृश्य बना रहे, खो न जाए।

शिलालिपि

बेनेडिटो क्रोचे की उन पंक्तियों से ही शुरू करेंगे, प्रोफेसर गोपालनकुट्टी ने यह पहले ही तय कर लिया था। 'अगर इतिहासकार को किसी पक्ष से अपने को अलग रखना हो, तो वह राजनीति या विज्ञान में हिजड़ा होगा। इतिहास में शोध हिजड़ों का काम नहीं।' —बेनेडिटो क्रोचे।

कोई नहीं जानता कि उसने क्रोचे की किताबें पढ़ी ही नहीं। राधाकुमुद मुखर्जी के किसी उद्धरण को उसने सौभाग्य से देख लिया था। अपने विभागाध्यक्ष की सन्तानें नहीं थीं। वह रोज उसकी गलतियाँ ढूँढ़ निकालता था। किसी सेमीनार में उसे नहीं भेजना था। हिजड़ा शब्द का प्रयोग उसके लिए सही होगा, जो उस पर तीर के समान लग जाए।

चूँकि रात को वोल्टेज कम होता था इसलिए गाँव के उस पुराने घर में धुँधली रोशनी ही मयस्सर होती थी। इसके बावजूद उसने पूरी तैयारी से अपना पेपर तैयार किया। उसे यह डर नहीं था कि नींद उसके साफ-सुथरे विचारों को डुबो देगी, बल्कि उसके पिताजी ने, जो प्राइमरी स्कूल के शिक्षक थे, उसे बचपन में कभी समझाया था कि कोई भी काम कल के लिए नहीं छोड़ना चाहिए। गोपालन को अभी इस बात पर गर्व था कि उसने अपनी छियालीस साल की वर्तमान उम्र तक उनके उपदेशों का पालन किया है।

सवेरे उठकर उसने अपने रात के लिखे को फिर से पढ़ा।

बस एक वाक्य और जोड़ दिया : कोता इरवी का समय : ई. सन् नौवीं सदी।

जब वह रसोईघर में पहुँचा तो उसे आश्चर्य हुआ कि उसकी बेटी जाग चुकी थी और वहाँ बैठी थी। छुट्टियों में रात बारह बजे तक स्टार टी.वी. देखती थी इसलिए अगले दिन सुबह नौ से पहले वह उठ नहीं पाती थी। सरला कहती, "छुट्टियाँ हैं, उसे सोने दो।" माँजी ने उसे चाय दी। फिर वे रसोई वाले कुएँ से पानी भरने चली गयीं।

"पानी भरने की वह जंजीर कहाँ है?"

"उसकी मरम्मत करने वाला कोई मिले, तब न?"

माँजी अपने हाथों से पानी खींचती थीं। छह बार उन्होंने ताँबे की बाल्टी में पानी भरा। रोज उन्हें कितनी ही बार यह काम करना पड़ता था।

इधर कोई भी काम करने को आदमी नहीं मिलता।

मच्छर काटने से बेचारी रेणु की देह पर निशान उभर आये थे।

रेणु ने हाथ पर मच्छरों के काटने के निशान देखते हुए कहा, "यहाँ के मच्छर देखने में छोटे हैं पर घाव गम्भीर करते हैं।"

इधर पंखा नहीं था। कालीकट में घर के स्टोर-रूम में एक पुराना टेबल फैन पड़ा हुआ है। उसने कभी कहा था कि उसे गाँव ले आया जाए। सरला ने उसकी बात तो सुनी, पर हामी नहीं भरी। इसलिए उसे ले आने का साहस नहीं हुआ। घर आते वक्त उसने माँजी से बात पक्की करने, उन्हें मनाने को कहा था।

इस बार जब वह शिलालिपि की तस्वीर खिंचवाने निकला, तो उसने फिर से उस बात की चर्चा नहीं की।

"वो बात। मैंने पहले ही कहा था। इस बार जरूर माँजी से बात करेंगे।"

सवेरे रसोईघर में सभी व्यस्त रहते थे। जब तक बूढ़ी नौकरानी नहीं आ जाती, तब तक माँजी काम में लगी रहतीं। उसके बाद माँजी से कह दूँगा।

"माँजी! मैं थोड़ा टहल आऊँ।"

जहाँ तक हो सके, वह पैदल चलने का कार्यक्रम नहीं टालता। उसके कुछ दोस्तों की राय है कि वह सिर्फ पैंतीस साल का लगता है। क्यों? पैदल चलने के कारण। सोमवार और गुरुवार को तैल स्नान। सिगरेट पीता नहीं। उसे शराबवाली दो पार्टियों में जाना पड़ा था। उसे आश्चर्य होता कि इस बदबूदार पेय को पीने में लोगों को पता नहीं क्या मजा आता है।

जब वह रसोई के सामने वाले आँगन में आया तो माँ ने पूछा, "तुम ताई को देखने जाओगे न गोपी?"

उसने हिचकिचाते हुए कहा, "मैं तो..."

"तुम बता रहे थे कि शाम को चलोगे। वे बुजुर्ग हो गये हैं। अब की बार देख आओगे तो ठीक। वरना अगली बार..."

माँजी बहत्तर की हो गयी थीं। उनकी दीदी अभी जिन्दा थीं, शायद इसलिए वे कभी नहीं कहतीं कि मैं बूढ़ी हो गयी हूँ।

तभी रेणु ने कहा, "पिताजी, मैं भी चलूँगी।"

माँजी और रेणु आँगन तक आयीं।

"दीदी, क्या मैं कपड़े बदल लूँ?"

वह सिर्फ बारह साल की थी। सोचती थी पड़ोस में जाने के लिए कपड़ा बदलना जरूरी होता है।

"हमें अपने ऊपरवाले घर में ही तो जाना है। वहाँ जाने के लिए कपड़े बदलने की जरूरत नहीं।"

बँटवारे के बाद अपनी जमीन पर बालकृष्ण भैया ने जो घर बनवाया था, वह सड़क शुरू होते ही पड़ता था।

बड़ी मौसी बरामदे के खम्भे से टिककर पान चबाये जा रही थीं। वे उसे ध्यान से देख रही थीं।

अब भी उनकी आँखों की रोशनी कमजोर नहीं हुई थी। बस थोड़ा ऊँचा सुनती थीं।

"कोई कह रहा था कि तू कल आया है। हाय! रेणु बिटिया भी साथ है। आ बेटी, इधर आ जा।"

वह लजाती हुई खड़ी रही।

"बड़ा लड़का क्यों नहीं आया।" थोड़ी देर सोचने के बाद मौसी ने पूछा, "वो बाबू..."

"उसकी परीक्षा अभी खत्म नहीं हुई। इस बार एस.एस.एल.सी. दे रहा है।"

उसे वहाँ ज्यादा समय रुकने का विचार नहीं था। साढ़े नौ बजेवाली बस में पिषारटी और फोटोग्राफर आएँगे। वह मौसी से उनके बच्चों का हालचाल पूछने लगा। यह तो गाँव की रीति थी। बालकृष्ण भैया पालक्काड में थे। शनिवार और इतवार को घर आते थे। कुट्टन भैया मद्रास में किसी प्रशिक्षण के लिए गये हुए थे। छह महीने और लगेंगे। सरोजिनी और उसका परिवार कोयम्बटूर में है। कुट्टन भैया की पत्नी ही फिलहाल मौसी के साथ रहती थी।

"मालती! गोपी एवं बिटिया आये हैं। जरा जल्दी चाय बनाओ।" मौसी ने अन्दर झाँककर कहा।

"जी नहीं, मौसी! मैंने अभी-अभी चाय पी है। ज्यादा चाय मैं पीता नहीं।"

"रेणु तो चाय-कॉफी पीती नहीं। पर वह दूध पिएगी।" कुट्टन भैया की पत्नी ने कहा।

"अरे अभी तू उस तरह क्यों खड़ा है? इधर बैठ, गोपी।" मौसी ने बैठने का आग्रह किया।

"मुझे जाना है, मेरे कुछ मित्र यूनिवर्सिटी से आ रहे हैं। मौसी, अब आपको कोई तकलीफ तो नहीं है न?"

"नींद नहीं आती। खाने में स्वाद नहीं आता। अब केवल यही प्रार्थना है कि मैं बला बनकर घरवालों को कष्ट न दूँ।"

कुट्टन भैया की पत्नी चाय ले आयीं। रेणु के लिए हॉर्लिक्स भी। उसने चाय

जल्दी पी। जब बिटिया को गिलास पकड़े यूँ ही बैठे देखा तो उसे लगा कि इसे पीने के लिए उसे आधा घण्टा लगेगा। उससे धीरे से कहा, ''तू, जल्दी से पी ले।''

''सुना कि तू घर बनवा रहा है?''

''अभी शुरू नहीं किया। सरला की टाउन में कुछ जमीन है।''

''यह अब जरूरी काम है। वह इधर क्यों नहीं आती?''

''जब बाबू की परीक्षा पूरी होगी, तब आएगी। अच्छा बड़ी मौसी, मैं चलूँ। मैं फिर कभी आऊँगा।''

मैंने आने की योजना बनायी है। चार-पाँच दिन रहना होगा। एक और शोध-कार्य की रूपरेखा मेरे मन में है। कारक्कुलम पहाड़ी के चीतों का वन कभी बौद्ध विहार रहा होगा। चार-पाँच मजदूरों के सहारे वहाँ खुदाई का काम शुरू करवाना होगा।

वह रोज पैंतालीस मिनट पैदल चलता था। अबकी बार उसे तीस मिनट में सीमित करेगा। पहाड़ी के ढलान से होकर खेत को पार करते हुए उसके घर की दूरी करीब दो किलोमीटर होगी। रेणु के साथ होने से पैंतीस मिनट लगा होगा।

रास्ते में उसने बेटी को समझाया, पहले इधर जामुन के पेड़ थे। नदी के पार जो बरगद के पेड़ दिखते हैं, उस तरफ मेरे पिताजी का घर था। वे लाल रंग के पेड़ दिखते हैं, हम बस पकड़ने वहीं जाते थे। इस रास्ते से चार मील चलकर उस पहाड़ी को पार करके मैं हाई स्कूल जाया करता था। यही कोई छह मील की दूरी मैं तय करता था।

उसकी बेटी सुन रही थी।

बच्चों को इसे जानना चाहिए। उसे सवा आठ बजे बस अपने दरवाजे पर मिल जाती है। हालत यह है कि उसकी चाची का घर, जो सिर्फ आधा मील दूर है। जाने के लिए अपने पिता की कार मँगवाती है।

उसने अपनी चाल तेज की। बिना पैदल चले, शारीरिक श्रम न करने की वजह से लोग मधुमेह के मरीज हो जाते हैं।

बाबू इधर आना नहीं चाहता। कहता है, यहाँ सारे घर में तिलचट्टे घूमते हैं। बाहरवाले पाखाने पर अठपाइयाँ हैं। ढलान पर उतरते हुए उसने बेटी से कहा, ''इसके आगे एक नदी है। वर्षा के समय वह जल-प्रपात बन जाती है। हम बचपन में वहाँ जाकर खेलते थे।''

बेटी को नदी देखने की इच्छा हुई।

''अब शायद ही उसमें पानी होगा।''

टूटी हुई बाड़ से होकर वह अहाते में पहुँची। बाँसों के झुरमुट के नीचे नदी बह रही थी।

"यहीं से देखना। नीचे मत उतरना।"

गोल लेखे-जोखे को पढ़ने में उसने गलती नहीं की थी। फिर भी एपिग्रैफिस्ट पिषारटी ही उसे पढ़कर सही-गलत का निर्णय कर सकता था। इतिहास विभाग का वही विशेषज्ञ था।

बेटी बाँस के झुरमुट से निकलकर भागी-भागी आयी। बोली, "पिताजी, पिताजी वहाँ कोई औरत गिर पड़ी है।" वह उसके पीछे-पीछे जाकर अहाते की सीमा पर पहुँचा। नदी के किनारे वाली झाड़ी की आड़ में कोई गिरा पड़ा था। हाँ, वह कोई औरत ही थी। उसकी मैली धोती का आधा हिस्सा खुल गया था। भूरे रंग का लहँगा बाहर दिख रहा था। तभी उसने कराहने की आवाज सुनी।

"हाय!" वह चीख पड़ी। बोली, "पिताजी! मैं जाकर देखूँ?"

"हम दोनों चलते हैं। शायद मिर्गी की बीमारी से वह अचानक गिर पड़ी हो।"

जब वह चलने लगा तो बेटी ठिठककर खड़ी हो गयी।

"पिताजी, आप नीचे उतरकर उसे देखते क्यों नहीं?"

"अपना मुँह बन्द कर और मेरे साथ चल।"

उसने चलते हुए पीछे देखा। क्या बेटी फिर से वहीं खड़ी रहना चाहती थी। पर वह मुँह फुलाये पीछे-पीछे चली आ रही थी।

वे खेत में पहुँचे तो ताड़ीवाला चन्तु सामने आ गया। उसने पूछा, "कब आये?"

"कल।"

उसने बेटी को समझाते हुए कहा, "अगर इस चन्तु ने कराह सुनी होती तो वहाँ जाकर जरूर देखता। उस तरफ कुछ घर हैं। उनमें से कोई नदी जाते हुए..."

उसे लगा कि बेटी कुछ बुदबुदा रही थी।

"क्या है?"

"कुछ नहीं।"

"तूने कुछ कहा?"

"नहीं तो।"

जब वे घर में पहुँचे तो वह दौड़कर अन्दर चली गयी।

जब गोपालनकुट्टी नीचेवाले बरामदे में पहुँचा, तो माता जी बाहर आ गयी थीं।

"गोपी, क्या कोई नदी की तरफ पड़ी हुई है?"

मतलब, बेटी ने रास्ते में जो दृश्य देखा था, उसकी सूचना माँजी तक पहुँचा दी थी।

''मैंने देखा नहीं। लगता है कि कोई औरत होगी।''

रसोईवाले आँगन के पास जाकर माँ ने किसी से कहा, ''अरी कुरुम्बे, जरा जाकर देख। कोई नदी के पास गिरी पड़ी है।''

वह फौरन दक्षिणी कमरे में चला गया। वैसे नाम के लिए यहाँ चार कमरे थे। मगर किसी में रोशनी नहीं थी। वे इतने छोटे थे कि चलने-फिरने की जगह नहीं थी। कहीं भी दाढ़ी बनाने लायक आईना नहीं था। पासवाले कमरे से पानी लाकर उसने साबुन लगाया। टूटे फ्रेम वाले आईने में रोशनी नहीं पड़ती थी। माताजी अकसर शिकायत करती हैं कि सरला और बच्चे यहाँ आकर नहीं रहते। वे कैसे आते? आईने के पीछे से तिलचट्टों से अपना स्वागत कराने?

कारक्कुलम् पहाड़ी के चीतों का वन बौद्ध विहार ही रहा होगा। आलंगार मन्दिर की मूर्ति के लम्बे कान, आँखें, बन्द चेहरा—भगवान! पहले इस पर सोचा क्यों नहीं? भगवान बुद्ध या जैन-तीर्थंकरों में कोई... ?

बाहरवाले स्नानागार से वह बाहर आया। माँजी नौकरानी से बहस कर रही थीं।

''तूने ठीक से देखा था, कुरुम्बे?''

''जी, मालकिन।''

'' 'ताइवलप्पिळ' घर की लड़कियों को तू जानती है न? कौन थी, जानू कि पद्मावती? तूने पास जाकर देखा था?''

तभी उस औरत की माँ काली एक टोकरी लिये वहाँ आ गयी।

''छोकरी ने कहा तो मैंने जाकर देखा। वह पद्मावती थी।''

''बीमारी के कारण गिर गयी होगी।''

''नहीं मालकिन! कोई जहरीली चीज पी ली होगी।''

गोपालनकुट्टी ठिठककर रुक गया। अचानक माँजी और नौकरानी बहुत धीमे-धीमे बात करने लगीं।

जब वह कमरे की ओर बढ़ा तो उसे सुनाई पड़ा, ''हाय भगवान। यह बदचलन लड़की और क्या-क्या सुनाएगी?''

जब माँजी को दुःख या क्रोध आता, तब उनका गला भर जाता था।

नौकरानी बोली, ''कल रात को ही उसे कुछ लोगों ने देखा था। उसके घर जाकर खबर भी दी पर छोकरी की माँ पर कोई असर नहीं हुआ।''

ताइवलप्पिळ घर की नारायणी की सबसे छोटी लड़की थी पद्मावती। उसे बचपन में कभी देखा होगा। उसकी बड़ी बहिन चम्मू, जो गोरी और गोल चेहरेवाली थी, जिसके ओठों पर काला मस्सा था और उसकी आँखें चमकती रहती थीं।

उसने धोती-कुर्ता बदला। कन्धेवाले थैले में नोटबुक रखे और तैयार हो गया।

वह जब माँजी के पास खाना खाने बैठा तो वे रेणु को खिला रही थीं।

''बस, दादी।''

उसने बेटी को गौर से देखा। उसका अर्थ वह समझती है। घर से निकलते हुए उससे कहा था। उधर अण्डा-टोस्ट कुछ नहीं मिलेगा। जो मिले, उसे खाना होगा।

माँजी ने प्लेट में इडली रखते हुए कहा, ''देखो कैसा अनर्थ हो रहा है। हमारी नारायणी की छोटी लड़की...''

वह कुछ बोला नहीं। तभी बाहर से छोटे मामा आ गये। यहाँ से तीन मकान पहले उन्होंने ससुराल का पुराना मकान तुड़वाकर अपना नया बँगला बनाया था। वे रहते तो वहीं थे, पर गाँव की नेतागिरी यहीं बैठकर करते थे।

''सुना कि गोपी आया है।''

''राघव, तूने सुना क्या कि ताइवलप्पिळ घर की...''

राघव मामा खाने के पीढ़े पर बैठ गये। बोले, ''सुना है, दीदी! तड़के ही कुंजिकृष्णन् ने आकर बता दिया था। उसके बाद से जो भी मिलने आया, बढ़ा-चढ़ाकर वही किस्सा सुनाता गया।''

वे फिर कुछ बताने जा रहे थे, मगर रेणु को देखकर वे चुप हो गये। रेणु सिर झुकाये बैठी थी।

रेणु खाना खाकर उठ गयी। उसने दादी को और जिद करने का मौका नहीं दिया।

''सुनिए मालू दीदी! कल रात ही कुट्टिरामन ने जाकर कहा क्या था, मालूम है आपको? तुम्हारी लड़की नदी में गिर पड़ी है। तो उन्होंने कहा कि बला टले तो टले।''

यह सुनकर माँजी सिहर उठीं।

''अजीब स्वभाव है उस कलमुँही का।''

''वैसे, दूसरी लड़की के कारण हुई बदनामी को लोगों ने भुला रखा था। तभी यह हादसा...''

उसने जल्दी खाना खाया। अन्दर टँगे गमछे से हाथ पोंछा। वह मुँह पोंछने लगा तो बदबू का एहसास हुआ।

''माँजी, जरा साफ गमछा क्यों नहीं रखतीं?''

''कल ही तो धोया है।''

राघव मामा उसके निकट आये। ''मैं तुम्हारे घर आने की सोच रहा था, गोपी। भार्गवी को कहीं बी.एड. में भरती करवाना है।''

''जून में देखेंगे।''

"जब मैंने पूछताछ की तो पता चला कि अठारह-बीस हजार देने होंगे। दे देंगे। अब सिफारिश भी चाहिए। हम किसको पटाएँगे?"

"मैं पता करके बताऊँगा।"

गोपालनकुट्टी बरामदे में आया। साढ़े नौ बज चुके थे।

मामाजी बरामदे पर काठ की आरामकुर्सी पर बैठ गये।

तभी कुमारन मास्टर, जो कि वैद्यशाला की एजेन्सी चला रहा था, आ पहुँचा। "राघवन नायर, आपने सुना नहीं?"

"सुना। अगर माँ नहीं चाहती तो औरों को क्या पड़ी है।"

गोपालनकुट्टी थोड़ी दूर जाकर खड़ा रहा। मास्टर चाहता है कि सवेरे किसी हाजियार से मिलकर वे किसी दुकान की खरीदारी की बात पक्की करें। मामाजी बिचौलिया रहें। कुमारन मास्टर के साथ फौरन चलने को वे तैयार नहीं थे। गोपालनकुट्टी जानता है कि विक्रेता एवं खरीदार को मिलाये बिना वे दोनों से कमीशन लेना चाहते हैं।

माँजी बाहर आयीं।

"मास्टर, आप तो वैद्य हैं। पता नहीं उस छोकरी ने कौन-सी जड़ी-बूटी होगी।"

मास्टर दहलीज में बैठ गया।

"बहनजी, ऐसों को डॉक्टरों के पास ले जाना चाहिए। उल्टी करवाने की दवा होती है। नहीं तो वे एनिमा देते हैं। यही करना चाहिए।"

"डॉक्टर ही सही। पर कोई उसका प्रबन्ध क्यों नहीं करता?" राघव बोला।

"दीदी, आप चुपचाप बैठी रहें, यही अच्छा होगा। किसी की तकदीर बदली नहीं जा सकती। इसमें सिर खपाने से कुछ नहीं होगा।"

राघव मामा स्वर दबाते हुए बोले, "पोस्टमार्टम...पुलिस इनवेस्टिगेटिंग... जानती हैं, तमाम झंझट हैं।"

गोपालनकुट्टी बरामदे के पश्चिम की ओर चला गया। वहाँ बैठकर उसने उस कॉपी-बुक को बाहर निकाला, जिसमें कल रात को कुछ दर्ज किया था।

रेणु धीरे-धीरे उसके पास चली आयी।

"क्यों?"

उसने इशारे से कहा कि कुछ नहीं है।

वह यूँ ही यादों से उस मूर्ति की तस्वीर खींचने की कोशिश कर रहा था, जिसके लम्बे कान थे।

रेणु ने धीरे से पूछा, "पिताजी, वे लोग डॉक्टर को क्यों नहीं बुलाते?"

"आएँगे। कोई लेने गया होगा।"

उसने सोचा कि बेटी का सवाल खतम हो गया है, वह अब चली जाएगी, पर वह खम्भे से पीठ टिकाये वहीं खड़ी रही।

"पिताजी, कौन-सा जहर खाया था उसने?"

"मुझे नहीं मालूम।"

जहाँ बस से उतरना था वह जगह पिषारटी जानता था। एक बार वह उसके साथ आया था।

साढ़े नौ बजे वाली बस घर के निकट वाले स्टॉप पर रुके बिना आगे चली गयी।

कुमारन मास्टर एवं मामाजी किसी सोच-विचार में पड़े थे। माँजी फिर से दहलीज पर आ गयीं।

"बस तो चली गयी, गोपी।"

"पता नहीं, वह बाजार में उतरेगा कि नहीं।"

"मैंने उस छोकरी को कुछ दिन इधर काम करने को कहा था। उसके घर गरीबी है। इधर तो तीनों समय खाना मिलता। तीन दिन इधर रही। फिर अचानक चली गयी।"

नारायणी का पति जब जिन्दा था तब भी उनकी हालत अच्छी नहीं थी। लोगों के यहाँ पुताई का काम करता था वह। नीचे गिरकर हड्डी तुड़वाकर लम्बे समय से बिस्तर पर पड़ा रहा। इस तरह तीन साल के बाद आखिर वह चल बसा।

किराये की दुकान की बात पक्की करने का राघव मामा ने एक और दिन और समय निर्धारित किया। कुमारन मास्टर उठ खड़ा हुआ।

"अभी चैत्र का महीना शुरू ही हुआ है, पर कैसी गर्मी है, सवेरे से। अच्छा फिर मिलेंगे, गोपालनकुट्टी। अब तो मन्दिर के त्यौहार के वक्त ही तुम आओगे।"

जब मामा सीढ़ियाँ उतरने लगे, तो माँजी ने पूछा, "उस लड़की का कुछ पता चला, राघव? दूसरीवाली की बात कर रही हूँ।"

"कौन जाने? हमारी नाजी अम्मा के लड़के कुंजुण्णी के लिए शादी की बात की थी। बड़ा मेहनती लड़का है... तभी इस कुलटा को बत्तख पालनेवाले ईसाई के साथ भागने की क्या सूझी। कहीं भी जाकर मर जाए?"

माँजी ने लम्बी साँस ली।

"वैसे तो वे भी हमारे रिश्ते में ही हैं पर क्या किया जाए!"

"सुना कि बड़ी वाली के उस नालायक पति ने फिर से शादी कर ली है। उसके दो छोटे बच्चे भी हैं।"

राघव मामा ने माँजी को देखा। उनके पीछे खड़ी रेणु को देखा। फिर उन्होंने गोपालनकुट्टी से एक राज की बात बतायी।

''शील-गुण अच्छा नहीं। माँ से ही बच्चे सीख लेते हैं। अपने कानों से काफी कुछ सुना है इनके बारे में?''

दो साल पहले वह जब गाँव आया था, तो नारायणी उसे देखने आयी थी। अपने पति की मृत्यु के कुछ दिन पहले। अखबारों में गोपालनकुट्टी के डॉक्टरेट पाने का सचित्र समाचार छपा था। नारायणी उससे तीन साल बड़ी थी पर बचपन में वह उसे उसके नाम से ही पुकारता था। नारायणी एक पुराना काला ब्लाउज और मैली धोती पहने थी। उसके चेहरे पर अवसाद मानो गहराया हुआ था।

''जब पता चला कि गोपी आया है, तो मैंने सोचा कि क्यों न आकर मिल लूँ।''

उसने मुझसे पत्नी और बच्चों का कुशल पूछा।

माँजी की दी गयी चाय पीकर नारायणी दीवार से पीठ टिकाये खड़ी रही। जब वह अन्दर चला गया तो माँजी उसके पीछे-पीछे भीतर आयीं।

''बड़ी मुसीबत में है बेचारी। कुछ पैसा दे दो, गोपी!''

राह-खर्च के अलावा उसके पास बहुत कम पैसे बचे थे। हर महीने घर के खर्च का अन्दाजा लगा के बाकी पैसे बैंक में जमा करता था। अगर जेब में ज्यादा पैसे लेकर चलता तो गैर जरूरी खर्च हो जाता। यह सरला की सीख थी।

''इसे कितना दूँ?'' माँजी से उसने पूछा।

''जो भी हो। उसके हाथों का बनाया खाना तूने कितनी बार खाया है!''

उसने नारायणी को पन्द्रह रुपये दिये। उसने माँजी का चेहरा देखा तो लगा कि उन्हें यह रकम कम लगी थी।

नारायणी कुछ देर और माँजी के पास रही। उसे लगा, वह पुरानी हँसी कहीं खो गयी थी। जब वह घर में काम करती थी, तब माँजी उसके ज्यादा हँसने पर गाली देती थीं। वह जब भी बात करती, पहले मुस्कराती। बात पूरी हो जाने पर ठहाका मारकर हँसती।

नारायणी शाम को नहा-धोकर आँगन बुहारने आया करती थी। सफेद कपड़ों में, ललाट पर भस्म लगाये। वह जब झाड़ू लेकर आँगन में पहुँचती तब वह कितनी साफ-सुथरी दिखती थी। न राख, न मैल। झुककर आँगन बुहारती तो उसके लटकते बाल मानो जमीन छूते थे। गोपालनकुट्टी बरामदे में बैठकर उसे देखता। ब्लाउज के बीच से दो सफेद...

''बदतमीज तू यह क्या देखता रहता है?''

एक रोज नारायणी ने उसकी चोर-नजर पकड़ ली। तब वह शर्म से पानी-पानी हो गया। फिर क्रोध आ गया। उसके मुँह में जो कुछ आया, बक दिया। फिर रोने लगा था।

नारायणी ने अपने घर लौटते वक्त उसके चिबुक को दुलारते हुए कहा था, "कोई बात नहीं। लड़कों को तो कुछ नटखट होना ही चाहिए।"

नदी में पड़ी पद्मावती की बात जब नारायणी को बतायी गयी, तो उसकी प्रतिक्रिया थी—चलो बला टली!

राघव मामा जो कहते थे, सही कहते थे। शील-गुण उसमें कम था, बचपन से। यह गोपालनकुट्टी को भी मालूम था। उसने एक बार इमली के फलों को छिपा रखा था। नारायणी ने उसके ट्राउजर की जेब में हाथ डालकर उसे उकसाया था। यह उस समय की बात है, जब वह सातवीं में पढ़ रहा था।

बारह साल की उम्र के किसी नादान लड़के को कभी-कभार किसी कोमल शरीर से थोड़ा सटे रहने की इच्छा होती थी। पर इसका यह अर्थ नहीं कि उसे जोर से अपने शरीर से सटाकर गालों और गले पर दाँत गड़ाये जाएँ। इधर-उधर स्पर्श कर उसको रोमांचित करे तथा बुरी आदतें सिखाये।

शायद इसलिए, जब वह दसवीं कक्षा में पढ़ रहा था, तो नारायणी के इर्द-गिर्द घूमा करता था। जब नारायणी चाकूवाले डण्डे से सहजन के पत्ते गिरा रही थी तो उसने उसे छिपकर देखा था। जब नारायणी अपने पंजों के बल उचकती तो उसके ब्लाउज के सेफ्टी पिन के खुलने से उसके स्तन बाहर निकल आते थे।...उसके यौवन की मादकता उसे हमेशा परेशान करती।

जब वह कॉलेज पहुँचा तो उसके क्लास में अट्ठाईस लड़कियाँ थीं। हर जगह यौवन की भरमार। अपने शील-गुण की रक्षा करते हुए वह कभी-कभार ही उनकी तरफ देखता था। चप्पलों में चमकते पाँवों की भंगिमा, लम्बी सुराहीदार गर्दन की बनावट, उनके माथे से उड़ता दुपट्टा—वह अपनी आँखों पर अंकुश डालने की भरपूर कोशिश करता था।

पर जब छुट्टियों में वह घर आकर रात को लेटने लगता, तो उन लड़कियों में कई सपनों में चली आतीं, वह सहम उठता। खिड़कियों के सींखचों से जो चाँदनी के टुकड़े अन्दर पहुँचते, उन्हें गले लगाता। उसने खुद को अनुशासित रखा।

अपनी चढ़ती जवानी में उसे नारायणी को देखने की इच्छा नहीं हुई। जब कभी उसकी तरफ देखता, तो विवाई से फटे उसके पैरों का गन्दा रूप ही आँखों को नजर आता। गर्दन की मैली रेखाएँ। जब वह खाना परोसने आती तो उसे एक बुरी गन्ध का एहसास होता। गनीमत थी कि उसके मन में कभी बुरे विचार नहीं आये।

क्या पिषारटी बाजार में उतरकर सीधे मन्दिर चला जाए? उसके भी इतिहासकार के नाते कुछ लेख वगैरह प्रकाशित हुए हैं।

गोपालनकुट्टी ने फौरन उठकर माँजी और रेणु से कहा, "उन लोगों का कुछ पता नहीं। मैं जरा मन्दिर जाकर देख लूँ।"

माँजी ने रेणु से कहा, ''बिटिया, तू जाएगी? जरा भगवान का दर्शन कर आना।''

उसने इनकार कर दिया।

खेत पार कर जब वह सड़क पर पहुँचा तो पालक्कल कुंजिराम मेनन को पीपल के नीचे बस का इन्तजार करते हुए देखा। दो साल पहले वे तहसीलदार के पद से रिटायर हुए थे। अब इस गाँव के स्थायी निवासी हो गये थे। सुना कि वे धीरे-धीरे सामाजिक कार्यक्रमों का नेतृत्व राघव मामा से छीनने की कोशिश कर रहे थे। जब वह वहाँ पहुँचा तो मेनन ने कहा, ''जरा रुको गोपी! सवेरे-सवेरे एक बुरी खबर सुनी...उस लड़की की हालत अब कैसी है?''

''जी, मालूम नहीं।''

बस पकड़ने के लिए वहाँ एक और आदमी आ गया। तेक्कुमत्तला कुंजिक्कुट्टन। मेनन ने पूछा, ''लोग कहते हैं कि लड़की का चौथा महीना चल रहा था। भई कुंजिक्कुट्टन कुछ पता है?''

अपने छाते को बन्द करके कुंजिक्कुट्टन ने पेड़ की छाया में खड़े उत्तरीय को झुलाते हुए कहा, ''चौथा नहीं, पाँचवाँ महीना। मेननजी, आप एक बात सुनेंगे? उस टीले पर कुछ छोकरे हैं। एकदम धूर्त। वे हर वक्त नारायणी के यहाँ डटे रहते थे।''

वह चलने को हुआ तो कुंजिक्कुट्टन ने उसे टोका, ''तुम कितने दिन रहोगे, गोपी भैया?''

''आज ही शाम को चला जाऊँगा।''

कुंजिक्कुट्टन उससे उम्र में बड़ा था। फिर भी वह उसे बड़ा भैया कहता था। जन्म तिथि दिखाकर इसे एक बार बताना होगा। बदतमीज लोग!

बीरान और गोविन्दन की दुकानों के बीच से होकर जल्दी मन्दिर पहुँचा जा सकता था। उसने वही रास्ता पकड़ा। गली में एक मिनी ट्रक में नारियल के रेशे लाये जा रहे थे।

''चलिए, चलिए।'' उसे जाने की अनुमति मिल गयी।

इन्हें इसी गली में नारियल का रेशा लादने की सूझी है। रेशे छूने से या नारियल के स्पर्श से सफेद शर्ट पर दाग पड़ सकते थे। उसे एक बार यह खयाल आया।

नाणप्पन गोविन्दन की दुकान के पास खड़ा बीड़ी पी रहा था। वह हैद्रोस और नीली वर्दीवाले मजदूरों से लड़की के विषय में बात कर रहा था।

''हैद्रोस, आरुमुखन् लड़का जो है न, वही चोर है। मुझे मालूम है।''

''अब तो सरकारी अस्पताल में, कोई पूछताछ नहीं होती। फिर भी ये लोग चौथे महीने तक...'' तभी नाणप्पन की नजर गोपालनकुट्टी पर पड़ी। उसने उसका स्वागत किया।

''गोपी जी, एक कप चाय हो जाए?''

''नहीं।''

जब मिनी ट्रक चला गया, तो गोपालनकुट्टी गली में घुसा। मन्दिर में टूटी-फूटी पाकशाला की मरम्मत चल रही थी। पहले जब मूर्तिगृह की मरम्मत चल रही थी, तो नींव के पत्थर के नीचे पत्थरों की एक और दीवार दिखाई पड़ी थी। राघव मामा ने मामूली बात समझकर कहा था कि वहाँ गोललिपि वाली शिलारेखा भी देखी गयी थी। तब मामी की आँखों के ऑपरेशन के सिलसिले में वह आया हुआ था। फौरन गोपालनकुट्टी ने अपने घर जाने की बस पकड़ी। पहले जो गलती उससे हो गयी थी, वह अब नहीं होगी। आलंगाहिटी में अठारहवीं सदी की शिलारेखा का सर्वप्रथम गोपालनकुट्टी को पता चला था। उसने प्रोफेसर को यह बात बतायी। उन्होंने ज्यादा दिलचस्पी नहीं ली। अगले दिन उसने जाकर वहाँ की तस्वीर खिंचवायी। जब अखबारों में समाचार पढ़ा तो उसे आश्चर्य हुआ। शोध-ग्रन्थों की सूचनाओं में प्रो.के.पी. पिल्लै के नाम का उल्लेख था।

कल्लियूर रेखा प्रो.पी.जी.के. नायर के नाम से ही जानी जाएगी। अमेरिकन विश्वविद्यालय को वह जो बायोडाटा भेजनेवाला है, उसमें इसका भी उल्लेख होगा। आगे उससे गलती नहीं होगी।

मन्दिर के अहाते में मजदूर काम कर रहे थे। मन्दिर के मालिक नम्बूदिरी जी का कारिन्दा वारियर उनपर नजर रखे हुए था।

''गोपालनकुट्टी, आओ...''

''काम ठीक से नहीं चल पा रहा है। गाँववालों ने चन्दा इकट्ठा करने की कमेटी तो बनायी थी, पर पैसा नहीं मिल रहा है। लोग उत्साह नहीं दिखाते।''

वारियर जी बुजुर्ग आदमी थे। ज्योतिष का अध्ययन किया है। संस्कृत के भी विद्वान थे।

''वारियर जी, इस जगह का नाम कल्लियूरत्तरा कैसे पड़ा? कोई वजह?''

''उस पर विचार किया जाना चाहिए।''

'' 'तुरा' यानी तुरमुख (बन्दरगाह) ही होगा। यहाँ बन्दरगाह कैसे सम्भव है?''

''नदी की दिशा बदल गयी होगी। वहाँ जो नजर आ रहा है, वही मुहाना है। पहले नदी इस तरफ से बहती होगी।''

उसने टूटी दीवारों से नदी की ओर की दूरी का अन्दाजा लगाया।

करीब तीन सौ गज की होगी।

पिषारटी नदी आया था। बेटी के प्रसव की बात कही थी। शायद उस कारण...

वह मण्डप के बाहर लगाये उस पत्थर के सामने खड़ा रहा, जिस पर शिलालिपि अंकित थी। गोललिपि कहीं-कहीं मिट गयी थी। अपना अध्ययन गलत नहीं था। 'वेट्टुमपरयूर देश के मालिक कोनै इरवी' ही है। क्या पंचम वर्ण-शासन में इसी ने गवाही दी थी? यही जानना मुख्य बात है। तब तो कनकसभापति का निष्कर्ष गलत है। डॉक्टर वणलि का सिद्धान्त ही ठीक होगा।

गोपालनकुट्टी जब घर लौटा तो वहाँ काफी लोग खड़े थे। फूफी का बेटा नारायण भैया आया था। वटक्कुमतलक्कल घर का एरोमन नायर, अर्जीनवीस कुट्टिकृष्णन नायर, पुन्नकुलत्तिल घर का उण्णि मेनन आदि भी। और तीन युवक भी थे। सब परिचित थे पर नाम याद नहीं।

माँजी दरवाजे पर खड़ी थीं।

"सब लोग यहीं बात करते हैं। यह कैसा झंझट है।"

रेणु माँजी के पीछे खड़ी थी। जहाँ लोग बैठे अफवाहें सुनाते हैं, वहाँ यह क्यों आकर खड़ी है?

उसने उसे इशारे से बुलाया और थैला अन्दर रख आने को कहा।

टीले के ढलान की पगडण्डी से अनुसूचित जाति का चान्नप्पन उतरता हुआ नजर आया।

"अब क्या हाल है, चान्नप्पन?" राघव मामा ने उत्सुकता से पूछा।

"काफी गम्भीर है। उधर से रोने-चिल्लाने की आवाज आ रही थी।"

एरोमन नायर सुपारी को काटते हुए उसे सूँघने लगा। बोला, "लगता है कि सुपारी पुरानी हो गयी है।" फिर उसने दूसरों को सुनाकर कहा, "धतूरा का फल है कि कुछ और...अब जो खेतों में कीट-पतंगों को मारनेवाली ओषधि है, लोग उसे ही पी लेते हैं।"

फूफी के बेटे नारायण भैया ने कहा, "फॉलिडोल् है न? अगर उसे पी लिया होता, तो इतने समय तक जिन्दा न रहती। अब तो लगभग अठारह घण्टे हो गये।"

गली से कोई और आदमी आया। सुपारी के व्यापार के गाँव का एजेण्ट परमेश्वरजी।

जब इतने लोग बाहर खड़े हैं, तो गोपालनकुट्टी को लगा कि अन्दर कमरे में जाकर बैठना ठीक नहीं होगा। अतः वह बाहर बरामदे के कोने में खड़ा हो गया।

परमेश्वरजी ने सर पर हाथ रखकर कहा, "मेरा सारा काम ठप्प हो गया। अब मैं क्या करूँ?"

माँजी ने एरोमन नायर को एक और सुपारी लाकर दी।

परमेश्वरजी बोले, "पन्द्रहवीं को बेटी तंकम की सगाई तय हो गयी है। इस नालायक को अगर कुछ हो गया तो मेरे ससुरालवालों को मृतशोक मनाना होगा। उनसे दूर का रिश्ता है। मैं क्या करूँ?"

परमेश्वर भैया गोपालनकुट्टी के पास आकर बैठे। एरोमन नायर को उन्होंने पानदान को आगे करने का इशारा किया। जो युवक बरामदे के खम्भे के सहारे खड़ा था, उसने कहा, ''शादी तो गुरुवायूर के मन्दिर में होगी न? मन्दिर के बाहर विवाह-मण्डप में शादी क्यों नहीं हो सकती?''

राघव मामा बोले, ''यह ठीक है, जिन्हें मृतशोक मनाना है, वे मन्दिर के अन्दर जाकर दर्शन न करें। वैसे, यह पुराने रीति-रिवाज हैं, कौन इन्हें देखता है?''

एरोमन नायर ने पूछा, ''परमेश्वर, क्या हाल है उस लड़की का?''

''मैं इसी रास्ते से आया था। यहीं से ऐसी आवाज सुनाई पड़ती है जैसे गाय रँभा रही हो।''

राघव मामा बोले, ''एक बात सुनिए। यह कर्मफल है। कर्मफल को कोई टाल नहीं सकता। वैसे रावुण्णि मामा का कैसा बड़प्पन था। हमारी दादी की दीदी के बेटे थे। कोई पराये नहीं। ऐसे रावुण्णि मामा के बेटे और नातियों का यह हाल है तो क्या कहा जाए? एरोमन नायर, क्या तुम्हें रावुण्णि मामा की याद नहीं?''

''क्यों नहीं? रैली साइकिल वाले। साइकिल पर चढ़कर वे कहीं भी पहुँच जाते थे।''

वहाँ खड़े युवक बरामदे से हटकर दीवार के समीप आकर बीड़ी पीते हुए इधर-उधर की बातें करने लगे।

गोपालनकुट्टी को गनीमत महसूस हुई कि कोई उससे राय नहीं लेता था। वह उठकर अन्दर चला गया। देखा कि रेणु दक्षिणवाले कमरे में थैले को गोद में लिये सिर झुकाये बैठी थी। जब वह पास आ गया तो रेणु उठी। उससे थैला लेकर वह कमरे से बाहर चला गया।

बाहर की बातों को सुनने से कोई फायदा नहीं था। उसने थैले से नोट-बुक उठाकर देखा—नहीं, कोई नयी बात जोड़नी नहीं थी। ये सूचनाएँ काफी थीं।

वह पलंग पर लेट गया। अनजाने ही उसे नींद आ गयी। माँजी की आवाज सुनकर वह जागा।

''तुम खाना खा लो। अन्दर रखा हुआ है।''

''वे जो बाहर खड़े थे...''

''वे सब चले गये।''

वह अकेले खाने बैठा।

''रेणु कहाँ है?''

''आँगन में कुरुम्बा के पास है। उसे अभी भूख नहीं है। सवेरे भी कुछ खाया नहीं था। सरला से जाकर कहना कि उसे रोज अष्टचूर्ण खिलाया करे।''

जब गोपालनकुट्टी खाने बैठा तो माँजी उसके सामने बैठीं। सरला की बात

क्या अभी उन्हें बतायी जाए। शहर के अच्छे इलाके में ससुरजी ने उसको पन्द्रह सेण्ट जमीन दी थी। वहाँ प्रति सेण्ट का मूल्य तीस हजार रुपये है। उसे अपने फिक्स्ड डिपोजिट और प्रोविडेण्ट फण्ड का ऋण मिलाकर डेढ़ लाख मिलेगा। इंजीनियर ने तीन लाख की लागत बतायी है। मकान पूरा हो जाने पर यही मकान चार लाख का हो जाएगा।

यहाँ का मकान और जमीन बेचने की बात सरला अक्सर कहा करती है। जब वह कहता कि माँजी के समय तक इसे बेचा न जाए तो सरला कहती, ''मकान बनाने की लागत साल-दर-साल बढ़ती जाएगी। जरा इस बारे में भी सोचो।''

उसने माँजी की तरफ देखा। अभी काफी स्वस्थ दिखती हैं। अस्सी साल की फूफी भी स्वस्थ-प्रसन्न हैं। इधर-उधर के लोग दीर्घायु हैं—खासकर औरतें। इसी बात पर सरला को क्रोध आ जाता— ''देखो, माँजी के स्वर्ग सिधारने का इन्तजार करते रहो, तो...''

उसने रकमों का हिसाब लगाते हुए खाना खाया।

हाथ-मुँह धोकर वह बरामदे में आया तो बाहर तेज गर्मी थी। वह आराम-कुर्सी में पसर गया। तभी बेटी को गली से आते हुए देखा। उसके साथ कुरुम्बा भी थी। उसकी कमीज भीगी हुई थी।

''तू कहाँ चली गयी थी?''

''कहीं नहीं।'' कहकर वह अन्दर चली गयी।

भीतर से माँजी के उसे समझाने की आवाज आयी, ''ऐसा नहीं हो सकता। कुछ तो खाना ही पड़ेगा।''

रेणु का जवाब उसने नहीं सुना।

''क्यों बेटी, तेरा पेट तो ठीक है?''

हवा के साथ गर्मी के झोंके आ रहे थे। वह अन्दरवाले कमरे में गया। माँजी और रसोईघर की सहायिका बुढ़िया रेणु को खिलाने की कोशिश कर रही थीं।

उसने पिछले दिन की पहनी कमीज और धोती थैले में रख दी। पुरानी किताबें और कॉपियाँ अलमारी में थीं। उसने यों ही उन्हें टटोलते देखा। शायद कोई उपयोगी किताब मिल जाए। क्लाइव पर एक पुस्तक मिली। पता नहीं वह कहाँ से आ गयी थी।

उसे पढ़ते हुए वह लेट गया। थोड़ी देर बाद माँजी आ गयीं।

''बच्ची ने कुछ खाया नहीं। कहती है कि मन नहीं लगता।''

''वह कभी-कभार ऐसा करती है।''

उसने अपने मन में कहा, दोनों सन्तानों को लाड़ते-दुलारते जिद्दी बना दिया है। फिर उसने हिचकते घर बनाने की बात शुरू की। इधर माँ अकेले क्यों रहती

है। घर के दरवाजे, खिड़कियाँ, छत सबकुछ दीमक लगे जर्जर हो गये हैं।

"इसे यों रखने से क्या फायदा है माँजी, हम इसे बेचेंगे।" माँ ने धीरे से मुख उठाया।

"फिर क्या करेंगे?"

"माँजी, आप हमारे पास आकर रहेंगी।"

माँजी कुछ बोलीं नहीं।

"जल्दबाजी नहीं। आप जरा सोचें, बस इसलिए कहा था," "अगर अम्मा मान जाएँ, तो खरीदार मिल जाएँगे।"

"तू कहता है कि मैं यह घर-बार छोड़कर चली जाऊँ?"

गोपालनकुट्टी को ताव आ गया।

"माँजी, यह मेरा भी गाँव है। मुझे भी इस जमीन से लगाव है। पर अगर आप कहीं बीमार पड़ गयीं तो क्या इधर कोई डॉक्टर मिलेगा? उसके लिए छह-सात मील दूर जाना होगा।"

माँजी खिड़की के सींखचों को पकड़े बाहर को देखती रहीं।

गोपालनकुट्टी का रोष और बढ़ गया।

"कैसा घर-बार? कैसा गाँव? उस नदी के किनारे कल रात से कोई औरत मरने की हालत में पड़ी है। किसी ने जाकर उसे देखा? अस्पताल ले जाने को एक भी मर्द..."

दरवाजे पर रेणु को आते देखकर ही उसने अपनी बात समाप्त कर दी थी।

माँजी कुछ बोले बिना चली गयीं। उनके पीछे-पीछे रेणु भी।

"रेणु, तू अपने कपड़ों को रख ले। धूप उतर गयी तो हमें जाना है।"

उसे लगा कि अपने मन पर अवसाद छा गया है। माँजी कुछ साफ नहीं बोलीं। वह रॉबर्ट क्लाइव का इतिहास पढ़ने लगा।

जब अगले सप्ताह आऊँगा तो माँजी को मनाना होगा। तीन-चार दिन इधर रुकना होगा। बौद्ध विहारों पर ठीक से शोध करना होगा। कल्लियूर के इर्द-गिर्द से कोई और शिलालेख मिल जाए तो...मन्दिर के मालिकों को प्रेरित करना पड़ेगा।

उसने बाल काढ़कर चेहरे पर पाउडर लगाया। पाउडर एक कागज में लपेटकर साथ ले आया था। थैला लिये वह बरामदे में पहुँचा तो दोपहरी की नींद के बाद राघव मामा आ गये थे। वे आराम-कुर्सी पर बैठ गये।

"गोपी, रुपये-पैसे की बात में सौदा ठीक नहीं। दो साल बाद त्रिन्नाला स्कूल में एक वेकेन्सी होने जा रही है।"

तब परमेश्वरजी ने गली के बीच से आकर कहा, "गोपी, तुम माँजी से कहो कि मुझे एक गिलास पानी चाहिए। राघव, वह छोकरी तो चल बसी।"

''क्या?''

''अभी आरुमुखम् ने आकर बताया।'' हाँफते हुए बेहद दुःख से उन्होंने कहा।

''उस छोकरी की बला यों टल गयी, न! माँ, भगवती!''

राघव मामा गम्भीरता से कुछ सोच रहे थे। फिर शान्त होकर बोले, ''एक प्रकार से भगवान की कृपा ही समझो। वाकई मेरा मन अस्वस्थ था। अब बताने में क्या हर्ज है! आधी रात तक यों ही पड़ी होती तो कोई कुत्ता-लोमड़ी आकर उसे...यही एक बात खल रही थी मेरे मन में।''

गोपालनकुट्टी को बेचैनी होने लगी।

वे दोनों चुपचाप बैठ गये। जब माँजी पानी लेकर आयीं, तो राघव मामा ने पूछा, ''दीदी, आपको पता चला?''

''अभी काली ने आकर बताया।''

परमेश्वरजी पानी पी कर उठ गये।

''निकट के रिश्तेदारों को बताना है, न?''

''मैं जाकर कृष्ण को भेजूँगा।'' गमछे से सिर छिपाये वे सीढ़ियाँ उतर गये।

माँजी ने आँखें पोंछकर भर्राये स्वर में कहा, ''शिलालिपि... उस नारायणी की तकदीर को क्या कहूँ? मुझसे सहा नहीं जाता।''

माँजी चीखते हुए अन्दर गयीं।

राघव मामा भी उठे।

''गोपी, मैं भी जा रहा हूँ। उस कृष्ण या परमेश्वर को कोई तमीज नहीं। पथरीली जमीन है। चार तन्दुरुस्त लोगों से गड्ढा खुदवाना होगा। उस समय दौड़-धूप करने से कुछ नहीं होगा...''

चक्कन की बीवी कोच्ची, इट्टामन की पत्नी कोनम्मा, पारुक्कुट्टी...सभी औरतें एक-एक करके ऊपर की गली से उस घर की ओर जा रही थीं।

गोपालनकुट्टी माँजी से विदा लेने गया, तो वे रसोई वाले बरामदे पर बैठी थीं। तब तक और भी औरतें आ गयी थीं।

''मैं नारायणी को अपनी बेटी की तरह पालती थी, उसकी बेटियों की यह हालत...?'' माँजी रोये जा रही थीं।

गोपालनकुट्टी को देखकर पास खड़ी औरतें आदर से एक ओर हो गयीं।

''माँजी, मैं जा रहा हूँ।''

''चाय के लिए क्या पानी नहीं चढ़ाया?''

''नहीं अम्मा, अभी नहीं चाहिए।''

उसके साथ माँजी आँगन तक आयीं। रेणु दक्षिणी कमरे में अपना प्लास्टिक बैग लिये तैयार खड़ी थी, जिस पर गहनों की दुकान का विज्ञापन छपा था। उसने

दादी को प्रणाम करके विदा ली।

क्या पहले वाली बात की माँजी को एक बार और याद दिलाऊँ? माँजी वैसे परवश हो गयी थीं। विधि, तकदीर, शिलालिपि—ये सब कोरे शब्द नहीं थे। नारायणी एक के बाद एक हादसे की शिकार हो रही थी।

सड़क की मेंड़ पार करते हुए उसने बेटी को छाते के अन्दर अपने साथ खड़े रहने को कहा।... ''अजीब जगह है। जब वह लड़की मरने जा रही थी, तो कोई जाकर उसे एक बार देख लेता।''

बेटी कुछ नहीं बोली। उसने उससे कहा न था। सब लोगों पर उसे क्रोध आया। राघव मामा और घर पर आये सभी लोगों पर। माँजी के रोने-धोने पर भी गुस्सा आ गया।

''छह मील दूर जाने पर डॉक्टर मिलेगा,'' उसने अपनी बेटी से कहा, ''वहाँ सरकारी अस्पताल है। कोई वहाँ जाने को तैयार नहीं होता।''

तब बेटी ने उससे पूछा, ''बाबूजी, आप तो जा सकते थे।''

''क्या?''

''डॉक्टर के पास।''

वह चौंक गया।

''मैं...''

उसे कोई उचित शब्द नहीं सूझा। उसने रूखे स्वर में कहा, ''तू छाते में चल, नहीं तो फिर जुकाम हो जाएगा।''

बेटी छाते की छाया से अलग चलने लगी। वह तेज-तेज कदमों से चल रही थी। उसे उसके साथ चलने में दिक्कत हुई।

जब सड़क पर आयी तो उसने चलने की गति धीमी कर दी।

कुछ देर बाद वह बोली, ''पिताजी! मैंने उस स्त्री को नदी से पानी लाकर पिला दिया था।...जब मैंने जाकर देखा तो वह पानी के लिए कराह रही थी।...''

उसकी समझ में नहीं आया कि वह इसका क्या जवाब दे।

''ओह!''

वे पीपल के नीचे बस का इन्तजार करने लगे। थोड़ी देर बाद, चार मजदूरों के साथ राघव मामा, परमेश्वरजी और एरोमन नायर को टीले वाले ढलान की पगडण्डी पर जाते हुए देखा।

यह तय हुआ कि अन्त्येष्टि हर हाल में साँझ के पहले करनी है।

शेरलक

दीदी ने कहा था कि तुम आराम से उठो। दीदी साढ़े पाँच बजे उठती थी और सात बजे घर से निकलती थी। उन्हें एक घण्टा पन्द्रह मिनट लगते थे ऑफिस पहुँचने में। सात बजे जब किसी ने दरवाजा खोला तो बालु जाग गया। यह काम बिल्ले ने किया था। जब वह नीचे आया तो दीदी बाहर जा रही थी।

"ओह, तुम उठ गये! फ्रिज के ऊपर तुम्हारे लिए एक नोट लिखकर रखा है।" दीदी कुछ बातें रात को बताना भूल गयी थीं—जैसे दहलीज की चाबी नटराज की मूर्ति के नीचे है। दरवाजा अपने आप बन्द होता है। बाहर जाते वक्त चाबी जरूर ले लें।

"नहीं, मैं बाहर नहीं जाऊँगा।"

"गुड! पढ़ते रहो। टी.वी. में कई कार्यक्रम आ रहे होंगे। अगर टी.वी. देखना है तो मेरे कमरे में बैठ जाना।"

ध्यान देने की दूसरी बात यह थी कि नीचे के बाथरूम का दरवाजा हमेशा खुला रखना, क्योंकि बिल्ले के खाने का बर्तन और मल-पात्र उसी में है।

यह कहकर कि मैं साढ़े चार बजे लौटूँगी, दीदी ने बाहर आकर दरवाजा बन्द कर दिया। बिल्ला खिड़की पर चढ़ गया जहाँ फूलों के गमले रखे हुए थे और काँच से बाहर देखने लगा। पार्किंग से कार लेकर दीदी बाहर चली गयी तो बिल्ला बालु को देखकर नीचे उतरा, मानो वह कह रहा हो, "अब यहाँ मेरा शासन चलेगा।"

शनिवार और इतवार को दीदी घर पर रहती थी। दीदी ने बालु का टिकट ऐसा बनवाया था कि वह शुक्रवार शाम को फिलाडेल्फिया पहुँचे; ताकि बालु घर और घरेलू चीजों से परिचित हो जाए। वह अमेरिकन समय के अनुकूल अपने को बना सके—इसके लिए भी उसे वक्त मिल जाएगा। खाने की चीजें कहाँ-कहाँ रखी थीं। विटामिन की गोलियों आदि के बारे में वह ठीक से जान गया। माइक्रोवेव ऑवन के बटनों को ठीक से दबाना भी सीख गया। दीदी को बचपन से सब काम सही ढंग से करने आते थे।

दीदी ने कहा, "तुम आराम करो। बीच में पढ़ते रहना।" दो महीने के अन्दर मेरे शरीर और मन को स्वस्थ बनाने का दीदी ने फैसला कर लिया था।

"चाहे तो तुम कुछ लिख सकते हो अमेरिकन अनुभवों पर। छह महीने में मात्र दस पंक्तियों की एक कविता लिखकर तुम जिन्दा रह पाओगे?" बालु कुछ नहीं बोला।

"इंग्लिश लिटरेचर में एम.ए., जर्नलिज्म में डिप्लोमा। हाइली क्वालिफाइड। क्या नहीं कर सकता!" दीदी ने निराशा से लम्बी साँस ली। बालु ने सोचा, 'अभी-अभी तो आया हूँ, अभी से बहस क्यों करूँ।' उसने अपने मन में कहा, 'ईश्वर और मेरे बीच के हिसाब में कहीं कुछ गलती हो गयी है।'

दीदी मेरे लिए किसी एक स्कॉलरशिप की कोशिश कर रही थीं। जयन्त कहता है कि कहीं न कहीं दरख्वास्त भेजा करो— "इधर अमेरिका में जो मेहनत करता है, वही कुछ बन पाता है। सफलता की चोटी तो आसमान से ऊँची होती है।"

फिर दीदी ने उसे ढाढस बँधाया, "कुछ न कुछ हो जाएगा। हम कोशिश करेंगे।" सत्ताईस साल की इस उम्र में कोई चमत्कार हो सकता है? दीदी को अपने भाई पर भरोसा था। जब वह खून की उल्टी करके अस्पताल में पड़ा हुआ था, तब दीदी ने कई बार टेलीफोन किया था। "किसी-किसी की प्रार्थना से मृत्यु टल जाती है।" दीदी कहा करती थीं।

जब बिल्ला बाथरूम चला गया तो बालु ने किचन में जा कर चाय बनायी। जो टूटी सिगरेट बची थी, उसे जलाया। जिस मेज पर म्यूजिक सिस्टम और पाकशास्त्र की किताबें रखी थीं, उसी पर रखे गमले में सिगरेट को बुझाया। तो कहीं से एक अस्पष्ट आवाज आयी। बिल्ले को उसके पीने पर एतराज था।

यहाँ पहुँचने के पहले दिन दीदी ने इस बिल्ले के बारे में ही ज्यादा बातें की थीं। उससे उन्होंने बड़ी दीदी और बच्चों की बात पूछी। कुट्टियामा की बेटी की शादी के लिए उन्होंने सौ डॉलर जो भेजे थे, उसका भी जिक्र किया। फिर बिल्ले की बातें करने लगीं, जो उनकी गोद में आ बैठा था। जब वह घर में अकेली होती है तो किसी जिन्दा चीज को देखते रहना एक प्रकार की दिलासा देता है। कभी-कभी जयन्त महीनों बाद लौटता।

"अब तो वह महीने की बात करता है, पर कौन जाने कब..." दीदी के स्वर में ईर्ष्या थी।

जब वे एयरपोर्ट से आ रहे थे, तो दीदी ने घर और कार खरीदने की स्कीम बतायी, जिसके अनुसार पूरी रकम का 1/10 या 1/15 अग्रिम देना होता है। इस सुन्दर इलाके में जब घर बनकर तैयार हो गये तब उनमें से एक खरीद लिया था।

कुछ कष्ट तो हुआ। चारों तरफ विशाल मैदान, एक तरफ रेसकोर्स। इधर कोई अत्याचार नहीं होता। बस सवा घण्टे की कार-सवारी कष्टदायक है, विशेषकर जाड़े के दिनों में। तब सात बजे अँधेरा होता है। पर दीदी के सभी दोस्त कहते हैं कि यहाँ घर मिल गया, इसे खुशकिस्मती ही समझो।

जयन्त के पश्चिमी राज्य सानहोसे जाने तक वैसे कोई तकलीफ नहीं थी। सब हिसाब चुकाने के बाद भी कुछ पैसे बच जाते थे। अब तो दो घरों का खर्च है। दीदी ने बताया कि जब वह अकेली होतीं तो शेरलक से बातें करती रहतीं।

''कभी मेरी आवाज भी कोई सुन ले।'' दीदी की बात सुनकर उसे दुख हुआ।

शेरलक का रंग अजीब था। हल्का नीला, नहीं भूरे रंग का मिला हल्का नीला रंग। उसने विषय बदलने के लिए पूछा, ''सयामीस का क्या हाल है?''

''सयामीस नहीं। कोई और जाति।'' जयन्त से वेटिनरी डॉक्टर ने कहा था। मुझे ठीक से याद नहीं।

पिछले जाड़ों में उसे कार पार्किंग के बाहर घूमते हुए देखा था। तब उस पर ध्यान नहीं दिया। फिर रात को उसने घर की दहलीज पर आकर आवाज दी। जब जाकर दरवाजा खोला, तो ठण्ड से बचने की खुशी से आकर सोफे पर लेट गया। उसे दूध पिलाया गया।

किसी दूसरे घर में पाला गया बिल्ला होगा। घर में कैसा व्यवहार करना चाहिए, उसका उसे प्रशिक्षण मिल चुका था। कॉलोनी के बाहर की डाक-पेटी के पास नोटिस-बोर्ड पर लिख दिया गया कि एक बिल्ला मिला है पर किसी ने आकर पूछा नहीं।

''शेरलक नाम जयन्त ने ही रखा था।''

''शेरलक?''

''बचपन में जयन्त ने बहुत-सी डिटेक्टिव स्टोरीज पढ़ी थीं। इसका पूरा नाम शेरलक होम्स ही रखा था। वेटिनरी डॉक्टर के रजिस्टर में शेरलक होम्स शिण्डे।'' दीदी हँस दी। बालु को याद आया कि वर्षों बाद उनकी जोरदार हँसी सुनने को मिली थी।

अमेरिका के पालतू बिल्ले भी अजीब होते हैं। अगर घर में खाने की चीजें खुली रखी हों, तो भी उधर मुड़कर देखते नहीं। दुकान में उनके लिए जो खाना मिलता है, सिर्फ उसे खाते हैं। ऐसा अकेला देश, जहाँ बिल्ले चोरी से कुछ खाते नहीं। बाथरूम में बिल्ले के लिए एक बर्तन में खाना और दूसरे में पानी रखा होता। एक टोकरीनुमा बक्से में जाकर वह रोज मल छोड़ता। पालतू बिल्ले कभी घर गन्दा नहीं करते।

"तुमने नन्दिनी को देखा नहीं क्या? डॉ. जी.के. नायर की बेटी नन्दिनी। नन्दिनी न्यूजर्सी में है। उसके घर में दो बिल्ले हैं। सुपर मार्केट वाले जो सस्ता खाना बेचते हैं, वे दोनों उसे नहीं खाते। सूँघकर समझ जाते हैं कि यह पुराना स्टॉक है।" दीदी फिर से हँसी।

"नन्दिनी को फोन करूँगी। हम किसी वीकएण्ड में वहाँ जाएँगे। जयन्त को आने दे।"

जब बिल्ला धीरे-धीरे बालु के पास आकर उसकी गोद में बैठने लगा तो दीदी बोलीं, "डरो मत। उसके नाखून नहीं हैं। जब वह सोफे पर उछल-कूद कर रहा था, तब उसके नाखूनों से उस पर खरोंच आ गयी थी। तब जयन्त उसे वेटिनरी अस्पताल ले गया और ऑपरेट करवाकर नाखून कटवा दिये।" बालु ने तब थोड़ी सहानुभूति से उसे देखा।

"यूँ तो कठोरता है। पर महँगे फर्नीचरों पर...ऑपरेशन में दर्द नहीं होता। फिर कभी नाखून नहीं बढ़ता। नन्दिनी ने भी ऐसा किया था। यहाँ सब लोग यही करते हैं।"

रात को शेरलक दीदी के कमरे में ही सोता था। अलार्म बजने से पहले ही शेरलक दीदी को छूकर जगा देता था। जब दीदी एक हफ्ते की छुट्टी पर सानहोसे गयीं तब पड़ोस के घर में चाबी दे गयीं ताकि शेरलक के लिए पानी बदल दिया जाए और समय पर खाना दे दिया जाए।

शेरलक चालाक था। वह बालु के पीछे पड़ा था। बालु ने ध्यान दिया कि उस पर शुरू से उसकी नजर पड़ी है। नहा-धोकर बालु ने ठण्डे दूध में सीरियल्स डाल कर पिया और फिर दीदी के कमरे में चला गया। वहाँ जयन्त की कम्प्यूटर की किताबें ज्यादा थीं। छोटी अलमारी में कुछ उपन्यास रखे थे। लेकाटे, रॉबर्ट लुडलम, मार्टिन क्रुसस्मिथ...और ऐसे उपन्यासकार भी जिनके नाम भारत में नहीं सुने थे। सब गुप्तचरों के साहसी कारनामे थे। पहले तो दीदी अच्छी से अच्छी किताबें ढूँढ़-ढूँढ़कर मँगाती और पढ़ती थीं।

पलंग पर डायना राजकुमारी की कहानी पड़ी हुई थी, शायद उसे पढ़ रही होंगी। दीवार पर दीदी एवं जयन्त की तस्वीर। दोनों के हाथों में गुलदस्ते थे। शादी के दिन की तस्वीर होगी। पश्चिम वधू की सफेद पोशाक। बड़ी दीदी को भेजी गयी एक और तस्वीर में जयन्त इससे भी जवान लगते थे। छत्तीस की उम्र में भी दीदी छोटी लड़की ही दिखती थीं। जब वह डायना की जिन्दगी की तस्वीरें देख रहा था, तब द्वार पर बिल्ला आ गया। उसने टी.वी. ऑन किया। कोई वाइल्ड वेस्ट फिल्म थी। ऑफ कर दिया। शेरलक द्वार पर खड़ा कुछ फुसफुसा रहा था। क्या

नाखून के कट जाने से बिल्लों की आवाज भी नष्ट हो जाती है? कभी उसने बिल्ली की भाषा में उसे 'म्याऊँ' बोलते नहीं सुना। एक और चमत्कार।

बालु कोई किताब लेकर बाहर ऊपर वाले छोटे कमरे में चला गया, जो उसे दिया गया था। वह जाकर लेट गया। उस वक्त शेरलक दरवाजे के बाहर पैरों को ऊपर किये लेटा था। वह हवा में मानो किसी अदृश्य प्रतियोगी से लड़ रहा था। फिर वह सो गया।

घर के आकर्षण के रूप में दीदी ने पीछे वाले डेक की बात कही थी, जहाँ धूप में बैठा जा सकता था। इसके अलावा नीचे एक बड़ा तहखाना था। तहखाने के दरवाजे पर चाबी लगी थी। वाशिंग मशीन, जयन्त के कसरत के उपकरण और साइकिल तहखाने में रखी थीं। बीच में एक कार्पेट पर बोतलों का ढेर था। वाइन की बोतलें थीं। करीब साठ होंगी। सबके लेबलों पर निशान लगाकर दस्तखत किये गये थे। जे.एस.—यानी जयन्त शिण्डे। प्राय: सभी बोतलों पर कैलिफोर्निया की वाइन कम्पनियों का नाम लिखा हुआ था। जब बालु ने फ्रेंच भाषा की लेबल वाली एक बोतल उठायी तो लगा कि पीछे कोई मौजूद है।

ओह! शेरलक, जो अभी सो रहा था, उसकी खोज में आया था। जम्हाई लेते हुए अधमुँदी आँखों से उसने कुछ देर उसे देखा। बालु ने उसे अपनी तीक्ष्ण दृष्टि से जरा धमकाने की कोशिश की।

"ऊँह! जा, बाहर चला जा!"

शेरलक ने बोतलों के पास लेटे हुए अपनी पूँछ से कुछ चमत्कार दिखाया।

"गेट आउट!"

अगर जयन्त ने सिखाया है तो इसे कुछ हिन्दी भी आती होगी। इसलिए कहा, "बाहर जा!"

बालु सोचने लगा, 'क्या यह शाम को दीदी के आ जाने तक यहीं लेटा रहेगा ताकि तहखाना खोलने का सबूत दे सके।' यह सोचकर वह सीढ़ियों से ऊपर चला गया कि भूख लगने पर साहबजादा खुद ही बाहर आ जाएगा।

उसने गोल्फ की गाड़ियों को मैदान की ओर जाते हुए देखा लेकिन खिड़की से खेल नहीं देख सकता था। जब वह दोपहर का खाना गरम कर रहा था, तभी बिल्ला तहखाने से बाहर आया। उसने फौरन जाकर तहखाने का दरवाजा बन्द कर दिया।

शाम को ठीक वक्त पर दीदी आ गयीं।

"दिन के समय तुमने क्या किया?"

"यूँ ही बैठा रहा।"

"जितना चाहो, आराम कर लो। तुम्हारी तबीयत अपने-आप ठीक हो जाएगी। इसीलिए जिद करके तुम्हें इधर ले आयी हूँ।"

दीदी नहा-धोकर कपड़े बदलकर दो कप कॉफी लिये स्वागत-कक्ष में आ गयीं।

"बेसमेण्ट की वाइन की बोतलें जयन्त का कलेक्शन थीं। जयन्त की यह हॉबी थी। उसने रजिस्टर भी रखा था।"

तहखाने की बोतलों की बात दीदी...दीदी ने अन्दाजा लगाया होगा कि मैंने उसे खोलकर देखा होगा।

"जब मेहमान आते हैं, तब शराब खरीदी जाती है। जयन्त कभी-कभी वाइन पीता है। मैं जान-बूझकर उन्हें इधर रखती नहीं। तुम्हें किसी प्रकार की टेम्पटेशन न हो।"

"मैंने शराब पीना बन्द कर दिया है। मैंने आपको लिखा भी था।" बालु ने कहा।

"ऊँह! जो बन्द करते हैं, वे फिर से शुरू भी कर सकते हैं। बड़ी दीदी ने लिखा था कि तुम्हें अपने अखबार में कनफर्म क्यों नहीं किया गया है। जिन्हें होश नहीं रहता, उन्हें कोई नियुक्त नहीं करता।"

बालु ने कुछ नहीं कहा।

"इधर तुम्हें मेहनत करनी पड़ेगी। कार्यक्षेत्र जो भी हो, कड़ी मेहनत करके ही यहाँ आगे बढ़ सकते हैं। अमेरिका स्वर्ग नहीं है।"

बालु ने कहा, "मुझे मालूम है।"

"मैंने ग्रीन कार्ड बनवाने की बात लिखी थी, फॉर योर कुमार भैया। यू नो इट!"

"जी, सुना है।" दीदी क्यों आठ साल पहले के तलाक की याद दिला रही थीं।

"एक महीने साहब इधर कैदी की तरह जिये थे। पहले ही दिन उनकी शिकायत रही—सड़कों पर लोग नहीं हैं, गाड़ियाँ ही गाड़ियाँ हैं।" बालु ने हँसने की कोशिश की।

"उससे बड़ा जोक, तुम सुनो। बड़ी दीदी और मालु दीदी ऐसी बातें करतीं मानो मुझसे कोई बड़ा अपराध हुआ हो। अगर किसी जगह कार ड्राइविंग सीखना जरूरी हो, जिसके बिना रह नहीं पाएँगे तो ऐसी जगह वे रहने को तैयार नहीं होते थे।"

बालु ने कुछ नहीं कहा। कुमार भैया की पदोन्नति हो गयी थी। प्रोफेसर हो

गये थे। कॉलेज के पास उन्होंने अपना घर बनाया था। दो बच्चे भी थे। ''दीदी, तुम्हें इंजीनियर शिण्डे मिला है। कोई शिकायत न करें, तो अच्छा होगा।''

रात को दीदी उसे सुपर मार्केट के पास वाले चाइनीज होटल ले गयीं। डिनर के आखिर में जो कुक्कीज दी गयी, उस पर भाग्य का प्रवचन था—ग्रेट थिंग्स हैपनिंग...दीदी ने कागज के टुकड़े को देखकर उसे ऐश ट्रे में फेंक दिया। उसने सोचा कि वह उससे पूछेगी कि तुम्हें क्या मिला था। भविष्यवाणी थी कि जिन्दगी में कुछ महत्त्वपूर्ण बातें हो रही हैं।

''बच्चों के लिए यह तमाशा है।''

मैंने पिछले साल की डायरी में, जिसमें रात को कुछ लिखा नहीं था, भाग्य-प्रवचन रखा। हैण्ड बैग में पुरानी डायरी सँभालकर रखी थी कि उसमें कुछ नोट्स लिखूँ। शायद कई महत्त्वपूर्ण बातें होने वाली थीं। मास कम्युनिकेशन में फैलोशिप। चीन को महाज्ञानियों की विरासत प्राप्त है। उसे तुच्छ न समझें। आरियमयातु गाँव का बालकृष्णन अमेरिका पहुँच गया, यह भी एक चमत्कार था।

मेरे पिताजी समझते थे कि तीन बेटियों के बाद पैदा हुआ बेटा उन्हें नवग्रहों के अनुग्रह से प्राप्त हुआ है। बचपन में माँ या दीदियों के साथ बाहर जाते वक्त उसे सड़क के किनारे से कई चीजें मिल जाती थीं। मिट्टी में धँस गये सिक्के, पाजेब की कड़ी, सोने की नथनी का टुकड़ा आदि...माँजी मजाक करती थीं, ''कभी कहीं से इसे सम्पत्ति मिलेगी।'' शायद उनके मन में कुछ आशा रही हो। किस्मत कभी उनके बेटे को खोज कर ही रहेगी।

रात को पुरानी डायरी में बालु ने लिखा : ''14.07.92—शनिवार की रात एक बजे एक सपना देखा। जब हीथ्रो एयरपोर्ट में चौंककर जागा तो साइनबोर्ड पर देखा कि फिलाडेल्फिया के विमान में लोग चढ़ने लगे थे। सत्ताईसवाँ गेट कहाँ था? अन्तहीन रास्ते से वह दौड़ रहा था। जब छब्बीसवें गेट पर पहुँचा तो आगे का गेट नहीं था। उतावला होकर वह दूसरी तरफ दौड़ा। वहाँ अट्ठाईसवें से शुरू होता था। तो सत्ताईसवाँ गेट कहाँ था? वह दौड़ता ही रहा। मेरे बाहर जाने का सत्ताईसवाँ गेट कहाँ था? सत्ताईस वैसे मेरी उम्र भी है।''

गेट नम्बर और उम्र का एक होना—यह सपने का हिस्सा नहीं था। पढ़ लेने के बाद उसने उसे काटा। फिर पृष्ठ फाड़कर कूड़े में फेंक दिया। अगर यात्रा-विवरण लिखना है तो सुन्दर एयर होस्टेस से शुरू करना चाहिए।

रात को पास के कमरे से दीदी को किसी के साथ फोन पर लम्बी बातचीत करते हुए सुना। बहुत ही अस्पष्ट स्वर। जयन्त होगा। उस रात अचानक गाज गिरी, बिजली चमकी, पानी की बौछारें पड़ीं। बिल्ले ने दरवाजे पर आकर देखा। दरवाजे को बन्द कर बॉल्ट लगायी, फिर वह जाकर लेट गया। अगले दिन जब दीदी घर

से निकल रही थीं तो वह जाग गया। पर दीदी के जाने के बाद ही वह नीचे आया।

उसने कॉफी बनायी और पी। फिर गाँव में बड़ी दीदी को पत्र लिखने की सोची। भास्करन नायर को भी लिखना था। ऐसे पत्र शुरू करूँगा, ''अमेरिका से मैं खुद को जोड़ने की कोशिश कर रहा हूँ।'' ऊपर से उसने दीदी का लेटर-पैड उठाया। लिखना शुरू किया। तब बिल्ला आकर कागज के पास बैठ गया, शायद यह जानने की उत्सुकता से कि वह क्या लिख रहा है—बिल्ला कागज को देखता रहा।

बालु को क्रोध आया। बिल्ला मजाक में उसे देखकर धीरे-से कराह उठा।

जब वह स्वागत-कक्ष की ओर गया, तब उसने निश्चय कर लिया था। सामने का दरवाजा खोल दिया। अगर तुझे उसी रास्ते से लौटना है, जहाँ से इधर आया था, तो यही तेरा रास्ता है। सामने आँगन। कार पार्किंग। आँगन के पार मैदान। मैदान के पार मकान। आजादी है। तू जा सकता है।

''शेरलक यू कैन गो!'' दरवाजे से बाहर देखता हुआ बिल्ला लौट आया और कालीन पर उठते-गिरते खेलने लगा। फिर अधमुँदी आँखों से उसे बड़े परिहास से देखा।

उसने नहा-धोकर कपड़े बदले। जूते साफ करके पहने। सामने वाले दरवाजे की चाबी लेकर बाहर आया तो देखा बिल्ला आधी नींद में लेटा था। गोल्फ कोर्स की सीमा पर वह बायीं ओर मुड़ा। चलकर मार्केट तक पहुँचा, फिर लौटा। धूप में काफी गर्मी थी। जब वह घर के अन्दर पहुँचा तो बिल्ला उसी स्थान पर सो रहा था। दीदी रात की चिकन-करी बनाने में व्यस्त थीं। प्याज काटने में उसने दीदी की सहायता की।

''तुम कहाँ-कहाँ गये थे?''

''यूँ ही कुछ दूर।''

तभी उसे झटका लगा कि शेरलक सिर्फ बिल्ला नहीं, गुप्तचर भी है। जब दीदी अकेली होतीं, तो जयन्त ने गुप्तचरी करने की सीख दी थी। अब उसने सोचा होगा कि मालकिन के लिए गुप्तचरी करना अपना फर्ज है। नहीं तो दीदी कैसे जानतीं कि मैं बाहर गया हुआ था। उसने दीदी की ओर देखे बिना शेरलक को गुस्से से देखा। बिल्ला निस्संग होकर सिर घुमाये यूँ लेटा था, मानो उसे देखा ही नहीं हो।

बिल्ले की आँखें सदा उसका पीछा करती थीं। जब वह ताला बन्द करके लेटता था, तभी वह दरवाजे के बाहर होता। जब एक बार वह नींद से चौंक कर उठा और बाथरूम जाने के लिए दरवाजा खोला, तब भी वह बाहर खड़ा था।

दीदी ने कहा कि जयन्त शुक्रवार की रात को आएगा। दीदी दफ्तर से कुछ पहले आ गयी थीं।

"हम चलकर मछली खरीदेंगे। जयन्त को मालाबार स्टाइल की मछली-करी पसन्द थी। सुपर मार्केट देखेंगे। भारतीयों के लिए यहाँ का सुपर मार्केट एक आश्चर्य है। देखते ही बनता है।"

बैंक के बाहर कार रोककर कार्ड डालकर पैसा लेने का चमत्कार उसने देखा। फिर सुपर मार्केट गये। जब सब्जी, शेरलक के खाने का पैकेट, मछली सब खरीद लिया तो दीदी ने कहा, "एक बोतल वाइन खरीदेंगे। जयन्त आ रहा है न!"

नौ बजे जयन्त की फ्लाइट थी। साढ़े सात के पहले ही दीदी खाना-वाना तैयार करने में व्यस्त रहीं। तभी फोन की घण्टी बजी।

"हैलो..."

फिर कुछ देर दीदी की आवाज नहीं आयी। सिर्फ वह हाँ-हूँ करती रही। जब बालु रसोईघर पहुँचा, तो दीदी फोन रखकर धीरे-से पिछवाड़े के पास चली आयीं। फिर वह लौटकर सोफे पर बैठ गयीं।

"जयन्त नहीं आ रहा है।" वाइन की बोतल खोलकर दीदी गिलास भरती हुई बोलीं, "ही इज़ बिजी।"

बालु को खाना परोसते हुए दीदी ने कहा, "मैं तो पीती हूँ। बड़ा सिरदर्द है। तुम्हें नहीं दूँगी। जब एक बार बन्द कर दी हो तो फिर शुरू नहीं करनी चाहिए।"

दीदी ने करीब आधी बोतल खर्च कर दी और फिर ऊपर चली गयीं। उस बोतल को साथ ले गयी थीं। शेरलक उसके पीछे न जाकर रसोई वाले दरवाजे पर ही लेटा रहा। शायद वह भी बेचैन था।

शनि और इतवार को दीदी ने ज्यादा वक्त बेडरूम में ही बिताया। इतवार को लेटते वक्त उसने निश्चय किया कि अब लौटने की बात करनी है। फैलोशिप वाला चमत्कार अभी निकट भविष्य में सम्भव नहीं हो पाए, जयन्त ने उसके बारे में पूछताछ करने की बात कही थी। अपना बहनोई, जिसे उसने कभी देखा नहीं था, दूर सानहोसे नामक नगर में था। मालूम नहीं, इधर शेरलक के साथ उसे कितने दिन बिताने होंगे। कुमार भैया ने 'कैद' शब्द का जो प्रयोग किया था, वह सही था। शेरलक तो साथी नहीं हो सकता।

शेरलक शायद सोच रहा था कि साहब उसी के बारे में सोच रहा है। उसे बाहर ढकेलकर बालु ने दरवाजा बन्द कर दिया। सवेरे घर से जाने से पहले दीदी ने बताया, "सब ठीक हो जाएगा। धीरज रखो, मैं भी कई लोगों से सम्पर्क कर रही हूँ।"

उसे लगा कि यह शेरलक होम्स उसके मन की बात पढ़ लेता है। पता नहीं, यह दीदी को कैसे बता देता है!

"कार और घर की किस्तें और घर के खर्च के बाद जो बच जाता है, वह बहुत ही कम होता है, इसलिए पी.टी.ए. पर तुम्हारा टिकट भिजवाया था कि कुछ बन जाए। दो हजार डॉलर कोई मामूली रकम नहीं।"

बालु कुछ बोला नहीं।

"तुम्हें कुछ डॉलर चाहिए?"

"क्यों?"

"बाहर घूमते वक्त किसी काम के लिए।"

"नहीं।"

"गर्मी के बाद चेरी के पेड़ में फूल खिलने लगेंगे। यह सारा इलाका सुन्दर हो जाएगा। इस स्थान को पर्लबक कण्ट्री कहते हैं। एक बार हम पर्लबक के यहाँ जाएँगे। जयन्त को आने दो।"

बहुत से काम सोच रखे थे। दीदी वाकई जयन्त के इन्तजार में थीं। हर वीकएण्ड पर घूमने लायक जगहों का दीदी ने विस्तार से वर्णन किया। बालु को फिलहाल अकेलापन तंग नहीं कर रहा था। सदा अपने पीछे मँडराती बिल्ले की आँखें उसे डराती थीं। पर वह बोला कुछ नहीं।

उसने शेरलक की परवाह न करने का फैसला कर लिया। जब उसने डायना राजकुमारी की कहानी पूरी पढ़ ली तो फिर ग्रेटा गर्बोन की जीवनी शुरू की। फिर जयन्त की गुप्तचरी की एक कहानी। बिल्ला द्वार से उसका निरीक्षण कर रहा था। उसकी आँखों में निन्दा का भाव था मानो हार मानकर अपने बिल की तरफ भागने वाले किसी रेंगने वाले जन्तु को देख रहा हो।

दिन बीत रहे थे। शाम को उसे लगा कि अब दीदी के पास ज्यादा बोलने के लिए बात नहीं रह गयी है। उसे कोई नयी बात पूछनी भी नहीं थी। एक बार दीदी ने कहा कि दफ्तर का काम बढ़ रहा है। शेरलक को भी अब दीदी कम दुलारती थीं। जब बिल्ला मालकिन से सटकर रहने की कोशिश करता, तब दीदी उसे डाँट देतीं, "आउट! शेरलक आउट!"

हफ्तों की उसे पूरी जानकारी थी। शनि और इतवार को दीदी घर पर रहतीं। रविवार को वह सफाई करतीं, कपड़े धोतीं और कालीन साफ करतीं। एक और शुक्रवार आ रहा था। बालु ने पूछा, "क्या फोन आया था?"

"किसका?"

"सानहोसे से जयन्त जी का!"

जयन्त शिण्डे को वह किस नाम से पुकारे? जयन्त भैया या जयन्त दादा? 'जीजाजी' शब्द उत्तर के लोग बहनोई के लिए करते हैं। मराठियों के लिए कोई और शब्द होगा।

"नहीं। आएगा तो फोन करेगा—यही बताया है।"

फिर दीदी फुसफुसायी, "उसकी व्यस्तता दूर हो जाए..."

बालु दिन में भी सोने लगा तो उसे महसूस हुआ कि अब दिन काटना और आसान हो गया है। चार दिन बाद उसने दाढ़ी बनायी। जो जीन्स और जैकेट पहनकर वह आया था, उसे दीदी ने धोकर इस्त्री करके हैंगर पर लटका दिया था। उसे एक बार और इस्तेमाल कर सकता है। हीथ्रो में ब्रेकफास्ट के लिए जो खर्च किया था, उसके बाद 12 डॉलर जेब में पड़े थे।

वह बाहर टहलने लगा। कुमार भैया की बात सही थी। इधर इन्सान दिखते नहीं। सड़कों पर सिर्फ गाड़ियाँ चलती थीं। सड़क की मरम्मत करते लाल पोशाक वालों को देखा। वह शॉपिंग सेण्टर पहुँचा। कार पार्किंग के पास खड़े होकर दुकानों के बोर्ड पढ़े। छह-सात होटल वहीं आसपास थे। टी.वी. पर सभी चैनलों पर ज्यादातर विज्ञापन खाने की चीजों के ही आ रहे थे। बालु ने अपनी डायरी में यह लिखने की सोची कि अमेरिका बड़ा पेटू देश है।

उसने एक पैकेट सिगरेट खरीदा। बगल वाली दुकान वाइन की थी। आधी बोतल बोदका के लिए नौ डॉलर पच्चीस सेण्ट चाहिए। नहीं, दस डॉलर और खर्च करे तो पास कुछ नहीं बचेगा। किसी भी प्रलोभन में न पड़े। निर्मुक्त और नित्यमुक्त।...कौन-सा ब्राण्ड खरीदूँ? पोपोवा या स्मिरनोका? आखिर पोपोवा जीत गया।

जब घर लौटा, तो शेरलक उसे गुस्से से देखने लगा। बालु ने उसके सामने बोदका रखी। एक तिहाई गिलास में उँड़ेलकर सन्तरे का रस और ठण्डा पानी मिलाया। आइस क्यूब भी डाले। जब पीना है तो ठीक से पिये। शेरलक आश्चर्य से सब देख रहा था। एक घूँट पीकर बालु ने कुछ पानी और डाला।

"शेरलक, चल तुझे थोड़ा पिलाऊँ।"

वह सिर झुकाये खड़ा रहा। खाना गर्म करने का अभी समय नहीं हुआ था। वाश बेसिन के ऊपर वाली अलमारी से दो टिन ले आया। एक में पीनट्स, दूसरे में अलमण्ड्स। शेरलक को चना और बादाम नहीं चाहिए। सूँघने के बाद छोड़ दिया। वह नियम का पालन करता था।

"तुझे थोड़ा पिलाऊँ?"

उसने गिलास से थोड़ी शराब एक सॉसर में उँड़ेल दी। शेरलक उसे सूँघकर

पहले हिचकता रहा। फिर उसने पी ली। बालु खुश हो गया— "देख, तूने भी नियम तोड़ा है। फिर तू कैसे शाम को अपनी मालकिन को यह राज बताएगा?"

जब बालु ने दूसरा गिलास खुद पिया तो शेरलक अधीर होकर गुर्राने लगा।

"अच्छा, तुझे पिला देता हूँ। आगे मत माँगना।"

अपने अन्दर गर्मी की सुखद लहर दौड़ने लगी तो वह शेरलक का सर सहलाते हुए बोला, "अरे शेरलक, तुझे मलयाळम सीखनी चाहिए। म-ल-या-ळ-म। तू मेरी दीदी के बारे में क्या जानता है? इसी दीदी ने मुझे पाला-पोसा है जो अब नाक से अँग्रेजी बोलती है। क्या तू समझता है? तू तो दूसरों की चिन्ताएँ भी पढ़ लेता है, तुझे समझना चाहिए। हमारे घर पर उन दिनों पाखाना नहीं था। बचपन में मेरी दीदी नागवन के पीछे पहाड़ी के ढलान पर पाखाना के लिए जाती तो मैं वहाँ पहरा देता था। तुझे गुप्तचरी सिखाने वाला मुम्बई का जयन्त शिण्डे जो है, उससे कह दे...मेरी इस दीदी की शादी के समय जब सफेद लिबास और चन्दन का टीका पहने दूल्हा और बाराती आये थे तो मैंने ही दूल्हा कुमार भैया के पैर धोये थे।... तू मेरी भाषा समझता है! न समझने का ढोंग रचता है। क्या जयन्त हमारे कुमार भैया से बेहतर है?"

बालु ने बोदका की बोतल शेरलक को दिखाकर पूछा, "इसे हम कहाँ छिपाएँगे मिस्टर शेरलक होम्स? शाम साढ़े चार के पहले इसे कॉलोनी के बाहर वाले कूड़े में डाल देना जरूरी है न?"

बालु ने फ्रिज से चावल लेकर माइक्रोवेव पर चढ़ाये। किसी दूसरे बर्तन में चिकन-करी थी, जिसे पहले किसी रोज बनाया गया था। फिर थोड़ी और शराब सॉसर में उँड़ेलकर बाकी उसने धीरे-से पी ली, पर खत्म नहीं की। गरम किये गये चावल और करी उसने प्लेट में रखे। फिर कहा, "शेरलक, आज हम साथ-साथ लंच खाएँगे। सारा हिसाब आज चुकता कर देंगे।"

उसने एक बर्तन में चावल शेरलक के आगे रखे।

"खा, खा ले। अमेरिका के बाहर भारत, चीन, जापान, थाइलैण्ड, बर्मा आदि कई देश हैं जहाँ के लोग इसे खाते हैं। वहाँ के बच्चे भी। इसलिए भारतीयों के पालतू बिल्ले भी खा सकते हैं। चावल...चावल के लिए भारतीय ईश्वर से दुआ माँगता है। जानता है, तू?"

शेरलक की दृष्टि गिलास पर थी।

बालु हँसा, "अन्तिम बूँदें हमारे लिए बराबर। हम लोग अपनी देशी शराब की दुकानों में इसे किस्मत की बूँदें कहते हैं। मैं इस शर्त पर तुझे दे रहा हूँ कि तू चावल खाएगा। क्यों शेरलक?" शेरलक धीरे-से मुस्कराया। बालु भी।

"तुझे रिश्वत मिल गयी। यही हम भारतीयों की चालाकी है।"

तब अमेरिका में एक चमत्कार हुआ। शेरलक अपनी चालाक हँसी के साथ चावल खाने लगा बड़े स्वाद से। बालु ने बर्तन धोकर साफ किये और एक सिगरेट जलायी। उसे लगा कि शेरलक को दी गयी बोदका का हिस्सा कुछ ज्यादा हो गया था। अमेरिका की आधी बोतल भारतीय माप से कम होगी। कितनी जल्दी खत्म हो गयी! शेरलक के प्रति उसे अचानक क्रोध आ गया, जिसने कृत्रिम प्यार जताकर शराब का हिस्सा हड़प लिया।

"आ, आ जा। तू बाहर की दुनिया देख आ।" बालु ने गेट खोलकर उसे बुलाया। पर शेरलक नहीं आया। बालु ने उसे प्यार से सहलाया। फिर उसे उठाकर बाहर ले जाने लगा तो वह क्रुद्ध होकर उस पर गुर्राया।

"शेरलक...यह मैं हूँ बेटा।" वह फिर उसके पास चला गया तो शेरलक सामने वाले पैर उठाये गुर्राता हुआ मानो लड़ने के लिए खड़ा हो गया। तभी बालु ने अचानक देखा, शेरलक के चारों पैरों में लम्बे पैने नाखून निकल आये थे।

बालु दंग रह गया, उसे झटका लगा। बिल्ला उस पर निन्दायुक्त दृष्टि डाले धीरे-धीरे ऊपर चढ़ गया। वह फिर अपने कमरे में जाकर लेट गया तो बिल्ला फिर से आ गया। समझौते के भाव में वह मुस्कराने लगा।

शेरलक बिस्तर पर चढ़कर उसके पास लेटा तो उसे हँसी आ गयी। बालु ने उसके पैर सहलाये जहाँ उसने अपने नाखून छिपा लिये थे। उसकी गर्दन पर हाथ फेरा। तभी कमरे में किसी की हँसी सुनाई दी।

"कौन हँसा था शेरलक, तू कि मैं?"

वह उठने लगा। बिल्ले ने उसे रोकते हुए उसकी छाती पर अपना पैर रखा और फुसफुसाया, "सो जाइए। आराम से सो जाइए।"

शेरलक मानो उसकी छाती सहलाते हुए उसे दिलासा देता हुआ उसके कानों में फुसफुसा रहा था, "मैं इधर हूँ। आप डरें मत। सो जाइए।"

तब उसे जोर से रोना आया। जब ऐसा कर नहीं पाया, तो उसने बिलखते हुए आँखें मूँद लीं।

कल्पान्त

''यह अच्छा हुआ कि दरवाजा खुला छोड़ा था। अभी भी लोग आएँगे। इतवार है, अतः लोगों को सुविधा होगी। आइए, सब लोग इधर कहीं न कहीं बैठिए।''

विवेक जोशी ने कहा, ''यद्यपि वर्षा थम गयी है, फिर भी सड़कों पर पानी भरा हुआ है।'' तीस साल पुरानी कार में वैसे, जोशी मामा और परिवार बहुत ही धीमे चलते थे।

इसी बीच अँधेरी से रमेश का परिवार भी आ गया। रमेश, जो पहले ही आ गया था, बाहर कुछ इन्तजाम करने गया था।

भास्करजी सोफे पर माथे पर उँगली फेरते हुए अधमूँदे पड़े थे। कुछ लोग उनके कन्धे पर हाथ रखकर उन्हें दिलासा देने की कोशिश कर रहे थे। जब अन्दर लोगों की संख्या बढ़ गयी तो कुछ लोग दरवाजे के बाहर चले गये। ऐसे मौकों पर छोटा-सा आँगन और दीवार और घर के बीच की जगह उपयोगी हो जाती है।

अभी और लोग भी आएँगे। भास्करजी चालीस वर्ष से इसी नगर में रह रहे थे उनके काफी दोस्त और परिचित यहाँ थे।

नगर में हुई अकाल वर्षा एवं प्रलय वहाँ आये लोगों की चर्चा का विषय हो गया। दादर में जो सज्जन शुक्रवार शाम को कार में बन्द हो गये थे, वह अपनी मुसीबत का वर्णन कर रहे थे। पानी में आगे या पीछे, किसी भी तरफ न बढ़ पाने के कारण सैकड़ों कारें फँस गयी थीं।

''आखिरकार मैंने क्या किया, मालूम है? बिना आगे-पीछे देखे कार का दरवाजा खोलकर पेशाब कर दिया, इसके अलावा चारा क्या था?''

भोसले साहेब का साहस सुनकर कुल दो-तीन लोग ही हँसे थे। बच्चों को बताया क्या? बाद में आया एक आदमी वही बात पूछ रहा था, जो पहले आगे कइयों ने पूछी थी।

''उनके आने का इन्तजार नहीं किया जा सकता। उनका फौरन आना भी कठिन था।'' मैंने उन्हें बताया, नगर में दस साल पहले तीन रोज लगातार पानी

बरसा था। अखबार वालों ने हिसाब लगाया था कि वह शताब्दी की सबसे तेज और भयानक वर्षा थी। पर इस बार किसी ने वर्षा का हिसाब नहीं जोड़ा लेकिन शहर के कई स्थान पानी में इसी बार डूबे थे।

वैसे वर्षा गुरुवार रात को शुरू हो गयी थी। लगातार हो रही वर्षा की आवाज सुनकर मैं जागी थी। रात को दो बजे मैं अकसर उठा करती थी। थोड़ा पानी पीकर और बाथरूम होकर फिर से लेट जाती। फिर साढ़े पाँच बजे उठती, जब दूधवाले की घण्टी बजती। मैं सोच ही रही थी कि लेटते समय जो बरसात प्रारम्भ हुई थी वह जारी है, तभी देखा कि मच्छरों को घुसने से रोकने के लिए लगायी गयी तार की जाली के फटे हुए कोने से पानी अन्दर आ रहा था।

भास्करजी नींद में एक बार कुनमुनाये, "भयंकर वर्षा! अन्दर पानी आ रहा है।"

पता नहीं, भास्करजी ने सुना होगा कि नहीं।

प्लास्टिक का पर्दा हटाकर, उसने तार की जाली के छेद से पानी को अन्दर आने से रोकने की कोशिश की।

"आइए, आइए, जहाँ जगह हो, सब लोग बैठ जाइए। अब तो रमेश ने (जो पारिवारिक मित्र थे) मेजबान की भूमिका सँभाल ली थी। रमेश के आ जाने पर कादिर साहब एवं जोशी मामा दरवाजे से बाहर निकल गये। मेजबान की भूमिका निभाना भी मुश्किल काम है। विशेषकर ऐसे मौकों पर। बातचीत के लिए कोई विषय नहीं होता। नगर का प्रलय आज बहुत ही उपयुक्त विषय था। जो लोग दादर में गाड़ियों में फँस गये थे, उन्हें किसी मलाबारी चाय की दूकानवाले ने मुफ्त चाय पिलायी, यह एक बड़ा विषय हो गया।

"जहाँ भी जगह मिले, वहीं बैठ जाइए। आइए, इधर बैठिए।"

ग्यारह साल पहले यहाँ सबसे ज्यादा लोग आये थे। याद है, आप लोगों में से कई थे। तब भी कमान रमेश ने सँभाली थी। हमारी शादी की पच्चीसवीं सालगिरह पर बेटों का आग्रह था कि 'सिलवर वेडिंग' मनायी जाए। खाना कॉलोनी के क्लब-हाल में आयोजित था। कॉकटेल के लिए बाहर एक अलग शामियाना लगाया गया था। सौ लोगों के लिए खाने का ऑर्डर दिया गया था। बाद में लड़के ने हिसाब लगाया था कि कुल एक सौ इकतालीस लोग आये थे।

"देखो, मैंने बेमन से ही मोबाइल फोन खरीदा है। उस सेल्समैन ने इसे मुझ पर थोपा था। असली फायदा इस बाढ़ के समय मिला। जो रास्ते में फँस गये थे, उन्हीं में से कइयों को मेरे फोन से मदद मिली।..."

सेवानिवृत्ति के बाद गंगाराम ने मकान बनाने के ठेकों के लिए कम्पनी बनायी थी, यह उनकी आवाज थी।

शुक्रवार सवेरे जब मैं उठी, तो देखा कि बाहर वर्षा थमी नहीं थी। तब मैंने सोचा नहीं था कि रातवाली यह वर्षा प्रलय पैदा करके ही थमेगी।

दहलीज वाले प्लास्टिक थैले में न अखबार पड़ा था और न दूध। छोटे बरामदे तक पानी चढ़ आया था। शायद नालियों के भर जाने से वातावरण में बदबू फैल रही थी।

दरवाजे को बन्द करके मैं घूमी तो भास्करजी वाश बेसिन वाली बत्ती जलाकर दाढ़ी बना रहे थे।

"इतनी जल्दी क्यों?"

"जाना है।"

"इस वर्षा में? कहाँ?"

मिल्क कुकर की सीटी सुनकर ही भास्करजी जगा करते थे। फिर एक के बाद एक-दो कप चाय, तीन अखबारों को विस्तार से पढ़ते। फोन करते नौ बजे बाथरूम में घुसते। हर काम के लिए समय निश्चित था। पहले जब कभी मॉर्निंग फ्लाइट से कहीं जाना होता था, तभी यह दिनचर्या बदलती थी।

एक छोटे अखबार के विज्ञापन-विभाग की जिम्मेदारी चार साल पहले उन्होंने सँभाली थी। वे एक बड़ी विज्ञापन-कम्पनी के मैनेजर रह चुके थे। रिटायरमेण्ट के बाद दो साल खाली बैठे। ऑफिस की कार और ड्राइवर के मानो वही मालिक थे। हफ्ते में दो-एक डिनर, दीपावली पर घर में बहुत से उपहार आ जाते। आकर्षक बोनस।

"इस छोटे अखबार का काम आपने क्यों ले लिया?" मुझे सन्देह होने लगा था।

कुछ समय के लिए उनको सहायता करने की बात थी। एक साल देखना था। एक साल के अब चार साल हो गये हैं। यह भी नहीं पूछा था कि वे क्या देंगे। आमदनी की बात कभी नहीं करते। जब शादी हुई थी, उन दिनों बिना पूछे ही सबकुछ बता देते थे, "इतना ही हाथ में आएगा, उसी में गुजारा करना होगा।"

"कोई बात नहीं, मुझे तीन सौ रुपये तो मिलते हैं।"

"नहीं चाहिए।"

"क्यों?"

"आगे तुम्हें काम पर नहीं जाना है। उसके बगैर हम जी सकते हैं, हमें जीना होगा।"

मैंने बहस नहीं की, एक कमरे वाले फ्लैट में एकसाथ रहने में कोई कष्ट नहीं था।

नगर से एक घण्टे की यात्रा की दूरी वाली इस कॉलोनी के बारे में जानकारी

शान्ता भट्ट और चन्द्रिका पटेल के बताने से मिली थी। उनके पतियों ने बुकिंग करा रखी थी। मैंने हिचकते हुए ही भास्करजी से बात की थी।

उन्होंने उसका जवाब नहीं दिया।

''हो सके तो विचार कीजिए, दोनों बच्चे बड़े हो रहे हैं।''

गाँव में बँटवारा हुआ तो, भाभी ने कुछ क़ागजों पर दस्तखत कराके दस हजार रुपये दिये थे। उसे बैंक में जमा कर दिया था। उसी का बल था।

उन्होंने कुछ कहा नहीं। जैसे-जैसे साल बीतते जा रहे थे, घर पर बातचीत कम होती जा रही थी। पर जब अन्य घरों पर खाने जाते तो भास्करजी ज्यादा बोलते थे। चुटकुले सुनाते थे। दोस्तों के सामने मुझे 'होम डिपार्टमेण्ट,' 'बॉस' आदि कहकर परिहास करते। मुझे अच्छा लगने वाला प्यार-भरा परिहास।

यह घर, जैसा गाँव में कहा जाता, तकदीरवाला घर था। मुझे यकीन था कि इधर आने के बाद ही कम्पनी बदली थी और ओहदे बढ़े थे, मैं तो गर्व करती थी कि गाँव के अपने घर से 'बँटवारे' में जो दस हज़ार मिला था। शुरुआत उससे हुई थी। भले ही यह मैं किसी से कहती नहीं थी।

बेटों की शादी होने के बाद से घर में शोरगुल बिरले ही होता था। दो साल में एक बार जब वे आ जाते, तब हफ्ते-भर घर पर ही रहते थे। एक महीने का व्यस्त कार्यक्रम बनाकर ही वे आते थे।

बेटों की शादी के अवसर पर जितने लोग आये थे, उससे कहीं ज्यादा हमारी 'सिलवर-वेडिंग' में आये थे। तब के अभिनन्दन-भाषण सुनते ही बनते थे। मुझे भास्करजी की अफसरी जिन्दगी के पीछे की शक्ति और मौन सेवा का प्रतीक कहा गया। तीन-चार गिलास शराब खाली करने के बाद हाथ में माइक आ जाने पर क्या अच्छे शब्दों के प्रति कोई मोह रह जाता है? फिर भी ऐसे अवसरों पर मन भर आता था।

कॉकटेल पार्टियों में भास्करजी हमेशा मितभाषी रहते। पहले गिलास को ही, अन्त तक अपने हाथ में पकड़े घूमा करते, यह राज सिर्फ मैं ही जानती थी। पर वे सत्कार में कोई कमी नहीं आने देते थे। हँसी-मजाक भरपूर। उन्होंने डेढ़ साल लन्दन में काम किया था। शुरू के दिनों में उनके दोस्त कहते थे कि यह व्यावहारिक अनुशासन वहीं से उन्होंने सीख लिया था।

शादी के पहलेवाला एक साल। तब वे ज्यादा बोलते थे। ठीक समय पर मेरे दफ्तर फोन करते। मेरे बाहर निकलने का समय जानने के लिए। उसके पाँच मिनट पहले ही वे बेर्स ऐण्ड कम्पनी के सामने वाले बस-स्टॉप पर आ जाते। अब जो इनसान बातें करने में इतना कंजूस है, तब उनकी धारा-प्रवाह बातें सुनने में बड़ा

आनन्द आता था। जब शाम को होस्टल-गेट पर वे विदा लेते, तब तक बीच के दो घण्टों में वे कितनी ही बार ठहाका मारकर हँसते थे।

बेटे चाहते थे कि मेरी साठवीं सालगिरह मनायी जाए। मैं कन्नी काट गयी। भास्करजी उसके पक्ष-विपक्ष में कुछ नहीं बोले।

दूधवाला नहीं आया था, इसलिए मैंने जल्दी से काली चाय बनायी।

''कहाँ जा रहे हैं?''

सामान्य के विपरीत वे जीन्स पहनकर बाहर आये थे। हाथ में छोटा यात्रा-बैग। मुझे हँसी आयी।

''जीन्स?''

लगा कि मेरा कटाक्ष उन्हें पसन्द नहीं आया।

''क्यों, क्या मना है?''

''वैसी बात नहीं। कहाँ जा रहे हैं आप?''

''पुणे!''

''मुझसे कल कहा तो नहीं था। सरोजा तो हमेशा वहाँ जाने को कहती है।'' पहले हम जब माटुंगा के एक कमरे वाले फ्लैट में रहते थे, तब सरोजा और नम्बियार हमारे पड़ोसी थे।

''मैं दफ्तर के काम से जा रहा हूँ।''

वे अखबार के किसी काम से छह महीने पहले जब अहमदाबाद गये थे तब लौटने पर उनके सूटकेस में इस जीन्स को देखा था। जब वे उसे करीने से वार-ड्रोब में रख रहे थे तब भी मैंने ध्यान दिया था। मुझे हँसी भी आयी थी।

''एक पुराने मित्र के बेटे से मिला था। कम्प्यूटर इंजीनियर है। उसने जबरदस्ती खरीद दी थी।''

''कौन-सा मित्र? उधर हमारे कौन-कौन से पुराने मित्र रहते हैं?''

उसका कोई जवाब नहीं दिया।

बाहर वर्षा में कोई कमी नहीं आयी थी।

''भयानक वर्षा।''

''कार आ जाएगी।''

भास्करजी गेट की तरफ देखते हुए खड़े थे।

''क्या ब्रेक-फास्ट ले आऊँ? जल्दी टोस्ट बना लूँगी।''

''हमारे दफ्तर के तीन-चार लोग हैं। लोनावाला में ब्रेक-फास्ट का इन्तजाम किया है।''

जब प्राइवेट टैक्सीवाला गेट पार करके, वर्षा में घर के नम्बरों को ढूँढ़ रहा

था, तो भास्करजी ने उसे हाथ से संकेत दिया। जब वे बरामदे के नीचे खड़ी टैक्सी की ओर जाने लगे, तो मैंने कहा, ''रुकिए, मैं छाता ले आती हूँ।''

उन्होंने इसका इन्तजार नहीं किया। कार में घुसते समय वे पानी में अच्छी तरह भीग गये थे।

जब मैं पूछने जा ही रही थी कि कब तक लौटेंगे, तब तक कार आगे बढ़ चुकी थी।

दूधवाला प्लास्टिक शीट से सर ढँककर एकदम भीगा हुआ साइकिल से उतरा।

''भारी वर्षा है। लगता है वास्तव में प्रलय आ गयी।''

घर बुहारने और बर्तन माँजनेवाली माई अभी नहीं आयी। इस भयंकर वर्षा में शायद आ नहीं पाएगी।

शयन-कक्ष में खाट के नीचे पानी था। जब लगा कि वर्षा कुछ कम हो गयी है, तभी मैं बाथ-रूम में गयी। नहा-धोकर दीवार के स्टैण्ड पर भगवान कृष्ण के चित्र के सामने दीपक जलाया, हाथ जोड़े। मन में नाम जपा। जब हम माटुंगावाले फ्लैट में रहते थे, तब यह चित्र और दीपक खरीदा था। छोटे कमरे में पूजा-कक्ष बनाना चाहती थी, पर वासन्ती ने जब अपने लिए अलग कमरे की माँग की तब भगवान का चित्र, दीया और भस्म-पात्र दीवार पर टँग गये।

जब मैं ड्राइंग-रूम में आयी तो खिड़की से देखा कि बाहर वर्षा तेज हो गयी है। अब जोरदार वर्षा हो रही है।

वैसे, अकसर नाश्ते के लिए रवा का उपमा और चटनी बना लेती थी। पर आज उत्साह नहीं हुआ। डबल रोटी काटकर उसके तीन टुकड़े खाये।

जब से मधुमेह की जानकारी मिली, तब से खाना कम कर दिया है। सोमवार को दिन में कुछ नहीं खाती। दीर्घ-दाम्पत्य के लिए यह अच्छा माना जाता है। गाँव में इसे सोमवार-व्रत कहते हैं। सौभाग्य से भास्करजी को कोई बीमारी नहीं है। डॉक्टर नाडकर्णी ने मुझसे कहा था कि खाने में संयम, और एकाध गोली काफी है। एक बार भास्करजी भी डॉक्टर के पास बैठे थे। डॉक्टर ने कहा, उनका भी चेकअप करेंगे। ब्लड प्रेशर आदि देखेंगे।

''मुझे कोई बीमारी नहीं है, डॉक्टर।'' उन्होंने कहा। फिर भी मैं मलयालम में फुसफुसायी कि जरा देख तो लें।

''क्यों?''

अचानक उनके चेहरे पर क्रोध फैल गया। प्राय: छोटी-मोटी बातों पर वे क्रुद्ध हो जाते हैं। इसलिए मैं चाहती थी कि वे डॉक्टर से परीक्षण करवाएँ।

लड़के जो क्रीम ले आते थे, उसे मैं रात को सोने के पहले चेहरे पर लगाया

करती थी। बाद में उसे छोड़ दिया। जब बाल पकने लगे थे, तब ब्यूटी-पार्लर जाकर महीने में एक बार डाई कराती थी। फिर सोचा, इसकी क्या जरूरत है? बिल होता था सवा सौ रुपया। ऑटो-रिक्शे का खर्च अलग से। जब हम पचास-पचपन तक पहुँचेंगे, तब बाल पकने लगेंगे। कब तक उन्हें काला करवाएँगे? जब से दो दाँत निकाले गये, तब से चेहरा पिचक गया है, उसे फिर से भरा नहीं जा सकता। चाहे मर्द हो या औरत, कभी अपनी उम्र को छिपाना नहीं चाहिए। जब जवान सुन्दरी की तरह चंचल होना चाहिए था तब वैसा किया। उतना ही काफी है। रमेश की पत्नी के बालों के कृत्रिम चमकदार कालेपन को देखने पर यही सब कुछ कहने का मन करता है।

भास्करजी कुछ काले हैं। मुझसे एक इंच लम्बे हैं, फिर भी अभी उनके चेहरे पर नादानी है। अब भी वे दावतों और पार्टियों में जाते हैं तो औरतें उनके इर्द-गिर्द घूमती रहती हैं। वे मजाक करते हैं। मौके के अनुसार कहावतों को बदल देते हैं। इस उम्र में भी जब वे मुस्कराते हैं, तो उनका पूरा चेहरा तेजस्वी हो जाता है।

हमारी शादी के पहले, किसी लड़की से उनका इश्क चल रहा था। यह बाद में किसी ने आकर बड़ी गोपनीयता से मुझे बतायी थी। और कोई नहीं, दिवंगत शर्माजी की पत्नी ने। ऐसा नहीं कि मैं बात को जानती नहीं थी। जब वे इंग्लैण्ड से लौटे थे, तो उसके घर वह पेइंगगेस्ट बनकर रहे थे। यह बात उन्होंने खुद मुझे बतायी थी। उस लड़की के पिता मलयाली और माता मराठी थी। उसने भास्करजी से ज्यादा आजादी ले रखी थी। जब उसके माँ-बाप भी उसे प्रोत्साहित करने लगे तो भास्करजी ने वह घर छोड़ दिया। वैसे यह कोई बड़ी बात नहीं थी।

वैसे इस प्रकार कहा जाने लगे तो मेरे बारे में भी अपवाद लगाये जा सकते हैं। रेडियो-स्टेशन पर साथ काम करने वाला सतीश कुमार कभी शाम के वक्त मेरे साथ घूमता था। उसके साथ मैं सिनेमा गयी हूँ, कॉफी-हाउस गयी हूँ, हाथों में हाथ डालकर भी चले हैं। और कुछ नहीं। सच! फिर मेरी कम्पनी के जनरल मैनेजर का पर्सनल असिस्टेण्ट भगवानदास। उस उम्र में लोगों को अपने इर्द-गिर्द घूमते देखने में मजा आता था। अगर कोई इसे सही न माने, तो यह सरासर झूठ होगा। रेकॉर्ड वाले कमरे में जब अलमारी से मैं कुछ उठा रही थी तो भगवानदास ने पीछे से आकर मुझे पकड़ लिया था। मैंने चेहरा घुमा लिया था। इसलिए उसके होठ मेरे कानों के नीचे ही छू पाये थे। डर से मुझे चक्कर आ गया था। फिर अकेले रिकार्ड-रूम नहीं जाती थी। बाहर बस का इन्तजार करती तो उसे अपने पास आते देखकर मैं भीड़ में छिप जाती। बेटे और पोतोंवाला व्यक्ति था भगवानदास। पिछले साल अचानक उसे देखा तो पहचान नहीं पायी। मन ही मन में हँसी। उन दिनों उस पर कैसा जुनून सवार था।

वैसे किसी के निजी जीवन में कुछ न कुछ घटित रहता है, पर कोई उस पर ध्यान नहीं देता।

एक बार एक औरत ने बड़ी ही गुप्त बात कही थी, ''रुक्मिणी, सिर्फ तू ही जान ले भास्कर का एक पुराना रिश्ता था।''

''ओह यह बात!''

''नहीं, सच है। उससे एक बच्चा भी है। उसके बाद ही तुमसे शादी की थी। लड़का है। एकदम भास्कर जैसा ही।''

उस सिन्धी औरत से कहना चाहती थी, ''गाँव में इसके लिए कहते हैं, उन्हें का टुकड़े जैसा या वैसा ही रूप।''

सहेलियों को मेरी शादी के बाद मुझसे थोड़ी सहानुभूति रही। ''इससे अच्छी पर्सनालिटी वाला मर्द इसे मिल सकता था। इसका कद, रंग, सौन्दर्य...पर जब इसने सुना कि वे इंग्लैण्ड में काम करके आये हैं, तो रुक्मिणी फँस गयी।''

''कौन जाने कि वहाँ क्या काम करते थे?''

''इंग्लैण्ड में भारतीयों को जो काम पहले दिया जाता था, वह कुली का या भंगी का होता था।''

मैंने उन्हें अधिक कहने का मौका नहीं दिया। मैं शोर मचाती उनके पास पहुँची। टेलीफोन ऑपरेटर गिरिजा की शादी के अवसर पर उन्होंने यह हिसाब लगाया था।

यह तो सिर्फ मैं ही जानती थी कि इन लोगों ने भास्करजी को बातें करते नहीं सुना था। तभी उनके छोटे कद, काले रंग आदि पर उन्हें चिन्ता हो रही थी।

वे जब घर पर अकेले होते, तो भी फुल शर्ट और पैण्ट पहनते थे। रात को खाना खाते समय ही पायजामा पहनते थे।

''कोई आनेवाला नहीं है, फिर क्यों ड्रेस पहनकर बैठे हैं?'' जब उनके साथ जिन्दगी शुरू की थी तो मैंने पूछा था। वे हँस दिये।

''अफ्रीका के वनों में अँग्रेज दाढ़ी बनाते हैं, जूते पॉलिश करते हैं, कपड़े बदलते हैं।'' उनसे यह प्रश्न पूछा गया तो उन्होंने जवाब दिया, 'हम यह अपने लिए करते हैं'। चैपलिन भूखे रहते थे। तुमने चैपलिन की फिल्में तो देखी नहीं होंगी। क्रिसमस पर जब वे खाना पकाते, तब भी जूते और थ्री-पीस सूट पहनते और छुरी-काँटे से खाना खाते थे। मार्निंग शो में चैपलिन की फिल्में आती हैं, देख लो।''

किसी शादी की दावत के बाद जब मैं बाहर आयी तो उनसे बोली, ''लड़का-लड़की का मेल नहीं है। पता नहीं क्या देखकर यह लड़का इससे शादी करने को राजी हो गया था।''

हम स्कूटर पर थे।

वे बोले, "वो, जो इलाका देखती हो, वह सारा का सारा झुग्गी-झोंपड़ियों का था। रात को एयरपोर्ट पर हवाई जहाज के उतरने का दृश्य कितना सुन्दर होता है। हजारों दीपों की भंगिमा। स्थान तो वही है। कौन देखता है, कहाँ से देखता है, इसी पर सुन्दरता-असुन्दरता निर्भर करती है।"

वे अँग्रेजी में बोले थे। उनका अँग्रेजी का उच्चारण शुद्ध हैं। उसे सुनते ही बनता था।

मैं जो बात कर रही थी, वह मूसलाधार वर्षा के अगले दिन, शुक्रवार की थी, मौसम के प्रतिकूल आयी वर्षा का दूसरा दिन। मैं दोपहर बाद अकसर अम्मिणी एवं सरोजिनी दीदी को फोन करती थी। उसके बाद यूँ ही दफ्तर में एक दफा भास्करजी को भी।

अगर मैं न बुलाती तो भी अम्मिणी मुझे फोन करती। दोपहर बाद जब मैं जरा लेटती, तभी वह फोन करती। फिर थोड़ा चावल कुकर में डालती। कल की रखी सब्जी गरम करती, बाहर पानी बरसता ही रहा। बिना जोर की, बिना हवा की यह वर्षा न जाने क्यों मन में बड़ा डर पैदा करती। लगता था कि यह अन्तहीन वर्षा होगी। वैसे सुना गया है कि कल्पान्त काल का प्रलय बड़ा भयंकर होता है।

अम्मिणी का नम्बर मिलाया। मिला नहीं। अगर वह दही की सब्जी बनाती तो भिजवा देती। भास्करजी को बहुत पसन्द है। उसने जो व्यंजन-सूची भेजी थी, उसके आधार पर मैंने बनायी पर ठीक नहीं बनी। जो यह कहता है कि केरल की देशी पाक-कला पर पुस्तक लिखनी है, उसे सन्तुष्ट करना कोई आसान काम नहीं।

जब अम्मिणी का नम्बर नहीं मिला तो सरोजिनी दीदी का नम्बर मिलाया, जब से उनके पति चल बसे, वे मुम्बई में ही रहती थीं। अकेले, सत्तर वर्ष की उम्र में। साल में एक बार मलयालियों के 'ओणम' त्यौहार में वही नृत्य प्रस्तुत करती थीं। छह साल पहले तक मैं भी उसमें शामिल होती थी। उसकी तैयारी चार-पाँच महीने पहले ही शुरू करतीं। जब समारोह हो जाता तो भी महीने भर तक उसकी कमियों पर बात करतीं। कभी लगता है कि साल में एक बार यह नृत्य प्रस्तुत करने के लिए ही सरोजिनी दीदी इस नगर में अकेले रहती हैं।

कोई नम्बर मिलता नहीं। भास्करजी का पर्सनल नम्बर मिलाया नहीं। हो सकता है इस भयंकर वर्षा में टेलीफोन खराब हो गया हो।

आश्चर्य, तभी फोन की घण्टी बजी।

"हैलो, इज़ इट मिसेज भास्करजी?"

"येस, येस।"

"हमारा परिचय नहीं है, फिर भी मैं आपको जानती हूँ। मैं मिसेज गाडगिल

हूँ। शेफाली की माँ। शेफाली...भास्कर साहब की सेक्रेटरी।''

''जी, मालूम है, पर नाम नहीं जानती। मिस गाडगिल को जानती हूँ। एक-दो बार फोन मिलाया था। ऑफिस-कार में एक बार शायद देखा भी। क्या बात है, मिसेज गाडगिल?''

''हमने आपको देखा नहीं है, बस। भास्कर साहब ने सबकुछ बताया है। आपकी तबीयत कैसी है?''

''ठीक हूँ।''

''भास्कर साहब के साथ डौली गयी है। घर पर उसे डौली ही पुकारती हूँ। वे ट्रेन में गये हैं कि कार में?''

''मुझे मालूम नहीं।''

वो सब पूछना उन्हें पसन्द नहीं था। पता नहीं कि टैक्सी में पुणे जाएँगे कि ट्रेन से स्टेशन पर उतरेंगे।

''भयानक वर्षा, मेरी तिरपन साल की उम्र में इतनी भारी वर्षा मुम्बई में हुई नहीं। रेडियो पर खबर थी कि पुणे के रास्ते में तीन जगह भू-स्खलन हुआ है।''

''ओह! मैं तो रेडियो सुनती नहीं।''

''कार में हों तो मुसीबत होगी, जब वह गयी थी, तब मैं बाथरूम में थी, अगर दफ्तर फोन किया जाए तो शायद...''

''मिसेज गाडगिल, मेरे टेलीफोन पर बाहर की कॉल मिल नहीं रही। अभी तक सिर्फ आपकी कॉल आयी है। आप जरा पूछताछ करके मुझे भी बता दीजिएगा।''

''मैं मृणाल हूँ, रुक्मिणी जी! मुझे इसी नाम से पुकारना काफी होगा! हमें आपके बारे में सब पता है। एक बेटी दुबई में और दूसरी अमेरिका में। दोनों के बाल-बच्चे...सबकुछ साहब ने बताया है।''

''अच्छी बात है, मृणाल! क्या मृणाल मृणालिनी का संक्षिप्त रूप है?''

वह मुग्ध होकर हँसी थी

जब उसने फोन रखा तो मुझे लगा कि जैसे एक बार फिर श्वास की घुटन और छाती की पीड़ा प्रारम्भ होने वाली है, जैसी पहले कभी हुई थी।

भास्करजी ने कभी अपनी सेक्रेटरी के घर जाने की बात नहीं बतायी थी।

शेफाली की उम्र क्या होगी? उस स्त्री की उम्र है 53 वर्ष। नादान है इसलिए उम्र ठीक से बता रही है। बेटी की उम्र 20 या 30 साल के आसपास होगी।

एक प्लेट में मैंने चावल, सब्जी आदि मेज पर रखा। तभी फोन की घण्टी बजी। मृणाल को कुछ पता लगा होगा। फोन उठाया तो अम्मिणी की आवाज। जैसे राहत मिली।

"अम्मिणी, तुमने फोन क्यों नहीं किया? मुझे कहीं भी नम्बर नहीं मिल रहा।" मैं रुआँसी हो चली थी।

"मैं कुछ देर से यहीं डायल कर रही थी।"

वहाँ भी भारी वर्षा है। उसके पति बाहर नहीं गये। उनके दफ्तर की निचली मंजिल में गोदाम है, वहाँ पानी भर गया है।

"अम्मिणी, तुम फोन नहीं रखना मैं बाहर फोन नहीं कर सकती। फोन करने पर मिलेगा नहीं। भास्करजी पुणे गये हुए हैं। पता नहीं कि कार में गये हैं कि ट्रेन में?"

"इस वर्षा में कोई बाहर निकलेगा, रुक्मिणी? भास्करजी को यह क्या सूझा?"

"दफ्तर का काम है। अगर पहले ही तय हो, तो भूचाल के आ जाने पर भी वे बदलते नहीं। भास्करजी का स्वभाव तुम जानती हो। अभी किसी ने फोन किया था कि रास्ते में में भू-स्खलन हुआ है।"

"तब तो लौट ही आएँगे और क्या! तुम खामख्वाह घबराओ मत।"

"भास्करजी के दफ्तर में जरा पूछताछ करोगी? पुणे कैसे गये? रहेंगे कहाँ? यह भी बताना कि घर से फोन नहीं मिल रहा, इसलिए उन्हें तकलीफ दे रहे हैं। और फिर तुम मुझे फोन करना। फोन करोगी न! पक्का?"

इसके बाद बाहर की दुनिया से नाता जोड़ने का एकमात्र सहारा अम्मिणी ही थी।

उसे सब बातें बता चुकी तो मुझे कुछ राहत मिली। थोड़ा चावल खाया। तब अचानक अन्दर अँधेरा छा गया। हवा, जो कहीं निर्जीव पड़ी थी, तब चीखती-चिल्लाती आयी थी। जब बाहर नीम के पेड़ों को हिलते-डुलते और झुकते देखा तो मालूम हो गया कि हवा बड़ी तेज चल रही है। मैंने सभी खुली खिड़कियों को बन्द कर साँकल लगायी। दोपहर के बावजूद अन्दर घुप्प अँधेरा था। बीच वाली डोमलाइट जला दी। तभी फोन की घण्टी बजी। सोचा कि अम्मिणी होगी। पर फोन उठाया तो मृणाल गाडगिल थीं।

"देखिए मिसेज मृणाल गाडगिल, मैंने आपको कहा था न कि मुझे बाहर का कोई कॉल नहीं मिल रहा। दफ्तर में फोन करके देखिए उन लोगों ने कहाँ कमरे बुक किये हैं।"

"पर, रुक्मिणीजी! वे पुणे कैसे पहुँचेंगे? खण्डाला में हजार से ज्यादा गाड़ियाँ फँसी पड़ी हैं। मैंने दफ्तर में फोन किया था। उन्हें पता नहीं। भास्कर साहब वहाँ बहुत कम लोगों से ही बात करते हैं, पर, रुक्मिणीजी! आप निश्चिन्त रहें।

भास्करजी जैसे दुनियादार और समझदार व्यक्ति को लेकर हमें घबराने की जरूरत नहीं।''

यह भी सही है चारों ओर आपत्ति मँडरा रही हो तब घबराते नहीं, ऐसे इनसान हैं वे।

''भू-स्खलन होते देखकर वे वापस आने का तरीका निकाल ही लेंगे।''

मैं उन्हें सुनती ही रही। मृणाल गाडगिल को बिना रुके बोलने दिया। किसी की आवाज सुनते रहना राहत दे रहा था।

''कम्पनी ने यह कहकर शेफाली को नौकरी से निकालने का निश्चय किया था कि वह कम्प्यूटर नहीं जानती। सिर्फ भास्कर साहब के आग्रह पर ही उसे स्थायी किया गया था।''

''ठीक बात है, वे बड़े सहानुभूतिशील हैं।''

''जब वह दो साल की बच्ची थी, तब उसके पिता और मैं अलग हो गये थे। भास्कर साहब को वह ईश्वर मानती है।''

''अच्छा!''

''उन्हें भी उससे बड़ा वात्सल्य है। जब वे अहमदाबाद गये थे तो दफ्तर से सिर्फ उसी को साथ ले गये थे।''

अहमदाबाद? मुझसे उन्होंने कहा था कि सर्कुलेशन मैनेजर एवं फाइनेंस मैनेजर ही साथ हैं। सेक्रेटरी की बात नहीं कही थी।

''रुक्मिणी जी, क्या आपको वह जीन्स पसन्द आयी, जिसे उसने साहब को खरीदकर दिया था?''

''ऐं? क्या?''

''जीन्स!''

''ओह!'' मैं जोर से हँस दी।

''बहुत पसन्द आयी। शेफाली की जिद के कारण ही इस बुढ़ापे में जीन्स...''

''रुक्मिणी जी! उम्र का हिसाब हम अपने मनोबल के अनुसार करते हैं। मैंने सोचा था कि शेफाली के बर्थ-डे के दिन आप आएँगी।''

''मैं...'' इसका मैं क्या जवाब देती?

''साहब ने कहा, अचानक आपका सिर चकराया और उल्टी आने लगी। सिर्फ साहब ही गेस्ट थे। फिर मेरे कुछ परिवारवाले। साहब ने उस दिन उसे जो घड़ी भेंट की थी, उसे ही अब वह हमेशा पहनती है। अब तो यहाँ विदेशी चीजें यथेष्ट मिलती हैं।''

''हाँ और क्या! बहुत मिलती हैं।''

"वैसे, रुक्मिणीजी, आपको क्या कष्ट है! दोनों बेटियाँ विदेश में हैं। पर फोन न मिले, तो कष्ट होगा ही। मैं आपको फोन करूँगी। भास्कर साहब को लेकर मुझे कोई घबराहट नहीं।" उन्होंने हँसते हुए कुछ बातें और थीं, फिर फोन रख दिया।

अपने जन्म-दिन की पिछले कई सालों से उन्हें यत्नपूर्वक याद दिलानी पड़ती थी। जब बेटियाँ साथ थीं तो वे एक-एक कार्ड ला देती थीं, 'मेनी हैप्पी रिटेन्र्स कहतीं। यद्यपि भास्करजी को अँग्रेजी रीति-रिवाजों पर विश्वास था, फिर भी वे जन्मदिन, विवाह की वर्षगाँठ आदि याद नहीं रखते थे।

बाहर की हवा अब मेरे अस्वस्थ मन के भीतर भी उथल-पुथल करने लगी थी। मैंने मन ही मन भगवान का नाम लिया। अपने को अनुशासित किया। दोनों बेटियों के विदेश जाने के बाद भास्करजी को बेचैनी होती होगी। जब वह लड़की विनम्र व्यवहार करती होगी तो उस पर वात्सल्य आना स्वाभाविक है। मैंने अपने को ही धिक्कारा। यह क्यों नहीं सोचती कि सड़सठ साल के एक भोले इनसान हैं वे।

पहले, जिन बातों पर मैंने ध्यान नहीं दिया था, उन्हें फिर से पकड़ा।

"यद्यपि उनकी उम्र बढ़ रही है, फिर भी मन से वे अभी जवान हैं। है, न रुक्मिणी जी!"

मैंने इसका क्या जवाब दिया? सिर हिलाया क्या? या सिर्फ हँस दी? मैं उस जमाने को जानती हूँ, जब वे तन और मन दोनों से जवान थे। बहुत पहले रात या दिन का विचार न करके जब वे मेरे शरीर पर टूटकर मुझे वश में कर लेते थे।

मैं धीरे-धीरे चलकर बन्द खिड़की के पास खड़ी हो गयी। केले के पेड़ टूटकर उलट गये थे। नीम के पेड़ की डाली टूटकर लटक रही थी। क्रुद्ध हवा। बाहर अनवरत वर्षा हो रही थी।

साँझ तक फिर फोन नहीं बजा। जब कभी वे दूर जाते थे, वहाँ पहुँचने पर फोन करते थे। वहाँ से रवाना होने का समय भी बाद में बता देते।

अगर खण्डाला में भू-स्खलन हुआ है तो वापस आना ही चाहिए। जब वे पहलेवाली कम्पनी में थे, तो अकसर पुणे जाया करते थे। याद आया कि साथ के लोग जब होटल में ठहरते थे, तब भी भास्करजी एक गेस्ट हाउस में ही रुकते थे। कृषि विभाग का महाविद्यालय या फिर विश्वविद्यालय? यह भी याद आया कि उन्होंने कहा था कि सवेरे टहलने के लिए आसपास काफी खुली जगह होने के कारण ही वह वहाँ ठहरते थे। बड़े होटलों से ज्यादा सुविधा गेस्ट हाउस में मिलती है।

तभी फोन की घण्टी बजी। गनीमत है अम्मिणी थी।

मैंने शिकायत के स्वर में पूछा, "कितनी देर कर दी अम्मिणी? मैंने तुमसे कहा था कि मैं बाहर फोन नहीं कर सकती।"

मैंने अपनी रुलाई को छिपाया। शहर में कम से कम एक सौ मित्र हैं। इनमें से कोई न कोई बारी-बारी से मुझे फोन क्यों नहीं कर सकती? मैं तो आँधी और प्रलय के बीच इस छोटे-से घर में कैद थी।

"सुनो अम्मिणी, जब कभी वे पुणे जाते हैं, उनके रहने का एक गेस्ट हाउस है। शायद एग्रीकल्चरल कॉलेज है या विश्वविद्यालय, दोनों में से कोई। जैसे भी हो, वहाँ का नम्बर ढूँढ़ निकालो। शंकर भैया के पुणे में कई मित्र होंगे। यह पूछताछ करके कि वे वहाँ पहुँच गये हैं और सही-सलामत हैं, मुझे फोन करो। फोन करोगी न? अम्मिणी, अब तो मैं..."

अम्मिणी का स्वर बदला-सा था। क्या मैं उसके लिए परेशानी बन रही थी? 'कोशिश करूँगी' कहकर अम्मिणी ने फोन रख दिया था।

अन्दर अँधेरा बढ़ गया था। दो बत्तियाँ और जला दीं। वर्षा तो अब ऐसे हो रही थी मानो किसी से बदला ले रही हो। इस महानगर की रखवाली करनेवाली महालक्ष्मी भी अब ऊब चुकी होंगी। मनुष्य इतने दुष्ट हो गये हैं। रोज ही सुनने को मिलता है, वही डकैती, लूटमार, बलात्कार, अपहरण आदि। महालक्ष्मी ने भी नगर को सजा देने की अनुमति दे दी होगी।

हाथ-पैर धोकर मैंने दीये में नयी बत्ती और तेल डालकर उसे जलाया। हे भगवान! हे भगवान!...भास्करजी बिना किसी दुर्घटना के जल्दी वापस लौट आएँ...

जब भी कोई ऐसी यात्रा होती थी, जब वे रात को न लौट रहे हों, तो पहले ही बता देते थे। मैं कृष्णा की बेटी या मिसेज चटर्जी के घरेलू नौकर को बुलाकर रात में सोने की व्यवस्था कर लेती। जब अहमदाबाद गये थे, तो कहा था कि तीसरे दिन लौटेंगे। फिर पाँचवें दिन लौटे थे। रात को कृष्णा की बेटी आकर आधी रात तक टीवी देखती रहती। मैं सो जाती। साथ कोई न हो, तो भी डरने की कोई बात नहीं थी। कॉलोनी होने के कारण घर पास-पास थे। गेट पर पहरेदार भी था। फिर भी घर के अन्दर कोई होता है, तो चैन रहता है।

सामने का दरवाजा थोड़ा खोलकर देखा। हवा, पानी की बूँदें, सूखे पत्ते आदि तेजी से अन्दर आने लगे, तो तुरन्त दरवाजा बन्द कर दिया।

तभी मृणाल गाडगिल का फोन फिर आया।

"मैं काफी देर से नम्बर मिला रही थी, पर मिल नहीं रहा था, कैसी हैं आप, रुक्मिणी जी?"

"कोई खास समाचार नहीं है।"

"वर्षा के समय ही ज्यादा दम घुटता है, कोई बेचैनी तो नहीं है, न? पहले कभी आपको एंजाईना की शिकायत तो नहीं थी न? अब कैसी हैं?"

"नहीं, मृणाल! मैं ठीक हूँ।"

"कॉलोनी होने के कारण आसपास कई घर हैं। हमारा अपना फ्लैट है। बहुत पुराना फ्लैट पर काफी जगह है। चौथी मंजिल है, बस यही एक असुविधा है।"

बाहर से आती इनसानी आवाजों से काफी राहत मिल रही थी। पर मैंने चाहा कि वह अब फिर से फोन न करे।

"कुछ पता नहीं लगा?"

"नहीं, डौली ने भी फोन नहीं किया।"

मैंने खुद ही फोन रख दिया।

टीवी खोला। समाचार समाप्त हो चुके थे। फिल्मी गीत आ रहे थे। अश्लील चेष्टाएँ। कम से कम मैं तीस साल से किसी थियेटर नहीं गयी थी। अखबारवालों के लिए जब कभी कोई मलयालम फिल्म दिखायी जाती, तभी देखने जाती थी। सन् अस्सी या चौरासी की बात होगी, जब वासन्ती गर्भ में थी, तभी अन्तिम बार टिकट लेकर सिनेमा देखने गयी थी। हाथी वाली कोई फिल्म। हाथी नायक को बचाता है। जंगल, मारपीट। मृत हाथी को देखकर नायक बहुत देर तक गाता रहता है। नाम वगैरह मुझे याद नहीं।

ठण्ड बढ़ रही थी। फिर भी मुझे प्यास लगी। तीन गिलास पानी पिया। समझ में न आया कि चपाती बना लूँ या बचा हुआ चावल गरम करूँ? भूख लगती ही नहीं थी।

समय का कोई हिसाब नहीं था। दीवार-घड़ी चलती नहीं थी। बैटरी बदलनी थी। याद नहीं मेरी घड़ी कहाँ थी। अलमारी में कि मेज के अन्दर? जब कभी बाहर निकलती, तभी उसकी जरूरत पड़ती थी।

जब फोन की घण्टी बजी, तो मैं सहसा चौंक उठी। शायद भास्करजी हों।

अम्मिणी थी।

"देख, रुक्मिणी, शंकर भैया को मैंने फोन किया था। अजीब बात है। वहाँ पानी बरसा ही नहीं।"

नानी की बात मुझे याद आयी। कलिकाल के अन्त में वर्षा भी जगह छोड़-छोड़कर बरसेगी।

"फिर?"

"तुमने क्यों नहीं कहा कि विनीता आयी है?"

''विनीता तो दुबई में है।''

''फिर कौन आया है?''

''वासन्ती! भास्करजी ने गेस्ट हाउस में कमरा लिया है। गेस्ट हाउस के मैनेजर ने बताया कि उनके साथ उनकी बेटी भी है। मैंने ही गेस्ट हाउस में बात की थी।''

मैं कुछ बोली नहीं।

''भास्करजी फोन पर मिले नहीं। आधा घण्टा बाद फोन करने को कहा गया। जब मैंने फोन किया, तब वे रेस्टोरेण्ट में थे। आधा घण्टा बाद मैं उन्हें फोन करके तुम्हें...''

''रुक्मिणी, अब परेशान न होना। यह मालूम हो गया कि वे वहाँ पहुँच गये हैं, इतना ही काफी है।''

मैंने फोन रखा। फिर ड्राइंगरूम और बेडरूम में यूँ ही टहलती रही कुछ देर तक। फिर खिड़कियाँ खोलीं। मुझे लगा कि हवा के झोंके की एक ताल होती है। सामने का दरवाजा खोला तो बरामदे से पानी अन्दर घुस आया। कालीन पर भी पानी। उसका हरा रंग बदल गया।

फ़ोन एक क्षण के लिए हिला। उठाकर देखा तो शान्त। कोई आवाज नहीं। एकदम मुर्दा। अब्र बाहर की कॉल भी नहीं मिलेंगी।

खुले दरवाजे पर खड़े रहने के कारण पूरा भीग गयी थी। भारी ठण्ड। बाहर आँगन में पानी भर गया था।

मैं बरामदे में गयी। अँधेरे में हवा के झोंकों की आवाज। बाँसुरी से मानो कोई गाना गुनगुना रहा था। अचानक बत्तियाँ बुझ गयीं। कॉलोनी की आम सड़कों और फाटक पर की बत्तियाँ भी बुझ गयी थीं। घुप्प अँधेरा छा गया, तो ज्यादा स्वस्थ महसूस किया। यह प्रलय की-सी स्थिति थी। जब सबकुछ प्रलय में डूब गया था तो भगवान कृष्ण पीपल के पत्ते पर पानी के ऊपर चल रहे थे। तब कैसी शान्ति रही होगी।

मैं दहलीज पर सिर टिकाकर बरामदे में ठीक से लेट गयी। पानी से ठण्डी पड़ गयीं अँगुलियाँ पसलियों के नीचे से बाहर की ओर भाग रही थीं। जैसे किसी को बगल में लिटाने के लिए तत्पर हों। भीगी हुई अँगुलियाँ जैसे किसी को गुदगुदाने को प्रयत्नशील हों। मगर, जो पानी में डूबा था, उसके ऊपर से उड़ने की कल्पना करके मैं हँस पड़ी। राहत, मन स्वस्थ, कोई डर नहीं।

आज इतवार है। जो लोग बाहर से आये थे, उनके लिए कुछ लोग बाहर चले गये।

जो भी जगह बची थी, वहाँ लोग चाहें तो खड़े रहें या बैठ जाएँ, यह सोचकर।

अब जो अन्दर आयी थी, वही शेफाली थी। हाँ, ऑफिस-कार के मुड़ते समय जो सूरत देखी थी, वही सामने खड़ी होकर अपनी सैण्डिलों का फीता खोल रही थी। भास्करजी ने देखा। वे चुपचाप बैठे रहे। उसे आकुल भाव से देखा। वह किसी और परिचित चेहरे को देख आश्वस्त होकर उनकी तरफ चली आयी। धीरे-से उनसे कुछ बोली। भास्करजी बैठे उसी को देखते रहे। वह जब उनके पास आकर कुछ बोलेगी उस समय बहाने के लिए कुछ आँसू सुरक्षित रखकर।

वह सभी को सम्बोधित करके बोली, ''मैं थोड़ी देर बाद आती हूँ, ग्यारह बजे एयरपोर्ट पर अंकल आ रहे हैं।''

वह जाने के पहले भास्करजी के सामने रुकी।

''जल्दी लौट आऊँगी।''

तभी बड़ा तमाशा हुआ। शब्दविहीन तमाशा। सिर्फ मैं ही उसे समझ पाऊँगी। भास्करजी उसे इस दीन भाव से देखने लगे कि अब वह ही इनके लिए बची हो। उसने आँखों से उसका जवाब भी दिया। यदि उसकी माँ होती तब भी यह मजाक ही माना जाता। पर शेफाली की आँखें बता रही थीं कि अगर वह सोच रहे हैं कि वह बूढ़े का भार उठाएगी, तो यह उनकी गलतफहमी थी। फिर वह बाहर चली गयी। वहाँ खड़े सब लोगों को मालूम था कि वह अब नहीं आएगी। इससे बड़ा तमाशा और क्या हो सकता था! मैं खुलकर हँसना चाहती थी, कम से कम भास्करजी की दीनता दूर करने के लिए, पर क्या कर सकती थी? मुझे तो डाइनिंग टेबिल और सोफे हटाकर नीचे कपड़ों में ढँककर लिटाया गया था।

क्या ये लोग मेरी लाश को सिर झुकाये चुपचाप ले आये थे, जैसा हमारे गाँव में किया जाता है। उत्तर भारत में आकर मैं इधर की कई बातों से सहमत नहीं हो पायी थी। पर यहाँ लाश उठाने की क्रिया सही है। लोग मिल-जुलकर, ढोल बजाकर 'राम नाम सत्य है' चिल्लाते हुए किसी उत्सव की भाँति श्मशान जाते हैं।

मेरे इर्द-गिर्द एक और उत्सव हो जाए—राम नाम सत्य है। यहाँ मृत्यु वाले घर में जो लोग आये थे, उनमें से अधिकतर उत्तर भारत के ही थे। वहाँ की परम्परा ही ठीक है—राम नाम सत्य है।

कडुगण्णव : एक यात्रा-वृत्तान्त

जब वह दो जोड़े कपड़े और एक कैमरे वाला थैला कन्धे पर झुलाये हिमालय की तराई में घूमता-फिरता था, तब उसकी उम्र बाईस साल की थी। आइजत नगर से अलमोड़ा तक का सफर उसने घोड़े पर तय किया। उस बार काँसे के गिलास में भाँग-मिला दूध पीकर उसके होश उड़ गये थे। जब होश आया तो वह किसी गहरी खाई के ऊपर वाले चट्टान पर लेटा हुआ था। ये बातें अब पुरानी हो चुकी हैं। अब तो सफर कम कर दिया है। किसी और जगह रात बिताना कल्पना से परे है। अब तो सीढ़ियाँ चढ़ते हुए भी दम घुटता है। ब्लड-प्रेशर की गोलियाँ और इनसुलिन-ट्यूबों को साथ ले चलना मुश्किल है। इसके बावजूद विदेश से एक निमन्त्रण को उसने स्वीकार कर लिया। दक्षिण-पूर्वी-एशिया के विकास में अखबारों की भूमिका पर बोलने के लिए न तो उसके पास कोई विशेष जानकारी थी और न ही कोई सुझाव।

निमन्त्रण आया था श्रीलंका से। वहाँ एक ऐसी जगह थी, जिसे देखने की उसकी बड़ी इच्छा थी। उस जगह का नाम था—कडुगण्णंव।

चेन्नई के दफ्तर के सहयोगियों ने बताया कि दो घण्टे पहले एयरपोर्ट पहुँचना काफी रहेगा। विदेशी यात्रियों को तीन घण्टे पूर्व रिपोर्ट करने का नियम था। पर कोई इस नियम का पालन नहीं करता। लेकिन वह पहले ही पहुँच गया था। एक जमाना था, जब सारे लोगों के चेक-इन हो जाने के बाद उसके नाम की घोषणा होती तो वह भागा-भागा पहुँचता और सीढ़ी हटाये जाने के पहले विमान में चढ़ जाता था। अब जल्दबाजी में कुछ करना पड़ता तो उसकी धड़कनें बढ़ जाती थीं।

डिपार्चर लाऊंज प्राय: खाली पड़ा था। विमान ठीक वक्त पर उड़नेवाला था। यात्री भी फटाफट आ गये। उनमें अपनी पोटलियाँ, बैग समेटे शोर मचाते हुए श्रीलंकावासियों का एक दल भी था।

जब नये शिक्षार्थियों को पत्रकारिता के बारे में पढ़ाया जाता, तब उन्हें वह

कहता था कि हमेशा अपनी आँखें और कान खुले रखने चाहिए, अपने आसपास ही रिपोर्टिंग के लिए उपयुक्त सामग्री मिल जाएगी।

क्या वे लोग शरणार्थी थे? नहीं, शरणार्थियों को जहाज पर भेजा जाता था। चेन्नई के बाजार से वे मिक्सी-ग्राइण्डर ही नहीं, सब्जियाँ भी ले जाते थे। वह चाहे तो इनमें से किसी से दोस्ती कर सकता था। चीजों के न्यूनाधिक दाम, नये राष्ट्रपति आदि विषयों पर बात कर सकता था। हमारे प्रधानमन्त्री की हत्या की बात सुनकर श्रीलंकावासियों में क्या प्रतिक्रिया हुई, इसका भी पता लगाया जा सकता था। नहीं, उसे कोई रिपोर्टिंग नहीं करनी।

श्रीलंकावालों में औरतें भी थीं। उसने अपनी माँ का स्मरण किया। माँ उन्हें सिंहली कहती थीं। सिंहलों और सिंहलियों का देश।

उनके दल में अन्त में दो बौद्ध भिक्षु भी शामिल हो गये। वे दोनों उसके बगल की खाली सीटों पर बैठ गये थे। तभी उसने ध्यान दिया, उन्हीं में एक भिक्षुणी भी थी।

सन् इक्यासी में वह यात्रा के लिए तैयार हो गया था। उसका एक पत्रकार दोस्त सीलोन ऑब्जर्वर में काम करता था। उसने जरूरी सुविधाओं का प्रबन्ध करने का वचन दिया था। जहाँ-जहाँ वह जाना चाहता था, उसका प्रबन्ध हो जाएगा। 'एक भारतीय पत्रकार की खोज की कहानी' वह लिखना चाहता था। उसके जाने के तीन दिन पहले वहाँ गृह-युद्ध छिड़ गया और आपात्काल की घोषणा हो गयी। परेरा ने उसे फोन पर बताया, यात्रा स्थगित कर दो। पड़ोसी देश है। जब चाहे जा सकते हो। पर उसे अब तक यात्रा के स्थगित किये जाने की बात समझ में नहीं आती।

श्रीलंका के विमान की बोर्डिंग के लिए घोषणा हुई। यात्रियों का दल कतार को माने बिना दौड़ रहा था। पीले कपड़ों वाली भिक्षुणी भी इस मामले में पीछे नहीं थी।

पास खड़े युवक ने कहा, "लुक ऐट दैट।"

वह भी हँस दिया।

"हुँ कलम्बो?"

"यस।"

"वहाँ का मौसम अब कैसा है?"

किस मौसम की बात कर रहा था वह? वहाँ के क्रियाकलापों की या वर्षा के मौसम की?

"पता नहीं।"

उसने मन में नोट किया—कोलम्बो कहना गलत है, कलम्बो ही ठीक है।

यद्यपि उसकी सीट विण्डो-सीट थी, फिर भी विमान के पंख ने बाहर के दृश्यों को छिपा दिया था। खैर, कोई यात्रा-वृत्तान्त लिखने का उसका इरादा नहीं था। अन्य कुछ देशों पर उसने अपने काम के सिलसिले में पहले न जाने कितना लिखा था। हवाई अड्डे पहुँचने पर जो पहला चेहरा दिखाई दे जाता था, उसी से अकसर यात्रा-वृत्तान्त शुरू करता था।

उसने घड़ी देखी। सोचा, अब दस मिनट और लगेगा। पर तभी पहली घोषणा हुई। उसने जल्दी ही इमिग्रेशन का फॉर्म भरा। अपना हैण्ड बैग एक बार और देखा। पासपोर्ट, टिकट, सेमिनार के कागज, फैक्स-सन्देश—सब ठीक-ठाक थे। कभी-कभी उसके मन में अनावश्यक चिन्ता और डर घुस जाता था। घर में सोते वक्त बेटी उससे यह पूछती कि दरवाजा बन्द कर दिया है, तो उसे लगता क्यों न एक बार और जाँच कर ले।

डॉक्टर रामचन्द्रन ने कहा था, "मिस्टर वेणुगोपाल, ढलती उम्र में कुछ लोग ऐसे हो जाते हैं।"

एयर-इण्डिया वालों ने शायद गलत तारीख दे दी थी। एक बार टोकियो हवाई अड्डे से बाहर आने पर उसका स्वागत करने कोई नहीं आया था। एशिया सेण्टर तक वह टैक्सी में गया। कुछ समय बाद अपने मित्र के घर जाकर दरवाजा खटखटाया तो उसकी घरवाली उसे देखकर चकित रह गयी। अगले दिन उसके पहुँचने का इन्तजार कर रही थी। उन दिनों हिम्मत ही उसका बल था।

क्या सेमिनार के आयोजक अब उसका इन्तजार नहीं कर रहे होंगे? उसे घबराहट होने लगी।

हवाई अड्डे पर अपने सूटकेस का इन्तजार करते हुए उसने सोचा, इधर कभी बम गिरने से कई लोग हताहत हुए थे। यह कब की बात थी? क्यों? महीनों पहले राष्ट्रपति प्रेमदासा दिवंगत हो चुके थे। नगर के ठीक बीचोंबीच बम फटा। उसने भगवान बुद्ध के इस द्वीप में सर्वप्रथम आने की बात सोची थी, जहाँ पहले असुरों और राक्षसों का राज था, जो हत्या और लूट-मार के बल पर शासन कर रहे थे।

जब हत्यारों का दल बुद्ध को घेरे खड़ा था, तो वे मुस्कराते थे। तब आँधी उठी। बिजली चमकी। राक्षस लोग डर से काँप उठे।

"मुझे बैठने की जगह दें।" बुद्ध ने कहा।

"हमें भय से मुक्ति दें। यह पूरा द्वीप हम आपको दे देते हैं।"

"आइन्दा तुम्हें भय नहीं लगेगा।"

उसने खुद को समझाया कि डरना मत। जीवन तो मात्र वह अन्तराल है, जिसने मृत्यु से सन्धि कर ली है। बर्गमान की 'सेवन्त सील' के शतरंज का खेल उसे याद आया। डर से मुक्त होने के लिए अब वह वेदान्त और बुद्ध-वचन पढ़ता था।

समझना तो यही चाहिए कि इधर विपत्तियाँ घात लगाकर बैठी थीं। चीफ एडिटर जो कि बाहरी देशों का निमन्त्रण कभी टालते नहीं, शायद उन्होंने इसीलिए अपनी जगह उसे इस सेमिनार में भेज दिया हो। कडुगण्णव का रहस्य उनसे उसने बताया भी नहीं था। मगर तभी उसे बड़ी राहत का एहसास हुआ। एक युवक खड़ा था। वह अपना सूटकेस उसके नाम की तख्ती लेकर खींचते हुए उसके पास पहुँचा।

"मैं पी.डी.के. वेणुगोपाल हूँ।" मेरा परिचय पाकर उस युवक ने वह सूटकेस उठा लिया। दोनों बाहर की ओर चल पड़े।

आखिर मैं उस देश में पहुँच ही गया, जहाँ कभी पहुँचने की मुझे उम्मीद नहीं थी। देर से ही सही, श्रीलंका ने मुझे बुलाया तो।

टैक्सी चल पड़ी। छोटी दुकानों और वर्कशॉप वाली सड़क को देखने पर उसे लगा कि यह चड्डुरम्कुलम बाजार तो नहीं है। उसने यह सोचा नहीं था कि हवाई अड्डा इतनी दूर होगा। वहाँ से शहर की दूरी कुल पैंतीस मिनट की थी। जब वह होटल के रजिस्टर में दस्तखत कर रहा था, तो वहाँ खड़े व्यक्ति ने उससे कहा, "वेलकम मिस्टर वेणुगोपाल? मैं ही आशली गुणतिलके हूँ।" उसने उससे दो बार फोन पर बात की थी। गोल आँखें, चिबुक पर थोड़ी-सी दाढ़ी, जो अनजाने ही उग आयी थी। वह किसी पुराने नीग्रो हीरो की तरह लगी लेकिन उस वक्त उसका नाम याद नहीं आया।

ऐसा लगा कि वह काले सूट में पसीने से भीग गया है।

चौथी मंजिल के कमरे से समुद्र का कुछ हिस्सा दिखाई देता था। ऊपर के मकान में झण्डा लहरा रहा था। उसके ऊपर एक हेलीकॉप्टर को मँडराते हुए देखा। गुणतिलके ने कहा, "सीक्यूरिटी का है। वह राष्ट्रपति का दफ्तर है।"

उसने खिड़की का पर्दा हटाया।

"देखो, नेवल बोट, सामने गार्ड-ड्यूटी दे रहा है।"

उसने कहा कि वह श्रीलंका पहली बार आया है। पहले आने की कोशिश की थी पर सम्भव नहीं हुआ। पुरानी बातें इसे अभी क्यों बतायी जाएँ!

"बहुत ही व्यस्त दिन था। अत: मैं एयरपोर्ट पर लेने आ नहीं पाया।"

"कोई बात नहीं। आप इधर तो आ गये, मिस्टर गुणतिलके।"

"आप मुझे 'आशली' कह सकते हैं। हम कुछ पिएँगे।"

कमरे में रखे छोटे वाले फ्रिज से उसने बीयर के दो टिन बाहर निकाले।

वेणु ने इनकार किया।

"ओरेंज जूस? कोक?"

"कुछ नहीं। रोज चालीस यूनिट इनसुलिन लेता हूँ। मेरी अपनी सीमाएँ हैं। आपको सुनाकर बोर नहीं करूँगा।"

''विथ युअर परमिशन!''

आशली ने पहला पेग टिन से पिया—एक ही मिनट में। दूसरा भी गिलास में भरकर उसने एक सिगरेट जलाया।

''अब जाकर थोड़ा आराम मिला। कैसा मनहूस दिन है।''

''अब यहाँ के हालात कैसे हैं?''

'' कुछ न कुछ तो लगा ही रहता है। उस मकान को देखिए। गोपुर के आकार का मकान। प्रेमदासा को मारने के लिए वहाँ बम गिराया गया। केनेडी ने एक बार कहा था—अगर कोई मुझे मारना चाहता है, तो कोई भी सुरक्षा-योजना मुझे बचा नहीं पाएगी। मेरे जीवन के बदले कोई अपना जीवन, बलि देने को तैयार हो, बस यही काफी है।''

आशली गुणतिलके इनफॉर्मेशन विभाग का कर्मचारी था। उम्र पैंतीस से ज्यादा नहीं होगी। वह किसी बुजुर्ग शासक के सधे स्वर में बोलता था। कम से कम वेणुगोपाल को ऐसा ही लगा।

''एल.टी.टी.ई. वाले दस-बारह साल के लड़कों को रिक्रूट करते हैं। फौजी कैम्प की नरहत्या के बाद उसका बदला लेने के लिए हमारे रिक्रूटिंग ऑफिसों में रोज पन्द्रह साल के लड़के क्यू में खड़े होते हैं। क्या आपने शेली की यह उक्ति सुनी है?''

''किसकी?''

''शेली की। पी.बी. शेली। अँग्रेजी कवि। उसने कहा था कि युद्ध शासकों के लिए विनोद है। पुरोहितों के लिए मजा है। वकीलों के लिए तमाशा है। किराये के हत्यारों के लिए व्यापार है।''

पाँच मिनिट के दौरान उसने केनेडी एवं शेली को उद्धृत किया। आशली मेजबान के रूप में उसे मिला, इसके लिए वह किसे धन्यवाद दे?

''मिस्टर आशली, मैंने आपको लिखा था कि मैं यहाँ की कुछ जगहें देखना चाहता हूँ।''

''कल के सेमिनार के बाद सैटर्डे और सण्डे हमने साइट सीइंग के लिए रखा है। इस देश में देखने लायक कई चीजें हैं। टूरिज्म विभाग का कोई आदमी आपके साथ रहेगा।''

''प्लीज मिस्टर आशली, आप भी चलें।''

''कोशिश करूँगा। ऐतिहासिक स्मारकों को कितनी ही बार देखूँ, मुझे ऊब नहीं लगती। कहिए, आप किन विशेष स्थानों को...''

''कैण्डी।''

''उसे सभी लोग देखते हैं। वह चौदहवीं सदी में इस देश की राजधानी थी। यहाँ से साढ़े तीन घण्टों का सफर है। और?''

उसने हिचकते हुए कहा, "कडुगण्णव शायद करीब ही होगा।"

"ओ कडुगण्णव। हम वहाँ से गुजरेंगे। मैं उसे जानता हूँ। अच्छी तरह जानता हूँ।"

आशली के ससुर उसी प्रदेश के थे। उन्होंने आठ-दस साल पहले ही कलम्बो में घर बनाया था।

"वे अब..."

"नहीं रहे। विगत दिसम्बर में उनकी मृत्यु हो गयी।"

उसने सोचा कि आशली पूछेगा कि किसी बूढ़े केरलीय पत्रकार के लिए कडुगण्णव का क्या महत्त्व होगा। बस, यही जवाब देगा कि हमारे कुछ रिश्तेदार पहले वहाँ रहते थे।

आशली ने घड़ी देखी। वह उठा।

"कल, पाँच बजे सेमिनार है। चार बजे तैयार होकर आ जाइएगा।"

उसने विजिटिंग कार्ड देते हुए कहा, "इसी बीच कोई जरूरी बात हो तो कृपया मुझे फोन कर दें। हैव ए नाइस रेस्ट।"

वह बीयर के खाली टिनों को फ्रिज पर रखकर बाहर चला गया।

"बाइ!"

थोड़ी देर बाद वह नीचे उतरकर होटल की लॉबी में घूमता रहा। फिर उस फ्लोर पर चढ़ गया, जहाँ पुस्तकें और स्टेशनरी बेची जाती थीं। देखा कि वहाँ सारी चीजों का दाम भारत की अपेक्षा ज्यादा था।

होटल के बाहर वह कुछ देर खड़ा रहा। फिर अचानक उस रास्ते पर बत्तियाँ जल उठीं, जो सागर किनारे से सीधे जाता था। सामने मिलिट्री चेक पोस्ट था। वह अपने कमरे में लौट आया। सात बजे उसने खाने का ऑर्डर दे दिया। फिर कुर्ता उतारकर लुंगी पहनकर सोफे पर आराम से लेट गया।

उस लड़की का चेहरा कैसा था, जो चाबियों का गुच्छा नचाते हुए लोहे की पेटी पर बैठी थी? सिंहली लड़की का चेहरा? उस समय घर में दो कैलेण्डर थे। क्या उसमें से एक बेबी सरोजा का था? या कि अश्वत्तम्मा का? सिनेमा की कोई अभिनेत्री थी। दूसरा श्रीकृष्ण का। जब कभी वह माँ की पेटी की छानबीन करता था, तब श्रीकृष्ण की लाल आँखें उसे घूरकर देखती थीं। श्रीलंका से आयी उस लड़की का चेहरा सिनेमावाले कैलेण्डर के चेहरे से ज्यादा खूबसूरत था। चौड़ा चेहरा था। कन्धे तक कटे बाल।...अब वह चेहरा काफी धुँधला हो गया है!

इस यात्रा का फैसला कर चुकने के बाद ही वेणुगोपाल देवी दीदी के घर गया

था। पिताजी की भतीजी थी, देवी दीदी। वह यह बताने गया था कि दीदी की सबसे छोटी बेटी की शादी में आ नहीं पाएगा।

"यह शादी भी हो जाए, तो मन को सुकून मिलेगा। अच्छा हुआ कि यह प्रस्ताव आ गया।"

उसने कहा कि वह शायद ही शादी में आ पाएगा।

"बच्चे आएँगे। मैं...मैं तो तब श्रीलंका में रहूँगा।"

देवी दीदी को थोड़ा दुःख हुआ।

"दफ्तर का काम है। एक मीटिंग है पत्रकारों की। और चूँकि वह श्रीलंका में होगी इसलिए..."

"वेणु, तुम श्रीलंका पहले गये नहीं क्या?"

"जी नहीं। कई बार जाने की तैयारी की। पर जा नहीं पाया।"

तभी शादी की तैयारियों के बारे में पता लगाने कुछ रिश्तेदार आ गये।

"अरे वेणु, तुम्हें देखे कई दिन हो गये।"

देवी दीदी मानो उससे कह रही थीं, "वेणु श्रीलंका जा रहा है। शादी में आ नहीं पाएगा। बड़े मामा जी के देश जाएगा। क्यों वेणु?"

वह हँस दिया, "जाकर देखना है। शायद..."

"बड़े मामा के देश का क्या नाम है? मुझे याद नहीं आता। कोई..."

"कडुगण्णव।"

उस जगह का नाम वह भूल नहीं पाएगा।

वही उन चिट्ठियों को डाक-पेटी में डालता था, जिन्हें अपने भाई को माँ भेजा करती थीं।

पड़ोस की विशालाक्षी अम्मा ने पूछा, "देवी, वहाँ से पहले एक छोकरी इधर आयी थी न?"

दीदी ने कहा, "कौन जाने कि वे सब अब जिन्दा हैं कि नहीं। कितना समय बीत गया। उस लड़की का नाम लीला था।"

वेणुगोपाल ने पहले से हिसाब लगाया था। वह सिंहली औरत अब जिन्दा नहीं होगी, जिससे पिताजी ने रिश्ता जोड़ा था। अगर जिन्दा हो, तो कम से कम नब्बे साल की हो गयी होगी।

"लीला मेरी उम्र की थी। इसलिए मुमकिन है कि वह जिन्दा हो।"... वेणुगोपाल ने सोचा। उसके बारे में उसने कइयों से बात की थी। थी भी मजेदार बात। एक माँ के चार लड़के थे। वह मेरी चाहत थी, पर हुई नहीं। विदेश से वर्षों बाद जब उसका पति लौटा, तो उसके साथ कोई लड़की थी। जब यह अफवाह फैली कि वह उसी की बेटी है तब तो घर में खूब झगड़ा हुआ था।

वेणुगोपाल की यादों में न जाने क्यों वह लड़की उम्र में उससे छोटी थी।

"देवी दीदी, वह...वह लड़की मुझसे छोटी थी, न?"

"नहीं। उस वक्त तुम नौ साल के थे। जब हम अपने आँगन में खेल रहे थे, तभी उस लड़की को पहली बार मासिक धर्म हुआ था। मुझे अच्छी तरह याद है।"

जब वह लड़की हमारे घर आयी थी, तब की घटनाएँ उसने सुनी थीं। दक्षिणी दालान में चावलों के बखार के नीचे दो दिनों तक वह गुमसुम बैठी रही। स्नानागार या पाखाने नहीं गयी। अकेले ही बैठी रही। देवी दीदी, माँ और बुआ ने अपनी तरफ से काफी कोशिश की। आखिर घर की औरतों ने हिचकते हुए पिताजी के पास जाकर उनसे यह बात कही। फिर वह घर की अन्य लड़कियों के साथ बाहर आने लगी।

"तब वह बारह-तेरह साल की रही होगी। काफी स्वस्थ थी वह।"

उसे पता नहीं चला था कि श्रीलंका से आयी लड़की रजस्वला हो गयी थी। वेणुगोपाल ने हिसाब लगाकर देखा, तो अब वह बासठ-तिरसठ से कम की क्या होगी।

जिस रात को पिताजी आये थे, उस समय का उत्साह और जलसा उसे याद है। दो-दो मुर्गे कटे थे। बड़े भाई ने उस ग्रामोफोन पर रिकार्ड बजाये जिसे पिताजी लाये थे।

ऊपर वाले कमरे में पिताजी ने मामाओं और पटवारियों का सत्कार किया। रात देर तक ऊपर के कमरे से तमिल गानों की आवाज आती रही। उसी रात मेहमानों के चले जाने के बाद माता-पिता के बीच अनबन हो गयी। जब वह चौंककर नींद से उठा, तो उसने माँ की ऊँची आवाज सुनी। सिंहली औरत के बारे में मामा ने ही उन्हें बनाया था।

अगले दिन पिताजी उस लड़की को साथ लेकर अपने गाँव वन्नेरी चले गये। फिर सुना कि तीन महीने वहाँ रहने के बाद वे श्रीलंका लौट गये थे।

उनका कोई भी बेटा वन्नेरी गया नहीं। सब वहाँ जाना चाहते थे—विशेषकर छोटा बेटा वेणुगोपाल। क्योंकि पिताजी के घर पर शाम को चाय के साथ पकवान भी मिलते थे। वहाँ देशी पकवान और खीर बनती थी। रसोई का जिम्मा अम्मु मौसी पर था। वे कभी-कभार कटहल के फल भून देती थीं। अपने भाई के छोटे बेटे को वे बहुत प्यार करती थीं।

पर माँ ने सबको सुनाते हुए कहा, "कोई नहीं जाएगा वहाँ। इधर जो कुछ मिले, उसी से सन्तुष्ट रहना होगा।"

बैरा खाने के बर्तन उठाकर ले गया। वेणुगोपाल खिड़की का पर्दा हटाकर बाहर

देखने लगा। हेलीकॉप्टर की आवाज कभी-कभी सुनाई देती थी। नीचे सड़क के किनारे फौजी-बूथ पर कभी कोई सिगरेट पीता हुआ नजर आ जाता।

यातायात प्राय: बन्द हो चुका था। पर शहर सोया नहीं था। सवेरे की रोशनी देखने के लिए उसने पर्दे को थोड़ा-सा हटा दिया। फिर वह लेट गया।

सवेरे उसने आशली गुणतिलके को फोन किया। पर किसी ने फोन नहीं उठाया। तीसरी बार सम्पर्क हो पाया।

"डिड यू स्लीप वेल?"

"यस फाइन।"

क्या सेमिनार वाले आलेख को वितरित करने के लिए प्रतिलिपि करवानी होगी? नहीं। बँग्लादेश से अभी कोई आया नहीं था। मुम्बई से पटेल आया है।"

"आशली, क्या घूमने का कार्यक्रम बन गया?"

"डोण्ट वरी। चार बजे कार आएगी। बी रेडी!"

जब यह पता चले कि सार्क देशों के पत्रकारों के सेमिनार में कोई पी.के. वेणुगोपालन नायर आया है, तो हो सकता है कि कोई प्रवासी मलयाली देखने आ जाए। बड़े-बुजुर्गों में से कोई शायद पिताजी के परिचित भी निकल आएँ।

श्रीलंका के मलयालियों में पिताजी काफी लोकप्रिय थे। बड़े भैया ने उससे यही कहा था। उन्होंने कभी पिताजी के बक्से में एक फोटो देखा था। मलयाली कमिश्नर के स्वागत-समारोह के अवसर पर लिया गया फोटो। उसमें पीछे खड़े लोगों में पिताजी भी थे। इतना तो भैया जानते थे।

राजन भैया को हर बात में सन्देह था। "पिताजी का पता ही सबूत था। के. एम. नायर, कडुगण्णव, श्रीलंका यही उनका पता था। भला यह भी कोई पता था?" उन्होंने तर्क दिया।

उसे इन्तजार था कि शायद बुजुर्ग मलयालियों में से कोई मिल जाए।

वह अपने आलेख को लेकर, जो कि उसने तीन दिन में खूब परिश्रम करके लिखा था, जब सेमिनार-हाल में पहुँचा, तो कुल मिलकार दस-पन्द्रह लोग ही वहाँ मौजूद थे। उसने बाहर जाकर देखा। नहीं मलयाली नाम देखकर कोई वहाँ आया नहीं था। मंच पर छह लोग मौजूद थे। जब श्रीलंका के किसी बड़े व्यक्ति ने अपने उद्घाटन भाषण में पुरानी स्थापित सत्ताओं और नयी विकासशील शक्तियों के बीच के संघर्ष की चर्चा की तो वह यों बैठा रहा, मानो सबकुछ ध्यान से सुन रहा हो।

सम्मेलन वक्त से पहले ही समाप्त हो गया था।

आशली कतार में प्रतिनिधियों के बीच बैठा था। उससे कहा गया कि सवेरे आठ बजे निकलेंगे। रात को अनुराधापुरम में ठहरेंगे। टूरिज्म विभाग का मेहमान होकर घूमेंगे, उन्हीं के वाहन में।

"आशली, आपको मेरे साथ आना होगा।"

"कोशिश करूँगा।"

"नहीं, ऐसा कहने से काम नहीं चलेगा।"

पहले ही फोन एवं पत्र द्वारा उससे परिचय हो गया था, इसलिए उससे कुछ निकटता का एहसास हो गया था।

रात को वर्षा हुई। पर सवेरे आसमान साफ हो गया था।

सवेरे साढ़े आठ बजे आशली टूरिज्म विभाग की कार लेकर आ गया।

आशली श्रीलंका का इतिहास और भूगोल भलीभाँति जानता था। उसे सबकुछ ठीक से याद था। ऐतिहासिक स्मारकों के बीच चलते हुए उसने तिस्सा के जमाने की बात की। वह मिहिन्द्रले का प्रथम बौद्ध विहार था। सम्राट अशोक के पुत्र महेन्द्र ही इधर बौद्ध धर्म के प्रथम प्रचारक बनकर आये थे। महेन्द्र के नाम से मिहिन्द्रले नाम पड़ा होगा। बुद्ध की बेटी संघमित्रा द्वारा लायी गयी बोधिवृक्ष की टहनी इधर स्थापित की गयी।

"चाहें तो लिख लीजिए। संघमित्रा, ई.पू. तीसरी शताब्दी। इधर की चारदीवारी विक्रम राजसिंह ने बनवायी थी।"

उसने आशली को सन्तुष्ट करने के लिए नोट कर लिया।

दीवार की चारों तरफ फौज ने अड्डा जमाया था। एक बार तीर्थयात्रियों को लिये एक टूरिस्ट बस आ गयी। बाहर निकले भक्तों ने अपना पीला वस्त्र बदला, वे तो ए.के. 47 राइफल लिये हुए क्रान्तिकारी थे। गोली चली तो करीब छियासठ लोग मरे। भक्तों के साथ ही सड़क किनारे के फूल बेचनेवाले भी उनकी चपेट में आ गये। उसके बाद से यहाँ फौज की पहरेदारी शुरू हो गयी।

बोधिवृक्ष के सामनेवाले मण्डप में आशली ने फूलों का एक टोकरा खरीदकर पाँच सफेद फूल चढ़ाये और एक मिनिट मौन खड़ा रहा।

"आशली आप?"

"मैं बौद्ध हूँ।"

"अँग्रेजों के समय स्कूल में भरती के लिए कई लोगों ने ईसाई नाम अपनाये। पीढ़ियों से वे नाम स्थायी हो गये। मेरे दादाजी भी आशली थे।" बुद्ध की मूर्ति एवं ताँबे का महल दिखाते हुए आशली ने कहा।

जिस राजा ने बौद्ध धर्म को अपनाया, उन्होंने फौज की छुट्टी कर दी। फौजियों ने कुएँ और नहर बनाये। खेतीबारी की। तमिलनाडु से जो दो आदमी घोड़े के व्यापार के लिए आये थे, वे ऐसे देश को, जहाँ फौज नहीं थी, देखकर चले गये। फिर वे छह नावों में फौज ले आये। देश में कब्जा कर लिया। यही प्रथम आक्रमण का किस्सा है।

"आप लोग भी हमेशा आक्रमण की ताक में रहे।" आशली ने हँसकर कहा।

वह पुराने बौद्ध विहारों के खँडहरों में चलते-चलते थक गया था।

नुवारा मेवा तालाब के किनारेवाले रेस्ट हाउस में उसके रहने का इन्तजाम किया गया था।

'ओल्ड मांक' की बोतल बाहर निकालते हुए आशली ने कहा, "मुझे फॉरेन ह्विस्की की अपेक्षा यही ज्यादा पसन्द है।"

वह अपनी बीमारी की बात करके शराब को टाल गया। बाहर अँधेरा छा गया था।

"कल अमावस्या है।" उसे कल का कार्यक्रम जानने की उत्सुकता थी।

"मैंने आपको जो बताया था, उसे याद है न, आशली?"

"ओ येस, कडुगण्णव। हम उधर से जाएँगे। कडुगण्णव सुन्दर जगह है। चढ़ाई से देखने का मजा अलग है। वैसे ज्यादा कुछ देखने लायक है नहीं।"

हिचकते हुए वेणु ने कहा, "मेरे पिताजी ने कुछ समय के लिए कभी वहाँ नौकरी की थी। और भी कुछ लोग हैं वहाँ। मेरे मामाजी..."

"दैट इज़ इनक्रेडिबिल! खैर! हम लोग चलेंगे।"

उसके कॉलेज छोड़ने के बाद पिताजी लौटे थे। जब आशली पहले की बातें बता रहा था, तब उसने उत्सुकता से उसे सुनने का ढोंग रचा।

इकतीस साल बाद श्रीलंका से पिताजी घर लौटे तो अपने साथ बहुत पैसे लाये होंगे, ऐसा ही घर के लोग और गाँववाले कह रहे थे। तब तक वेणुगोपाल की माँ चल बसी थीं।

जब माँ जिन्दा थीं, पिताजी दो बार और घर आये थे। सुबह घर आते और शाम को अपने गाँव वन्तेरी लौट जाते। रसोई में उनके लिए दो प्रकार की सब्जियाँ और बनतीं, अण्डा भी। पर माँ पिताजी के सामने नहीं आती थीं। खाने के वक्त वह कहती, "केले का पत्ता बिछा दिया है। पिताजी को खाने के लिए बुलाओ।"

मीनाक्षी दीदी ही खाना परोसती थी, जो माँ का हाथ बँटाने के लिए घर पर रहती थी।

देवी दीदी के बड़े भाई थे, जो कि पिताजी के बड़े भतीजे थे, उनकी सम्पत्ति का हिसाब लगाया। उन्होंने कहा कि वे रुपये, पैसे सीधे बैंक भेजा करते होंगे।

गाँव के मुखिया रोज घर दावत पर आ जाते थे। ऊपरवाले कमरे में ब्राण्डी की बोतलें शाम को खोली जाती थीं। विजय भैया ही भुने हुए अण्डे और पापड़

ऊपर ले जाते थे। जब श्रीलंका से लायी बोतलें खत्म हो गयीं तो त्रिशूर से बोतल लाने विजय भैया ही गये थे।

दस दिन बाद, उण्णीरी की बनायी देशी 'चीज' लोगों के सामने रखकर पिताजी बोले, "उण्णीरी है न, हमारे अहाते के पिछवाड़े में रहनेवाला। उसकी बनायी देशी शराब के सामने कोई भी फॉरेन ब्राण्डी टिक नहीं पाएगी।" मुखियों ने मेजबान की बात मानी थी। अगले दिन से पिताजी अकेले ही पीते रहे।

जब 'ओल्ड मांक' आधा हो गया तो आशली उठ गया। उसके माथे पर पसीना आ रहा था। वह अपने लन्दन-प्रवास की कोई प्रेम-कहानी सुनाना चाहता था। फिर उसे अगले दिन के लिए स्थगित किया गया।

डाइनिंग हाल में बैठकर खाना खाने वक्त आशली चुप रहा। सीढ़ी चढ़ते हुए उसके पैर लड़खड़ाने लगे। वेणु उसे पकड़ने लगा तो वह हँस पड़ा।

"खैर, कोई बात नहीं। 'ओल्ड मांक' का असर चढ़ा है।"

उसे दरवाजा खोलने में मदद देनी पड़ी।

"गुड नाइट!"

"गुड नाइट!"

जब वह अपने कमरे में अकेला हो गया, तो उसने जूते खोले, पैरों को मुक्ति मिल गयी। आराम। उसे लगने लगा कि आइन्दा लम्बा सफर ठीक नहीं होगा।

विजय भैया दिन-रात डिटेक्टिव उपन्यास पढ़ा करते थे। घर की स्त्रियों की कृपा से उन्होंने जासूसी शुरू कर दी। पिताजी के पत्र डाकिये से रास्ते में ही हथिया लेते। रसोईघर में जाकर भाप में खोलकर पढ़ लेते और उसके बाद सुखाकर ऊपर के कमरे में पिताजी को दे देते। मगर इससे उन्हें कुछ नयी जानकारी हासिल नहीं हुई। चाबियों का गुच्छा हर वक्त पिताजी के पास रहता था। विजय भैया ने एक बार पुरानी चाबियों को ढूँढ़ निकाला और उससे पिताजी का बक्सा खोल लिया। उसमें कोई अभिलेख-दस्तावेज कुछ नहीं मिला। कालीकट इम्पीरियल बैंक का एक पुराना पास बुक ही प्राप्त हुआ, जो कैंसिल करवा दिया गया था। कम से कम माधव मामा का पता मिलेगा, इस आशा पर पानी फिर गया।

जब विजय भैया का देहान्त हुआ, तब वह अखबार के दिल्ली दफ्तर में काम कर रहे थे। अगली बार जब वह गाँव आया तो बहनें विजय भैया के बचपन के किस्से सुनाते हुए रोने लगीं। उनकी जासूसी की बातें याद करके हँसी भी आयी।

"वेणु, क्या तुझे मालूम है कि पिताजी पहले कुछ पैसे क्यों नहीं ले आते थे?"

गाँव आने के बाद से उन्हें पैसों की तंगी झेलनी पड़ी। जब वे नारियल वाले के पास जाकर पैसे वसूल करने लगे तो चाचा ने, जो तब घर की देखभाल करते

थे, कहा, "अब तो भैया, आप आये हैं, आगे आप ही सबकुछ सँभाल लें।" फिर वे कहीं दूर अपनी ससुराल जाकर रहने लगे। खेत की आमदनी थी ही कितनी। पिताश्री का हाथ हमेशा तंग रहा।

विजय भैया ने आखिर ढूँढ़ ही लिया—वर्षों बाद पिताजी जब श्रीलंका से लौटे तो उनके पास काफी सम्पत्ति थी। रबड़ का एक बाग था। सिंहली बेटी को सबकुछ दे दिया। उसकी शादी भी कर दी। फिर श्रीलंका से हमेशा के लिए चले आये।

यह वेणु के लिए नयी जानकारी थी।

"इसका पता कैसे चला?"

"विजय ने श्रीलंका के कई पतों पर पत्र लिखे थे। इसी तरह पता चला होगा।"

छोटी बुआ बोली, "उस लड़की को तकलीफ न हो। बस। चाहे वह हमारे खून से पैदा हुई हो या न हो। पर वह भी एक लड़की थी।" उसे सुनकर वेणु को बेचैनी हो गयी। जब उसे तीन सौ रुपये का वेतन मिलता था, तब भी वह पिताजी को सौ रुपये भेजा करता था। वे सबसे शिकायत करते थे कि बेटों में कोई उन्हें कुछ देता नहीं था, उनको पूछता तक नहीं था। वहाँ उन्होंने रबड़ का बाग बेच डाला। पता नहीं उन्हें क्या मिला था। यह सोचकर वेणु को गुस्सा चढ़ जाता।

अगले दिन सुबह ही गहरे लाल रंग का टी-शर्ट और जीन्स पहने हुए आशली ने दस्तक दिया।

"रेडी, मिस्टर वेणु?"

वह तैयार नहीं था।

"हम कब कडुगण्णव पहुँचेंगे?"

"अगला स्टॉप कैण्डी है। वहीं दोपहर का खाना खाएँगे। उसके पास ही कडुगण्णव है। सिगरिया नहीं देखेंगे?"

उसने ज्यादा दिचलस्पी नहीं दिखायी। आशली ने पाँचवीं सदी के राजा दत्तसेन का किस्सा सुनाया। तमिल फौजियों से उसने अठारह बार लड़ाई लड़ी थी। आखिरकार उसके भतीजे और रखैल के बेटे ने मिलकर राजा को कैदी बना लिया। पटरानी का बेटा भारत भाग आया।

जब काश्यप ने शासन की बागडोर अपने हाथ में ले ली तो राजमहल में सोना-चाँदी और सम्पत्ति न पाकर वह बेचैन हो गया। बीच-बीच में वह अपने पिताजी से भी पूछता रहता—सम्पत्ति कहाँ है?

अचानक वेणु को दत्तसेन की कहानी में दिलचस्पी जगी। वैसे पिताजी की सम्पत्ति न देखकर पहले भी राजकुमार लोग क्रुद्ध हो गये थे।

"फिर?"

"राजा ने कहा कि मेरे बनाये विशाल तालाब तक मुझे ले जाओ तो मैं सम्पत्ति दिखा दूँगा।" राजा को रथ पर भेजा गया। तालाब पर पहुँचकर राजा खुश हुआ। तालाब में उतरकर उन्होंने पानी पिया, जल-क्रीड़ा की और तैरते हुए कहा, 'देख यही मेरी सम्पत्ति है। और कहानी यों चलती है कि काश्यप ने राजा को काल कोठरी में बन्द कर दिया।

तब उसने सोचा कि सिगरिया भी देख लिया जाए। जंगल के बीचोंबीच एक बड़ी-सी चट्टान थी सिगरिया। चारों तरफ खन्दकों और किलों की दीवारों के खँडहर थे। जो उत्तराधिकारी भारत चला गया था, उससे डरकर काश्यप ने टीले पर एक महल बनवाया। उसका एक ही रास्ता था, जो कि शेर के मुँह से जाता था। उसने एक ऐसा रास्ता बनवाया जहाँ से एक ही व्यक्ति जा सकता था। फिर वह वहीं से शासन करने लगा।

"असली उत्तराधिकारी मोगलन लौट आया। उसने फौज सहित आकर काश्यप को चेतावनी दी। तब काश्यप टीले वाले महल से नीचे उतरा। जब वह लड़ाई हार गया, तो उसने अपनी ही तलवार से आत्महत्या कर ली।"

सिंहद्वार के पास वह खड़ा हो गया। सिंह की मूर्ति का बायाँ पैर अब भी खँडहरनुमा दिखता था। पैने नाखून। उनके बीच खड़े होकर आशली ने कहा, "मेरे घुटनों पर शेर के नाखून देख लें। इससे शेर की शक्ल का आप अन्दाजा लगा सकते हैं।"

ऊपरवाली सीढ़ियों पर दस सुन्दरियों के चित्र थे। सामने की काँच-सी मुलायम दीवारों पर सैलानियों ने कुछ लिख रखा था।

"आइए।"

वह मुश्किल से चढ़ा।

आशली ने दीवार पर खुदी कुछ प्रतिक्रियाएँ पढ़कर सुनायीं। एक सज्जन ने लिखा था—'नीचे शेरराजा को देखा। ऊपर के राजा का महल देखने की इच्छा नहीं।'

आशली बहुत देर तक उन्हें पढ़ता हुआ मनोरंजन करता रहा।

"देखिए, यह रही नौवीं सदी के कवि की पंक्ति 'मुझे इधर सपनों का आसमान मिला है।' नीचे जहाँ पत्थर की दीवारें छितरा गयी थीं, शायद उसी जगह मोगलन की फौज ने डेरा डाला होगा।"

"मोगलन के इतने करीब आ जाने तक काश्यप की फौज ने कुछ नहीं किया?"

"अमावस्या के अँधेरे में फौज यहाँ आयी थी।" आशली ने कहा।

दोपहर के वक्त हम कैण्डी पहुँचे। आशली ने उस मन्दिर में, जहाँ भगवान बुद्ध के दाँत सुरक्षित रखे थे, पाँच सफेद फूल चढ़ाकर कोई वरदान माँगा।

तालाब के किनारे के बगीचों और कैण्डी की रानियों के स्नानगृहों को दिखाते हुए आशली ने बताया, ''इधर लॉरेन्स आये थे। डी.एच.लॉरेन्स। 1922 में।''

प्रिन्स ऑफ वेल्स के लिए नृत्य करनेवालों को देखकर लॉरेन्स को गुस्सा आया था। राजकुमार ने नृत्य में रुचि जाहिर की थी। जबरन नाचनेवाले कैण्डी के कलाकार।

''सन् 1922। देखिए आशली, इसी वर्ष मेरे पिताजी श्रीलंका आये थे।''

''बहुत पैसा कमाया होगा।'' उसने हँसकर वेणु का कन्धा थपथपाया।

तब वेणु ने उसे अपने पिताजी के बारे में बताया, ''पिताजी की बड़ी सम्पत्ति थी। एक बाग, दो दुकानें। सबकुछ इधर थी। एक लड़की को दे दिया—हमारे गाँव के लोगों का यही कहना है। वह लड़की इसी कडुगण्णव की थी।''

''आपके पिताजी की बेटी?''

''ऐसा ही बताया गया है। उसकी माँ कुछ समय के लिए हमारे पिताजी के साथ थी...खैर।''

''राइट! हम वह जगह ढूँढ़ लेंगे। हम उससे कहेंगे कि जो सम्पत्ति आपने हड़प ली है, उस पर मेरा भी हक है। जैसे मोगलन ने आँगन में जाकर चेतावनी दी थी, वैसे ही आज भी अमावस्या ही है।''

आशली ने उमंग में आकर अपने थैले से बीयर का टिन निकालकर उसे खोला। मार्च टु कडुगण्णव। मिस्टर मोगलन, गेट रेडी। वेणु उसकी हँसी में शरीक नहीं हो पाया। क्यों पुरानी कहानी इससे कह दी। यों ही जगह देखकर...!

आशली को सिर्फ बोटानिकल गार्डन और ओर्किड देखने में दिचलस्पी थी।

जब शहर छोड़कर पहाड़ी रास्ते से होते हुए दो चढ़ाइयों को पार करके ऊपर पहुँचे तो आशली ने कार रोकने को कहा।

'कडुगण्णव' शब्द का अर्थ जानते हो? सराई। वहाँ से कैण्डी शहर की सीमा के खपरैल के मकानों को देखा जा सकता है। महाबली नदी का घुमाव भी, जो कि शहर की परिक्रमा करके बहती है।

एक छोटे से बाजार के बीच कार रुकवाकर आशली ने कहा, ''यही कडुगण्णव है।''

वह धीरे-से कार से उतरा। ज्यादा से ज्यादा तीस दुकानों वाला बाजार। सिर्फ दो मकान कंक्रीट के बने थे, बाकी सब खपरैल के छप्पर थे।

''यही है?''

''हाँ, यही है।''

"दूर पहाड़ी के ढलान पर चाय के बागान हैं। उसके पीछे जंगल।"

"आपके पिताजी का नाम?"

"के.एम. नायर।"

बरगद के पेड़ के तले तीन टैक्सियाँ खड़ी थीं। आशली ने उन ड्राइवरों से बात की। फिर वह दुकानों के पास चला गया।

वेणु को ताज्जुब हुआ। क्या यही वह प्रतापी शहर है, जहाँ पिताजी रहते थे? अपने गाँव का पश्चिमी बाजार इससे बड़ा था।

नीचे दो दुकानें थीं। ऊपर गाँव से लाये हुए मजदूर रहते थे। वह बेचैन होकर चारों ओर देखता खड़ा रहा। छप्परवाले मकान सिर्फ दो ही थे। काले खपरैलों के नीचे छोटे सींखचे थे।

आशली कुछ देर बाद लौटा। बिना कॉलर के शर्ट और लुंगी पहने एक बूढ़ा उसके साथ था। उसकी लम्बी सफेद मूँछें थीं। पर उसकी आँखें शान्त थीं।

आशली ने कहा, "मेरे ससुर को यह जानता है। आप इससे बातें करें। मैं आपका दुभाषिया रहूँगा।"

वेणु संकोच में पड़ गया।

"इससे पूछें कि पहले यहाँ कुछ मलयाली लोग रहते थे कि नहीं। और अब कोई मलयाली..."

आशली ने उस बूढ़े से लम्बी बातचीत की। वेणु अधीर हो रहा था। फिर आशली ने कहा, "वेणुजी, यह कहता है कि अब कोचीन वाले कोई भी इधर नहीं रहते। आपके देशवालों को यह कोचीनवाले कहता है।"

"पहले। बहुत पहले। करीब चालीस साल पहले की बात है।"

फिर से उन दोनों में बातचीत होने लगी।

"पहले एक व्यापारी था। फिर एक कट्टाडियो... यानी जादूगर। उसने जो मकान दिखाया, उसका छप्पर नहीं था। वह खपरैल का तीन कमरोंवाला मकान था।"

बड़ी मूँछोंवाले उस देशी आदमी से जब आशली फिर से पूछने लगा तो वेणु ने कहा, "छोड़ो, मिस्टर आशली। बेहतर है हम लौटें।"

"यहाँ के सभी जादूगर आपके देशवासी थे।"

"शायद!"

"माँ के एक भाई कुछ समय तक पिताजी के पास नौकरी करने गये थे। फिर उन दोनों में अनबन हो गयी। सुना है कि वे किसी विधवा सिंहली औरत के कारिन्दा थे। कुछ समय तक उन्होंने जादूगरी का धन्धा भी किया। पर वे वापस नहीं लौटे।"

आशली अब किसी दूसरे को ढूँढ़ने लगा। वह जीन्स पहने एक युवक को ले आया। होठों से सिगरेट निकाले बिना और चप्पल को जमीन में घिसटते हुए वह आदमी, आशली की सारी बातें सुनता, उसके पीछे-पीछे आ रहा था। उसने एक बार वेणु को देखा। वेणु को लगा कि उसकी हँसी में थोड़ा परिहास था। आशली के सुझाव पर वह कार के सामनेवाली सीट पर जा बैठा। उसने सिगरेट का टुकड़ा फेंक दिया और एक नया जला लिया। ड्राइवर को भी देने को हुआ मगर ड्राइवर ने इनकार कर दिया।

"अब कहाँ जाएँगे?" वेणु ने आश्चर्य से पूछा।

"क्या पूरी जानकारी लिये बिना मिस्टर मोगलन लौटेंगे? वेणु जी, जगह का नाम आपने यही बताया था, न?"

मानो वेणु को बचाव का रास्ता मिल गया हो। "अब मुझे भी सन्देह होता है। आशली, अब तो लौटना ही ठीक है।"

"हम वहाँ जाकर उनसे मिलेंगे, जिसका यह आदमी जिक्र कर रहा है। इधर पास में ही घर है। उसका कहना है कि वहाँ किसी कोचीन वाले के सगे-सम्बन्धी रहते हैं।"

पाँच मिनिट के बाद कार रोक दी गयी। जब वे दोनों कार से उतरे, तब वह भी बेमन से साथ चल पड़ा। गली की तरफ नारियल के पेड़ों और अन्य पेड़ों पर सफेद कपड़ों के बैनर टँगे हुए थे। आशली ने बताया कि किसी मृत व्यक्ति के घर के आसपास उसके सगे-सम्बन्धियों द्वारा मृत आत्मा को श्रद्धांजलि देने की यह रीति है।

जो मातमपुरसी के लिए आता है, वह यह देख लेता है...और लाश। वेणु ने किसी कहानी में पढ़ा था।

"क्या हम मृत आदमी के घर जा रहे हैं?" वेणु ने घबराकर पूछा।

"जी नहीं, वह उसके आगे तीसरे घर में रहता है।"

मृत आदमी के घर के इर्द-गिर्द कई साइकिलें, स्कूटर खड़ी थीं। रास्ते के छोर पर कुछ लोग खड़े थे। गाइड से किसी परिचित ने कुछ पूछा। तीसरा घर भी बहुत छोटा था। गली और घर की दहलीज के बीच कुछ पौधे उग आये थे। घर के एक छोर पर बने कुएँ से कोई आदमी काई निकाल रहा था। घुटनों तक लम्बी लुंगी पहने हुआ था वह। उसका चेहरा दिखता नहीं था। आशली और गाइड उस व्यक्ति के पास गये।

वेणु आँगन से दूर खड़ा रहा। वे दोनों उसके घरवाले से कुछ पूछ रहे थे। वह न तो अपना चेहरा उठाता था और न कोई जवाब देता था। कुएँ से काई निकालने

में ही डूबा हुआ था। ऐसा लगा कि घरवाले को इसकी भनक तक नहीं पड़ी कि उसके पास दो सज्जन खड़े हैं।

आखिर आशली की आवाज तेज हो गयी। मानो किसी बहस की शुरुआत थी। अब इस व्यक्ति ने आगन्तुकों को देखा। उसके चेहरे पर छितरायी हुई सफेद दाढ़ी थी। वह भी कुछ गुस्से में लगा। तेजी से थूककर ऊपर की ओर देखकर जोर से कुछ बोला।

फिर वह कुएँ की तरफ मुड़कर काई निकालने में लग गया।

आशली कुछ क्षण तक खड़ा रहा और फिर लौटने लगा। गाइड उस व्यक्ति को एक सिगरेट भेंट करने की कोशिश कर रहा था। मगर जब वह उसकी ओर ध्यान न देकर अपने काम में लग गया तो गाइड आशली की ओर देखकर मुस्कराने लगा।

आशली ने कहा, "लगता है कि वह पागल है, बेचारा!"

जब वे कार की ओर जा रहे थे, तब गाइड अकेले ही बोले जा रहा था।

जब हम सड़क पर पहुँचे तो आशली ने गाइड से हाथ मिलाकर उसे धन्यवाद दिया।

कार में जब वे दोनों अकेले हो गये, तो वेणु आशली से दो बातें पूछना चाहता था। पहला उसका नाम क्या था? दूसरी बात ही वह पहले पूछ बैठा।

"वह क्या कर रहा था? काई इकट्ठा कर रहा था?"

"हाँ, काई ही। ज्यादा गरीब लोग काई को पकाकर खाते हैं।"

फिर उसने उसका नाम नहीं पूछा।

थोड़ी देर की चुप्पी के पश्चात् आशली ने कहा, "उसकी माँ किसी कोचीनवाले की बेटी थी। कुछ समय पहले चल बसी। बाजार वाले कहते हैं कि उस आदमी की एक छोटी-सी दुकान थी। पर कोई उसका नाम नहीं जानता।"

वेणु ने खुद को दिलासा देने की कोशिश की। नहीं, पिताजी की यह जगह नहीं होगी। कभी चाय बागान के मालिक होने के बाद उन्होंने यहाँ आकर दुकानदारी नहीं की होगी। उनका प्रतापी शहर यह नहीं हो सकता।

"मैंने उसे आपके पिताजी, माताजी और नाना का नाम बताया। पर वह कुछ बोले, तब न! आखिर उसने एक बात कही—वह भी मेरी तेज आवाज सुनकर। एक क्लासिक स्टेटमेण्ट।"

"वो क्या?"

"यही कि सभी कोचीनवाले चोर होते हैं।" आशली हँस दिया।

उसकी हँसी में शामिल होने की वेणु ने कोशिश की।

"वह औरत...जिसे आप अपने पिताजी की बेटी कहते हैं, उसका नाम क्या था?"

वेणु को संकोच हुआ। उसने आशली की ओर देखे बिना कहा, "मुझे नहीं मालूम।"

"व्हाट शेम! मेरे ससुर के और भी कुछ मित्र हैं, इस जगह। अगर नाम मालूम होता, तो पूछताछ करने में सुविधा रहती। जगह यही है न?"

"मालूम नहीं, आशली शायद मुझे गलत नाम मिला हो। यह जगह नहीं होगी। कडुगण्णव जैसा कोई दूसरा नाम होगा... आप लोगों की जगहों के नाम भी कुछ..."

"पास दिखनेवाली जगह उस पुलिसवाले का स्मारक था जो सर्दियेल नामक भयंकर गुण्डे से भिड़कर मर गया था। वहाँ नहीं जाना है तो मेडविले का मकर-तोरण देख लीजिए। वह भी नहीं चाहिए तो..."

"बस, मैं थक गया। हम कलम्बो लौटेंगे।"

"कलम्बो। ठीक है, चलिए।"

वेणु बाहर की ओर देखने लगा।

"चढ़ाई पर जल्दी अँधेरा घिर आता है। और आज अमावस्या का दिन है।" ऐसा कहकर आशली योंही ठहाका मारकर हँसने लगा—बेवजह।

जब आशली रास्ते के दृश्यों का वर्णन कर रहा था, तब उसे लगा कि उसकी आवाज कहीं दूर से आ रही है। वह चेहरे पर यह भाव लाने की कोशिश करने लगा कि वह सबकुछ सुन रहा है, सबकुछ देख रहा है। वह अधलेटा जैसे अपने आपसे ही कुछ कहे जा रहा था— "हाँ, नाम गलत हो गया था, जगह का नाम मैं भूल गया था। कडुगण्णव नहीं, ऐसा ही कुछ और होगा।...कोई और नाम...!

दृष्टि

यह सोचना गलत था कि खबर यहाँ तक नहीं पहुँची होगी।

गाँववाले घर में वह अकेले कभी-कभी आ जाती थी। इसलिए किसी को आश्चर्य नहीं हुआ। नहा-धोकर और नाश्ता करके जब वह बरामदे में आकर बैठी, तो माँ ने पास आकर बगैर किसी भूमिका के पूछ लिया, ''सुधा बेटी, क्या वह सब ठीक है, जो मैंने सुना है?''

''क्या सुना है आपने?''

उसने माँ की ओर देखा। उसने सोचा, कठोर शब्दों से अपने लिए दीवार क्यों खड़ी करूँ।

माँ ने आँखें मूँदकर धीरे से कहा, ''यही कि तू और प्रभाकरन अब अलग-अलग...''

यह माँ की पुरानी आदत थी कि जब वे बातें करतीं, तो अपनी आँखें मूँद लेती थीं।

उसे लगा कि सवाल का जवाब देने की अपेक्षा हमला बोलना ठीक रहेगा।

''किसने तार द्वारा यह खबर यहाँ तक पहुँचायी?''

उसके करीब आकर माँ सीढ़ी पर पाँव फैलाकर बैठ गयी।

''नारायणन कुट्टी के यहाँ से परसों श्रीदेवी आयी थी। उनकी देवू का पति भी अब मद्रास में है, न!''

उसकी छोटी बहन की सास जरूरी जगहों पर थोड़ी-थोड़ी खबर पहुँचाती रहती थी।

कल विशालम् की चिट्ठी में भी यही खबर थी।

छोटी बहन चन्द्री भी अपनी भाभी से प्राप्त खबर आगे माँजी को लिखेगी।

वह आँगन में उतर गयी। सिर्फ दस बजे थे और तेज गर्मी शुरू हो गयी थी। दीवार की छाया में होकर वह इस तरह चलने लगी कि रबड़ की चप्पलें एड़ियों से लगकर तेज आवाज करने लगीं।

इस घर में माँ अकेली रहती थीं। किसी बहाने वह इधर दौड़ आती थी थोड़ा आराम पाने के लिए। यहाँ टेलीफोन की घण्टी नहीं बजती थी। पार्टियों के लिए शृंगार करने की जरूरत नहीं पड़ती थी। आधी रात तक प्रभाकरन के दोस्तों के न लौटने तक मेजबान को मुस्कराते रहने की जरूरत नहीं थी। पर उसे कभी-कभार ही इधर आने की इजाजत मिलती थी—वह भी तीन-चार दिनों के लिए।

"तुझे कब लौटना है?" यही सवाल अब माँ पहले पूछेंगी, लेकिन इस बार ऐसा नहीं हुआ। जब वह लौटकर बरामदे तक पहुँची, तो माँ ने पूछा, "लोग तरह-तरह की बातें करते हैं। सचमुच क्या हुआ था?"

उसने जवाब नहीं दिया।

"जहाँ तक सुना..." माँ ने बात बीच में रोक दी।

"ठीक है माँ! अलग होना ही दोनों के लिए अच्छा होगा।"

माँ सर झुकाये बैठी नीचे देखती रहीं।

जब रसोईघर की सहायक लड़की कुछ पूछने बाहर आयी, तब माँ उठकर अन्दर चली गयीं।

वह बैंक में पन्द्रह दिन की छुट्टी की अर्जी देकर आयी थी। कुछ लोगों को वहाँ सूचना मिल गयी थी। उसने सिर्फ कैशियर निर्मला श्रीनिवासन को असली बात बता दी थी। वाई.डब्ल्यू.सी.ए. में निर्मला ने कमरे का इन्तजाम कर दिया था।

उसे महसूस हुआ कि माँ अकेले रहना ही पसन्द करती हैं।

रिश्तेदारों और आगन्तुकों को वे प्रोत्साहन नहीं देती थीं। अगर बेटे नहीं आते, तो कोई शिकायत नहीं करतीं। चाहे जवाब आये न आये, वे अपनी तीनों बेटियों को हर महीने अन्तर्देशीय पत्र लिखा करती थीं। रोज पड़ोस की कोई लड़की उनका हाथ बँटाने आ जाती थी। जब वह पिछली बार आयी थी, तो उस लड़की की शादी के लिए माँ सोने की चेन दे रही थीं।

"तुम तीनों का इसमें हिस्सा रहेगा। कुट्टिरामन के नाम मनीऑर्डर भेजना काफी होगा, या मेरे नाम भेजना।"

विशालम दीदी और चन्द्री ने तीन-तीन सौ रुपये दिये थे। सुधा ने चार सौ। पति-पत्नी दोनों काम करते थे, बाल-बच्चे भी नहीं थे, इसलिए माँ ने सुधा के हिस्से में एक सौ रुपये ज्यादा रखे थे।

वह लड़की चली गयी तो उसकी छोटी बहन माँ को सहारा देने आयी।

विशालम दीदी को माँ के यहाँ अकेले रहने का दुःख था। तिरुवनन्तपुरम् में उनका बड़ा-सा घर था। नौकर-चाकर भी थे। यदि सब बहनें आयी होतीं, तो दीदी ने यह कहा होता, "अगर कभी बीमार पड़ गयी तो, इधर पास कहीं डॉक्टर भी नहीं है।"

और माँ ने इसका जवाब दिया होता, ''मुझे कोई बीमारी नहीं होगी।''

केले के पेड़ों के पास दीवार कुछ टूटी हुई थी, वहीं से निकलकर एक काली मुर्गी और उसके चूजे आँगन में आये। वे आँगन में आकर कुछ चुगने लगे।

''जंगली मुर्गी है। इस वक्त रोज आया करती है। न जाने कहाँ से आ जाती है।'' माँ ने कहा।

वह उसे कौतूहल से देखने लगी। मुर्गी को थोड़ी घबराहट हुई कि किसी पराये के आँगन में चली आयी है।

सुधा धीरे-से उसके पास जाकर देखने की कोशिश करने लगी। मुर्गी ने अपने बच्चों को इशारा किया और फौरन चूजों सहित बाग में चली गयी।

खाना खाते वक्त माँ ने कुछ कहा नहीं।

शाम को श्रीधर भैया आ गये। वे छोटी बहन के पति के बड़े भाई थे। हाईस्कूल के हेडमास्टर और गाँव के प्रमुख व्यक्ति थे।

उसने सोचा कि वे इस ढंग से पैरवी शुरू करेंगे कि हमने सुना था...। वह तैयार खड़ी थी मानो कुछ हुआ ही न हो। उनकी पत्नी और बच्चों का हाल पूछा। कड़ी गर्मी का जिक्र किया।

''सुधा की कितने दिनों की छुट्टी है?''

''एक हफ्ते की।''

माँ बीच में आ गयीं, ''श्रीधर, तुम्हें चाय पिलाने को दूध नहीं बचा।''

''कोई बात नहीं..।''

जब उसकी बात पूरी हो गयी, तो उनके पास कहने को कुछ नहीं रहा। वह हिचकने लगी। तब श्रीधर ने बात शुरू की—मद्रास की कड़ी गर्मी, जयललिता की भारी सम्पत्ति, करुणानिधि का शासन, आदि-आदि। सुधा सिर्फ सुनती रही। अपनी ओर से कुछ कहा नहीं। अपनी बात पूरी करके वे उठ गये।

सुना था कि सुधा की शादी के प्रस्तावों में इनकी जन्म-पत्री पर भी विचार किया गया था।

शाम को आँगन में छोटी पतंगें हवा में उड़ रही थीं। उसने बचपन में सुना था कि अगर पतंगें नीचे की तरफ उड़ती हैं तो वर्षा निश्चित होती है। उसने चाहा कि वर्षा हो जाए। यहाँ की गर्मी अपने प्रदेश की गर्मी से कम नहीं थी। इधर घर पर पंखे नहीं लगाये गये थे, इसलिए कि खर्चा कौन देगा, अभी इसका निर्णय नहीं हो पाया था।

''रात को दक्षिणी कमरे में सो जाना। वहाँ थोड़ी-सी ही सही, हवा मिलेगी।'' खाना परोसते हुए माँजी ने उससे कहा।

''जहाँ भी हो, ठीक है।''

माँ के कमरे में एक जंग-लगा पुराना टेबिल-फैन था, जिसे पहले कभी पिताजी ने खरीदा था।

पढ़ने के लिए उसके पास कोई किताब नहीं थी। रास्ते में कुछ खरीदा भी नहीं। माँ के कमरे की गोल मेज पर पिताजी की पुरानी किताबें ज्यों की त्यों रखी हुई थीं। माँ रात को कुछ देर पढ़ा करती थीं। पर उनमें नयी किताबें नहीं होंगी। 'विश्व-इतिहास-संग्रह' की माँ ने एक पुस्तक खोल रखी थी—'हिमगिरि विहार।'

दक्षिणी कमरे में उसके लिए बिस्तर लगा दिया गया था। उसने साड़ी बदलकर नाइटी पहन ली। समय देखा पौने नौ हो गया था। शहर में ताश खेलकर बीयर पीकर प्रभाकरन के घर लौटने का वक्त था।

माँ अन्दर चली गयीं।

"वह पंखा तू इधर ले आ। कुछ आवाज करता है, पर अभी चलता है।"

"नहीं, माँ!"

वह इस ढंग से खाट पर लेटने का उपक्रम कर रही थी कि माँ जल्दी लौट जाएँ।

माँ कुछ कहना चाहती थीं।

"कहिए!"

"पाँच साल साथ रहने के बाद इस तरह अलग होना...।"

वह कुछ नहीं बोली।

"सुन, लोग क्या कहेंगे?"

उसने मुँह घुमा लिया। अब तो माँ का चेहरा साफ नहीं दिखता।

उसे मानो एक विषय मिल गया था, उसने पूछा—

"क्या इधर फोन करने की सुविधा है? अगर कोई जरूरत पड़े तो...।"

"अब दवाइयों की दुकान के पास बूथ लग गया है। वहाँ से जहाँ चाहें फोन कर सकते हैं।"

उसे अपना गला सूखता हुआ लगा।

"तूने क्या सोचा है?"

"अभी तय नहीं कर पायी।"

"क्या मुझे वहाँ आना होगा? क्या मैं प्रभाकरन से बात करके देखूँ?"

उसने तुरन्त कहा, "नहीं, अभी नहीं।"

माँ ने उसे दुःख से देखा। उसने इस प्रकार कहा कि अपना क्रोध प्रकट न हो पाए, "इसमें किसी समझौते की बात नहीं, माँ!"

माँ बाहर चली गयीं।

वह जानती थी कि माँ आगे इस विषय पर बात नहीं करेंगी। चुपचाप सह

लेना उनकी आदत थी। पक्षाघात की बीमारी में पिताजी डेढ़ साल पड़े रहने के बाद गुजर गये थे। उन्होंने अपनी किस्मत और दुःख का रोना किसी से कहा ही नहीं। जब लोगों की जबान पर उस औरत की चर्चा थी, जिसने उनकी सारी जायदाद हड़प ली थी, तब भी माँ कुछ नहीं बोली थीं।

सवेरे माँ ने कहा, ''चोलयिल की दादी तुझे एक बार देखना चाहती हैं!''

उसे संकोच हुआ।

''जानु ने जब कहा, तभी ताई जान गयी थीं। वह उसके पासवाले घर से हमारे लिए दूध ले आती है।''

''ठीक है, मैं जाकर उनसे मिल लूँगी।''

''पिछली बार भी तूने जाने की बात कही थी। पर गयी नहीं।''

''इस बार चली जाऊँगी।''

''वे चौरासी साल की हो गयी हैं। कौन जाने कब तक रहेंगी। उनकी आँखों की रोशनी बिल्कुल चली गयी है। वैसे उन्हें और कोई बीमारी नहीं है।''

चोलयिल की दादी उसकी अपनी नानी की भाभी हैं। माँ को कहते देखकर बच्चे भी उन्हें दादी कहते हैं। छोटी बहन की शादी के समय दादी इधर आयी थीं। विशालम दीदी के बालों को वे ठीक से बाँध देतीं। शाम को उनकी तीनों बच्चियों को भजन गाना सिखाया था।

नानी खुद फर्श पर सोकर दादी को खाट पर सोने देतीं। दादी को कुछ देर तक किसी को कहानी सुनाकर ही नींद आती थी। हमेशा वे सुधा को साथ ले लेती थीं। विशालम दीदी कहीं जान-बूझकर चली जातीं। चन्द्री तो सोने का ढोंग करती।

दादी लोककथाएँ सुना-सुनाकर उसे सुलातीं। पालाट्टु कोमन् कोविलन, कण्णकी आदि वीरों की कहानियाँ सुनातीं। वैसे सुधा चाहती थी कि दादी के लिए कुछ भेंट लेकर आये, मगर जिस दिन शॉपिंग के लिए जाना था, उस रोज किसी बात पर प्रभाकरन से लड़ाई हो गयी। वह गाड़ी के समय तक होटल के कमरे में पड़ी रही।

अपनी शादी के पहले वाले दिन वह उन्हें नमस्कार करने गयी थी। तब उन्हें अन्तिम बार देखा था। पाँच साल पहले की बात है। जब नानी जिन्दा थीं, तब भी वह दादी को ज्यादा चाहती थी। इन पाँच वर्षों में वह सात बार, हाँ सात बार घर आयी। दो बार प्रभाकरन भी उसके साथ था। हर बार दादी उसके बारे में पूछा करती थीं। यहाँ से मुश्किल से तीन फलाँग की दूरी रही होगी। फिर भी जा नहीं पायी। व्यस्तताओं की वजह से।

जंगली मुर्गी उस रोज भी घर के आँगन में आयी। उससे अब डरती नहीं थी। वह उसके कुछ और पास चली गयी। साथ में बच्चे भी थे। उसके काले पंखों पर धूप की किरणें पड़ रही थीं।

"कुछ मेहमान लोग हैं, भई।" आवाज सुनकर मुर्गी भाग गयी।

उसने देखा तो आँगन में श्रीदेवी और बहन आयी हुई हैं।

माँ ने औपचारिकतावश उन्हें बैठने को कहा। जानु को चाय बनाने का आदेश दिया। उसे एक अजीब ढंग से देखते हुए वे अन्दर चली गयीं। उनके इस 'अजीब' का अर्थ था, अब तू सबकुछ सुन ले, इनसे।

"बैठ सुधा, मैं तुझे साफ-साफ बता देती हूँ। कहीं अन्यथा न लेना।"

वह बैठी नहीं। उसने मुस्कराने की चेष्टा की। पर असफल रही।

"जी, कहिए।"

"नाहक घुमा-फिराकर क्यों कहूँ। कहे बिना काम नहीं चलेगा। जो कुछ मैंने सुना, अगर वह ठीक है, तो बहुत बुरा है।"

वह हँसने की कोशिश कर रही थी। फिर यूँ ही बोली, "बुरा तो है। पर और कोई चारा नहीं है।"

श्रीदेवी का चेहरा पीला पड़ गया। उन्होंने छोटी बहन की तरफ इस भाव से देखा, "तू ही बता दे।"

अबकी बार बहन बोली, "नारायणन कुट्टी ने जो लिखा, वह सही है। सारे परिवार पर कालिख पुतेगी।"

वह मौन रही।

"पाँच साल साथ रहकर अब तू सम्बन्ध तोड़ना चाहती है।"

'आगे आप बोलें।' इस आशय से छोटी ने बड़ी को देखा।

"गलती-वलती हुई होगी। सहना ही होगा। पति-पत्नी में ऐसा होता ही रहता है। मेरी माँ ने भी क्या-क्या नहीं सहा।"

सुधा मुस्कराने की कोशिश कर रही थी। वह कहना चाहती थी, "श्रीदेवीजी, गलती मेरी है। प्रभाकरन की नहीं।" पर उसने कुछ नहीं कहा।

वे फिर बातें करती रहीं।

जिन बातों में उसे रुचि नहीं थी, ऐसी बातों से बचने के लिए वह अपने कान बन्द कर लेती थी। बचपन से यह सिद्धि उसे प्राप्त थी। विस्मृत नाम, किताबों के पात्र, बचपन में देखे स्थानों का भूगोल, एलिमेण्ट्री स्कूल में साथ पढ़े बच्चों के चेहरे—ऐसा कुछ खोजना पड़ता, तो उसे भुलावा आकर सहारा देता।

विदा लेते समय श्रीदेवी ने पूछा, "क्या तुझे लगता है कि मेरी ये बातें व्यर्थ हैं?"

वह मुस्करायी, "जी नहीं।"

"यानी मेरी बातों में कुछ सच्चाई है?"

"जी।"

उन्हें दिलासा मिल गया था।

"तो तेरा क्या फैसला है?"

"जी, सोच रही हूँ।"

श्रीदेवी और उसकी बहन इस सन्तोष से कि अपना दौत्य सफल हो गया है, हँसते हुए सीढ़ियाँ उतरने लगीं। माँ ने पूछा, "तू कब दादी के पास जा रही है?"

"जाऊँगी माँ!"

दादी भी शायद उसे सीख देने के लिए तैयार बैठी हों।

दोपहर को उसकी सहपाठी सुमति अपने तीन साल की बच्ची को लेकर आयी। हाईस्कूल के दिनों में वह रोज किसी घर पर उसका इन्तज़ार करती थी। उसकी नाक के नीचे वाला मस्सा कुछ बड़ा हो गया था। दसवीं पूरी करने के पहले उसकी शादी हो गयी थी।

सुधा ने उसे बैठने को कहा। पर वह नहीं बैठी।

"क्यों सुमति, कैसी हो?"

"बस, यों ही, चलती हूँ।"

नीले, वॉयलेट और लाल रंग की चमकीली साड़ी। उसका पति गल्फ में काम करता था। शायद वह लाया होगा। वह दो साल में एक बार दो महीने की छुट्टियों में घर आता था। सुमति की देह से तेज खुशबू की गन्ध आ रही थी। उसकी गर्दन और कलाई पर सोने के ढेर सारे आभूषण थे।

"सुना कि तुम आ गयी हो। कितने दिन रहोगी?"

"और कुछ दिन।"

अगले सोमवार को सुमति के नये घर का गृह-प्रवेश था। बोली, "सुधा, तुम्हें अभी से निमन्त्रण दे रही हूँ। तुम्हें आना होगा।"

"अगर मैं इधर रही, तो जरूर आऊँगी।"

बच्ची अपनी माँ की साड़ी के फूलों पर उँगलियाँ फेर रही थी। सुधा ने उसका सिर सहलाते हुए पूछा, "इसका क्या नाम है, मैं भूल गयी।"

"कार्तिका।"

उसने कार्तिका का हाथ पकड़कर उसे अपने पास खींचने की कोशिश की। पर बच्ची रोती हुई अपनी माँ से चिपक गयी।

सुमति उसके कुछ और पास आयी और धीरे से पूछा, "सुना है कि तुम्हारा दाम्पत्य कुछ गड़बड़ चल रहा है।"

"ओ, तुमने भी सुना?"

"मुझसे शंकर की पत्नी ने कहा तो मुझे यकीन नहीं आया।"

सुधा सिर्फ सुनती रही।

"क्या यह ठीक है, सुधा?"

"थोड़ा-बहुत।" सुधा हँस दी।

सुमति ने आशंका से अपनी आँखें फैलाकर धीरे से पूछा, "यह मत सोचो कि मैं अपने से पढ़ी-लिखी औरत को उपदेश दे रही हूँ। समझौता करो, वही अच्छा होगा।"

सुधा ने उसका हाथ सहलाया, "मैं विचार करूँगी।"

"यह गलत हुआ कि अभी तक बच्चा नहीं हुआ, वरना आदमी हो या औरत, बुरे विचार नहीं आते।"

सुधा ने सुमति को आश्चर्य से देखा। उसे अपने मन में रेखांकित करने के लिए एक अच्छा शब्द मिल गया—'बुरे विचार।'

सुमति चली गयी। शाम को जानु दूध ले आयी, तो बताया कि चोलयिल की दादी फिर से आपको पूछ रही थीं।

माँ ने कहा, "जरा जाकर उन्हें देख आना।"

"जी, कल जाऊँगी।"

"उन्हें पैसे की जरूरत नहीं होगी। फिर भी कुछ दे देना। विशालम उन्हें देखने गयी थी, तो पचास रुपये दे आयी। दादी यह बात बता रही थीं।"

माँ हँस रही थीं। उसके आ जाने के बाद उनके चेहरे पर पहली बार रोशनी खिली थी।

क्या उन्हें कह दूँ कि विशालम दीदी का मैं मुकाबला नहीं कर सकती।

उसने फैसला कर लिया कि सोमवार को लौटना है। दो हफ्ते पूरे हो जाने की जरूरत नहीं। बस, तीन ही दिनों में बहुत कुछ मिल गया।

हैदराबाद फोन करूँ क्या! मोबाइल फोन नम्बर हैण्ड बैग की डायरी में लिखा हुआ है। ऑफिस का डायरेक्ट नम्बर याद है।

उसने सोचा, क्या टिकट रिजर्व कराने किसी आदमी को भेजूँ, मगर ऐसा कोई यहाँ नहीं है। लेडीज कम्पार्टमेण्ट में चली जाऊँगी। सिर्फ एक रात की बात है।

"अगर घर पहुँचो तो भी फोन कर देना", उससे यह आग्रह किया गया था।

"इफ पोजिबिल।" उसने जवाब दिया था।

अगले दिन नाश्ता करने के बाद वह बोली, "मैं दादी को देख आऊँ।"

"जानु को साथ ले लो।"

"जी, नहीं।"

वह पहले सुमति के नये घर में गयी। सुमति के आश्चर्य और खुशी की सीमा न रही। वहाँ दो मजदूर दरवाजे पर वार्निश कर रहे थे।

उसने घर के अन्दर जाकर देखा।

''दोनों कमरे अटैच्ड हैं।'' बड़े गर्व से सुमति बोली।

वह इस जिद से बचने की कोशिश कर रही थी कि कुछ-न-कुछ खा-पीकर ही जाए।

''जुलाई में वो आ रहे हैं।''

''उनसे कहो कि तुम्हें भी साथ ले जाएँ। तुम भी दुबई घूम आओ।''

''मुश्किल ही है। जिनकी ऊँची तनख्वाह है, वही ऐसा कर सकते हैं।''

फिर भी सुमति बेहद खुश थी।

''अच्छा, मैं चलूँ सुमति, चोलयिल के घर जाकर दादी से मिलना है।''

''मैंने जो कहा, वह याद है?''

''हाँ।''

फिर वह वहाँ से निकल पड़ी।

बाँस के झुरमुटों को पार करके उसने सूखी नदी को देखा। नदी के दोनों तरफ पहले झाड़ियाँ थीं। तब हर वक्त नदी में पानी होता था। वर्षा के समय किनारों को डुबोकर नदी बहती थी। वह नीचे नहर तक चली गयी। वर्षा के दिनों यह नदी की धारा बन जाती थी।

यह घर दादा के समय बनाया गया था। पहले यहाँ दहलीज पर मजबूत सीढ़ियाँ थीं। अब बाँस की तथाकथित सीढ़ी थी। वह अन्दर आँगन में पहुँची, तो वहाँ कोई नजर नहीं आया। अहाते में काली मिर्च के दाने सुखाने को डाले हुए थे।

उसे संकोच हुआ। तभी उसने तंकम दीदी को बरामदे में आते हुए देखा।

''अरे, यह कौन आ गयी है! दादी आज सवेरे ही तुम्हारी बात कर रही थीं। उन्हें शिकायत थी कि तुम उनसे बिना मिले ही चली जाओगी।''

बरामदे में तंकम दीदी ने उसे कुर्सी पर बिठा दिया। फिर घर-परिवार की बातें करने लगीं। उनके दोनों लड़के बाहर पढ़ रहे थे। अपनी प्रैक्टिकल परीक्षा के लिए पिछले हफ्ते वापस चले गये थे।

छोटी लड़की नौवीं में पढ़ती थी। छोटी बहनों ने माँ की मृत्यु के बाद अपना हिस्सा लेकर अपने पतियों के साथ अलग घर बसा लिया है।

''यह टूटा-फूटा पुराना घर मेरे सिर मढ़ दिया गया। मेरा पक्ष लेने वाला यहाँ कोई नहीं था।''

पति का वियोग याद आने पर उनका गला रुँध गया। फिर उन्होंने आँखें पोंछ लीं।

''दादी माँ कहाँ लेटी हैं?''

''उत्तरी कमरे में। आँखों की रोशनी प्रायः चली गयी है। डर लगता है न

जाने कहाँ गिर जाएँ। फिर भी उन्हें मंजूर नहीं कि कोई उनके दैनिक काम में सहारा दे।''

तभी दरवाजे पर दादीमाँ की आवाज आयी।

''मेरे कारण किसी को तकलीफ नहीं उठानी पड़ेगी।'' दरवाजे के दोनों पल्लों पर हाथ टिकाये हुए दादी ठीक बरामदे में आ गयीं। सुधा फौरन उनके पास चली गयी। चौरासी वर्ष की उम्र में भी वे सीधी खड़ी थीं। जम्पर और उत्तरीय एकदम सफेद। धारीदार धोती। चावल की माँड़ से इस्त्री किये गये कपड़े। बचपन का उनका तेज अभी भी बरकरार था। सफेद बालों की समृद्धि देखते ही बनती थी। सुधा को बचपन की वे कहानियाँ याद आयीं, जो उन्होंने सुनायी थीं।

जब तंकम दीदी उनके लिए कुर्सी लाने लगीं तो दादी बोलीं, ''नहीं, मैं यहीं बैठूँगी। सुधा बेटी, तू बैठ जा।''

धीरे से उनकी हथेली उसकी हथेली की ओर बढ़ी।

वह वहीं सीढ़ी पर उनके पास बैठ गयी।

''तू कुछ मोटी हो गयी लगती है, सुधा!''

उसने अपनी हथेली को देखा। दादी का कहना ठीक था।

''चार कदम भी चलती हूँ तो मैं हाँफ जाती हूँ। वैसे मैं बिना देखे ही तुझे पहचान गयी थी। साँसों से मुझे पता चल जाता है।''

दादी हँस दीं।

सिर्फ उनकी पकी आँखों पर उम्र का असर पड़ा था। चेहरे पर झुर्रियाँ नहीं पड़ी थीं। गर्दन पर भी उम्र की सलवटें नहीं थीं।

''तंकम! तू चाय बना दे। साथ में कटहल के चिप्स भी।''

सुधा बोली, ''जी, मैं कुछ नहीं खाऊँगी। सिर्फ आधा गिलास चाय पिला दीजिए।''

दादी शायद तंकम दीदी के अन्दर जाने का इन्तजार कर रही थीं।

''बेटी, तूने क्या फैसला किया?''

दादी का सवाल अचानक सुनकर वह कुछ परेशान-सी हो गयी।

''डरना मत। मैंने तुझे गाली देने या सीख देने के लिए नहीं बुलाया है। तुझे देखे चार-पाँच साल हो गये थे न, इसलिए।''

उसे राहत मिली।

''मैं जिन बातों पर टिप्पणी करती हूँ, उसे सुनकर यहाँ के लोग मेरा मजाक उड़ाते हैं। ये लोग कहते हैं कि जो बूढ़ी अपनी आँखों से नहीं देख पातीं, वे क्या समझेंगी? जैसा मैं देखती हूँ ऐसा क्या ये लोग देख पाते हैं?''

उसने समझा कि दादी ने जान-बूझकर अपना स्वर ऊँचा किया था, ताकि रसोई से तंकम दीदी उसे सुन लें।

फिर दादी ने अपना स्वर धीमा कर दिया, "अब बता, तूने क्या फैसला किया?"

वह अचानक सहम गयी। उसकी साँस तेज हो गयी।

"अगर उससे ऊब गयी तो छोड़ दे। शादी आदि बातें निजी होती हैं। दूसरों को दिखाने के लिए दो व्यक्ति ढोंग रचें, उसका कोई अर्थ नहीं।"

वह गहरी साँस लेकर दादी के सामने बैठ गयी। दादी ने अपना सिर उसके पास बढ़ाया।

"तुम लोगों ने उन्हें देखा नहीं होगा, जो मेरी जिन्दगी में पहले आये थे।"

"माँ ने देखा है। जो गायक थे, वही न?"

"उन्हीं के कारण झंझट हो गया था। उनका संगीत का क्लास हमारे पड़ोस में चलता था। खाना-वाना हमारे घर में होता था। उनका संगीत एकदम दिल में उतर जाता था। लाल रत्नवाला गहना, सिन्दूर का टीका। मुझे भी उनके प्रति लगाव हो गया था।"

दादी सिर पर हाथ फैलाकर हँसने लगीं।'

"एक साल के अन्दर वे चले गये।"

"माँ ने बताया था।"

दादी फुसफुसायीं, "अपनी खुशी से वे नहीं गये थे। मैंने उन्हें जाने को कहा था।"

दादी दूर कहीं दृष्टि डाले मुस्करा रही थीं।

"वे मुझे पैसा-वैसा कुछ नहीं दे पाते थे, वह तो ठीक, पर लड़कियों की-सी बातचीत, लज्जा और हाव-भाव कैसे सहा जाता? मर्द हैं, तो उसी के अनुरूप उत्साह और उमंग चाहिए न! रिश्ता तोड़ने की बात मैंने ही सीधे-सीधे उनसे कह दी थी। और क्या!"

उसने एक गायक से उनकी पहली शादी की बात सुनी थी। पर उसकी ज्यादा जानकारी उसे नहीं थी। फिर दादाजी उनके जीवन में आ गये। 'नमक के दारोगा' थे। उनसे तीन बच्चे हुए। फिर दादाजी का देहावसान हो गया। दोनों बेटे भी गुजर गये। अब दादी ही हैं।

"तूने उन्हें देखा नहीं क्या? वैसे वे देखने में कुछ खास नहीं थे।"

"बचपन में देखा था। तब वे बीमार थे।"

"इस इलाके में वैसा दूसरा सज्जन व्यक्ति नहीं था। मन्दिर के त्योहार में अगर हाथी बिगड़ जाता, तो उसे मनाने के लिए माधवन नायर की जरूरत पड़ती

थी। आतिशबाजी में बारूद भरने की कला सिर्फ उन्हीं को आती थी।''

तंकम दीदी चाय ले आयीं।

जब तक वे पास रहीं, तो दादी गम्भीर मुद्रा में बैठी थीं। जब दीदी अन्दर गयीं, तो दादी फिर हँसने लगीं।

''बाहर से देखने पर बदमाश ही लगते थे। हर समय झगड़ालू। गाली-गलौज। पर नेक, और भोले थे। यह मैं ही जानती थी। अगर मैं कहती कि जुकाम हो गया है, तो बेचारे घबरा जाते थे।''

दादी जोर से हँसीं।

वह अपने हालात को भूलने लगी थीं। वह दादी की बातें सुनने को लालायित हो उठी, जैसे बचपन में उनकी कहानियाँ चाव से सुना करती थी।

''यों ऐसे लोगों से मेरी बनती नहीं। छोटे नारायणन के पैदा होने के बाद...''

''क्या?''

''समझो कि एक प्रकार की उत्तेजना मुझमें हो गयी थी। वैसा एक मर्द आ गया। मैंने खुद को समझाया, नालायक है तू, अपने पर काबू रख। वैसे मैं बच गयी। फिर भी...।''

वाक्य को पूरा न करके दादी हँस दीं। उनके केवल दो-तीन दाँत ही टूटे थे। यह देखकर ताज्जुब हुआ।

''तब मेरी उम्र तेरे जैसी थी।'' दादी ने गहरी साँस ली।

''दादी जी, क्या वे अभी जीवित हैं?''

उनका चेहरा फीका पड़ गया।

''गुजर गये। सब चले गये। सिर्फ मैं ही बची हूँ। जब तक ऊपर से बुलावा नहीं आता, यों ही पड़ी रहूँगी। खुदकुशी तो नहीं कर सकती, न!''

फिर सिर झटकने के बाद दादी सरककर दीवार से सटकर बैठ गयीं।

''वह दूसरा आदमी कौन था?''

''आँ!''

''एक आदमी को तूने देखा। तुझे पसन्द आया। तूने फैसला किया कि आगे उसी के साथ रहेगी। क्या यही हुआ न?''

''आपसे किसने कहा?''

दादी बोलीं, ''किसी के कहने की क्या जरूरत है!''

''बोल, कौन है बिटिया?''

उसने अपनी घबराहट छिपाने की कोशिश की।

''तेरे साथ काम करता है क्या?''

"नहीं।"

यह बात दादी को बता नहीं सकती थी। देखा था उसे, किसी डिनर में मैनेजर के तबादले के उपलक्ष्य में पार्टी आयोजित थी। जनार्दन राव, जो अपने को गायक समझता था, ग़ज़लें गा रहा था। जब मुख्य अतिथि, पदाधिकारी और मेहमान लोग शराब के नशे में बहक रहे थे, तब हाल के कोने में एक सज्जन औरेंज जूस हाथ में लिये अकेले खड़े थे। बीच-बीच में वह उसे देख रहे थे। धीरे-धीरे वे उसकी ओर बढ़ रहे थे। उसका मन अधीर होता जा रहा था। 'ईश्वर! उनकी आहटें सीधे मेरे अन्दर पहुँच रही थीं।'

जब बताया गया कि वे महीने में दस दिन मद्रास में रहते हैं, तो खुशी हुई। जब लोग उन दोनों के पास आने लगे, तो उन्होंने पूछा, "क्या बैंक के फोन नम्बर पर आप मिलेंगी?"

उसने 'हाँ' कहा। यह नहीं पूछा उन्होंने कि किस नाम से फोन करना है?

दादी ने पूछा, "उसकी बीवी है क्या?"

"नहीं।"

"प्रभाकरन को पता है?"

उसने थोड़ा रुककर कहा, "हाँ, थोड़ा-बहुत।"

"तो तुम दोनों अलग हो जाओ। उसे भी कोई दूसरी मिल जाएगी। इस बारे में ज्यादा सोचना मत। तुम उसे छोड़ दो।"

उसे मजा आया।

"दादी, अब इतनी जल्दी अलग नहीं हो सकते, ऐसा पहले कर सकते थे।"

"नहीं चाहती, तो छोड़ दे। और क्या।"

उसे बिना घबराये बोलने का साहस मिला।

"नहीं हो सकता। दोनों मिलकर अर्जी दे दें। छह महीने बाद जज बुलाकर पूछेंगे, अब भी दोनों अलग रहने के पक्ष में हैं? अगर 'हाँ' कहें तो फिर छह महीने लगेंगे।"

उसने देखा कि दादी के चेहरे पर धीरे-धीरे क्रोध चढ़ रहा था।

"अगर दोनों को मंजूर है, और दोनों साथ रहना चाहें तो जज की अनुमति चाहिए क्या?"

"नियम यही है, दादी!"

दादी उससे जरा भी सन्तुष्ट नहीं थीं।

"अगर बच्चे-वच्चे हों, तो उनके खर्च की बात तय करनी होगी। खैर, यह तो ठीक है। पर अगर दोनों राजी हो गये, तो जज को क्या पड़ी है?"

''यही नियम है।''

''कैसा नियम? मुझसे कुछ कहलवाना मत।''

तंकम दीदी गिलास लेने को आयीं। दादीजी धीरे से कुछ बुदबुदा रही थीं। तंकम दीदी ने कहा, ''पिछले साल तक कुछ परछाईं-सी दीख रही थी दादी को। अब तो उतना भी नजर नहीं आता।''

उसने कहा, ''ऑपरेशन से दृष्टि वापस आ जाएगी। इस उम्र में भी कई लोग ऑपरेशन कराते हैं। मैं आपको मद्रास ले जाऊँगी।''

दादी की हँसी में कड़वाहट थी।

''नहीं, नहीं, अब दृष्टि क्यों? अब तक जो कुछ देखा, वही काफी है। है न बेटी!''

वह जाने को हुई।

तंकम दीदी बोलीं, ''अब खाना खाकर जाओ।''

''जी नहीं। माँ ने खाना बनाकर रखा होगा।''

''चूल्हे पर चावल चढ़ा दिया है। जब सुधा बेटी, तुम इस तरफ आती रहती हो तो यहाँ भी चली आया करो!''

तंकम दीदी अन्दर चली गयीं। चौदह बरस की लड़की बाँस की सीढ़ी से कमरे में अन्दर आ गयी। दादी की आँखें दहलीज तक गयीं। लड़की ने बरामदे के नीचे चप्पल उतार दी। उसे देखकर मुस्करायी। वह सर झुकाये धीरे-से चली गयी। फिर जब लड़की सामने आयी, तो दादी ने पूछा, ''तू कहाँ गयी थी?''

लड़की सहम गयी। बोली, ''पड़ोस में। शारदा से एक पुस्तक लेने गयी थी।''

''पड़ोस में जाने के लिए रेशमी लहँगा पहनकर जाना जरूरी है क्या?''

लड़की एकदम सन्न रह गयी। फिर वह दादी की बगल से होते हुए अन्दर चली गयी।

दादी ने सुधा की तरफ देखा।

''उसके हाथ में पुस्तक नहीं थी, न?''

''नहीं।''

''लहँगा उड़ने की आवाज से मैं समझ लेती हूँ कि यह रेशम का बना है।''

''बच्ची है न, दादी!''

''पर, अपनी उम्र से ज्यादा उमंग है उसमें। मैं सब समझती हूँ।''

''क्या अब मैं जाऊँ?''

दादी भी उठ गयीं।

उसने अपनी माँ की बात याद करके बटुआ खोला।

दादी बोलीं, ''तू मुझे कुछ पैसे देने जा रही है? नहीं, दादी को पैसों की क्या जरूरत!''

वह दंग रह गयी। उसने बटुआ बन्द कर दिया।

''अबकी, अगली बार आने पर...?''

उनका गला रुँध गया।

''मेरे जिन्दा रहते आकर मिलना, बस!''

दादी की प्रकाशहीन आँखों को भीगते देखा उसने। उसकी भी आँखें भर आयीं। उसने दादी के पैर छूकर सिर नवाया। पाँच साल पहले भी ऐसा किया था, उसको वह बात याद आ गयी।

दादी ने उसके झुके सिर पर हाथ रखा।

''तुम्हारा भला हो। यह रिश्ता निभ जाएगा।''

वह वहाँ से चल पड़ी। बाजार पहुँची, तो एस.टी.डी. बूथ का बोर्ड दूर से देखा।

दोनों फोन नम्बर उसने याद कर लिये थे। फोन करने के पहले मोबाइल नम्बर को डायरी में देखकर पक्का करना था। फोन करने के तुरन्त बाद घर पहुँचेगी तो मुर्गी-परिवार के आँगन में घूमने का दृश्य उसे देखने को मिलेगा।

उसने अपनी रफ्तार बढ़ा दी।

❑❑❑